教育部人文社会科学一般项目（14YJC870005）
浙江工业大学人文社会科学后期资助项目
浙江工业大学人文社会科学研究中心（信息资源与创新研究中心）研究成果之一

王闿运唐诗阅读和批评研究

程彦霞　著

科学出版社
北京

内容简介

王闿运历时五十多年选批唐诗，他认同"唐无五言古"，最欣赏唐代的七言歌行；他以艺术审美的角度来审视评点诗歌，不喜语不惊人死不休的创作态度，也不喜直抒胸臆、一泻千里的创作方法，喜欢诗歌含蕴不尽、远处取神的画面感，这也是他迥异于晚清诸多诗派及其影响下的诗歌思想的根本所在。本书从王闿运关于唐诗的选录、批点和论说之文入手，分析他的诗歌史观，比较他和晚清诸多诗派诗歌理念的异同，梳理在他影响下的晚清唐诗学情况，探析其以汉魏六朝复古诗派自居的身份下的诗歌实践和理念。

本书可供对王闿运、晚清唐诗学和唐诗选本感兴趣的人阅读。

图书在版编目（CIP）数据

王闿运唐诗阅读和批评研究/程彦霞著. —北京：科学出版社，2021.11
ISBN 978-7-03-069000-5

Ⅰ.①王… Ⅱ.①程… Ⅲ.①唐诗-文学研究 Ⅳ.①I207.2

中国版本图书馆 CIP 数据核字（2021）第 107777 号

责任编辑：张　宁/责任校对：贾伟娟
责任印制：李　彤/封面设计：蓝正设计

科学出版社 出版
北京东黄城根北街16号
邮政编码：100717
http://www.sciencep.com

北京盛通商印快线网络科技有限公司 印刷
科学出版社发行　各地新华书店经销

*

2021年11月第 一 版　开本：720×1000　1/16
2022年 1 月第二次印刷　印张：11 3/4
字数：228 000

定价：98.00元
（如有印装质量问题，我社负责调换）

序

清代的唐诗学研究，如果进入咸丰同治年间，一定绕不过王闿运。

从诗学理论和创作实践的角度看，王闿运既是诗论家，又是诗坛领袖，同时也是教育家，所以，他的诗学体系的形成和诗学审美的实践，无论在当时还是对民国时期的唐诗学发展，都具有重要的价值和影响。

但是，由于王闿运打着复古旗号，诗歌创作模拟汉魏六朝，曾被胡适等批为"假古董"，加上他在晚清政治格局中的经历，学界对他的诗歌理论与成就的关注和重视程度，与他的实际地位并不相称。直到1984年《求索》刊出湖南省社会科学院所藏《湘绮老人论诗册子》（未刊稿），1989年上海古籍出版社影印出版长沙东洲本《王闿运手批唐诗选》，20世纪90年代岳麓书社出版马积高主编的《湘绮楼诗文集》和《湘绮楼日记》，这种情况才有了转变。

王闿运著述宏富，力治经学，旁及诗文，诗歌创作又"沉酣于汉魏六朝者至深"，所以，如果要论他的诗选之作，《八代诗选》似乎应该是其代表作，但是，如果认真读一读《湘绮楼说诗》中论及唐诗的部分，便可发现，他对唐诗的关注与用力丝毫不亚于他对汉魏六朝诗的造诣。

王闿运对唐诗的论评，历来为前人所称道。例如，研究张若虚《春江花月夜》一诗在历史上的沉浮，都会引用王闿运的评论："张若虚《春江花月夜》用《西洲》格调，孤篇横绝，竟为大家。李贺、商隐，挹其鲜润；宋词、元诗，尽其支流，宫体之巨澜也。"（《论唐诗诸家源流答陈完夫问》）王闿运以诗歌发展的角度来评述唐诗，并不是偶然的现象，这与他多年的创作经验以及融通的美学趣味有关。王闿运看重诗歌中"情韵"和"藻采"的平衡，选批唐诗中的评论部分，无论名作或非名作，他的批点往往有独特的见解。例如，他评论刘长卿《长沙过贾谊宅》"运典无痕迹"；指出《自夏口至鹦鹉洲夕望岳阳寄源中丞》一诗"有手挥五弦，目送飞鸿之意"；《使次安陆寄友人》"情景俱到，律诗上乘"。又说钱起的《送李评事赴潭州使幕》"当玩其神韵，愈浅愈佳，此等正所谓'羚羊挂角'"。这些已经进入大历时期的作品，能获得如此高的评价，说明王闿运在评析唐诗具体作品时，并不是如他人所说的那种"唐无诗"的一概否定。

王闿运为什么要选评唐诗，他又是如何选评唐诗的，这是一个十分值得研究的问题。事实上王闿运"历时五十多年，选录了三种唐诗选本"，并且多次阅读和批点这些选本。这是"一种最为直接的实践和实现选家诗学思想的批评方法",故这些选本较之王闿运直接的诗学宣言可以更有说服力地呈现出其真实的诗歌思想,"更为直接地展现其当时的唐诗阅读和唐诗体验"。彦霞的这部著作,努力揭示出王闿运唐诗阅读和体验的妙处。她的研究不仅填补了清代唐诗学中一段重要历史的空白,而且为评点式诗学批评方法论的研究,提供了重要的学术信息和文献价值。

这部著作是从文献学的角度展开的。作者考察了三种不同的唐诗选本,发现了现存于湖南图书馆的《唐十家诗选》(湘抄本)的价值。通过仔细的文献比勘和考察,作者发现王闿运历时五十多年三次选录唐诗,《唐十家诗选》(湘抄本)是其24岁时选录而成,《唐诗选》六卷本(蜀本)从选录到刊刻历时大概20年(34岁—55岁),而《唐诗选》十三卷本(湘本)从遴选到出版也经历了近20年(62岁—80岁)。可以说,王闿运对唐诗用力之勤勉,几乎延续了一辈子。王闿运曾多次为友人和学生批点唐诗,所批唐诗也非一时之作,历时数十年。这样的经历,使他有机会不断修正对唐诗、唐宋一体论以及中国诗歌发展流变的看法,这个漫长的过程,既会造成王闿运诗学理论和唐诗批点实践有自相矛盾的现象,同时又证明了王闿运对唐诗的热忱,体现出他对汉魏六朝至唐代诗学整体的把握,诗学主张日臻完善。

从中国诗学发展的历程来看,诗歌走向繁荣的关键在于汉魏六朝和唐代。传统诗歌以"情韵"为主导的创作方法,也在这一时期成为主流。从齐梁格到唐代成熟的格律诗,形成了几乎延续到清代末年的传统诗学的审美标准和审美趣味。从这个意义上讲,汉魏六朝的诗歌与唐代的诗歌的因承与拓展,并未因为朝代的更替而断层,把六朝当做唐朝的源头,也是合理的。明人认为,汉魏古诗与唐人的格律诗在写作方法和风格上多有不同,也是有道理的。因为汉魏六朝的诗歌是源头,学诗提倡先学汉魏的诗歌,就像学习书法先学篆字,可以搭好架子是一样的,如果除去"复古""拟古"的嫌隙,也有合理的一面。彦霞的研究,层层剖析,并结合王闿运的创作实践,合理地阐释了王闿运推崇的"宽和"与"清劲"一类的美学标准。

王闿运遴选唐诗并批点唐诗,主要的目的是教学所用。这就决定了他选批唐诗的立场,第一,要讲究学诗门径,以便立意立格;第二,要有比较合适的范本来充当教材,这是选唐诗的初衷。因对前两次的选刻不满意,王闿运第三次选录唐诗从光绪十九年开始,之后又多次进行校对和删补,直到宣统三年刊刻而成。这段时间王闿运在衡阳船山书院教书,因对光绪十二年刊刻的《唐诗选》不满,开始重新选录。这时期王闿运诗学理论已完全成熟,其大部分关于唐诗的论述也在这段时间写成，如光绪二十三年《论五言作法》《论唐诗诸家源流答陈完夫问》《七言歌行流品》《歌行运用之妙》，光绪二十四年《论唐歌行流派答陈郎》、光绪三十四年的《论诗法》等等，这些文章不仅传导出他的诗学观念和看法，也可以证明，王闿运遴选和批点的重心一直在于指导学生的诗歌学习和创作。所以，他的批点注意力往往集中在用典、对偶以及诗歌风格、诗歌意境的建构方面。例如，他说郑嵎《津阳门诗》"长篇杂叙，未若《长恨歌》专攻叙一事为易工"，就是从叙事方法选择上来评价的，意见中肯，并未涉及优劣。又如，评刘长卿《送子婿崔真父归长城》"运典深妙工切，对仗稳妥"。即使是他并不看好的白居易的七律，如《西湖留别》，评论也是从对仗角度出发的。他说："风流深至微嫌'翠''皇'对太纤，又未相称，然不可改易。"又在"翠黛不须"四字边上批注："恰到好处。"并没有意气用事的武断。最后打磨出来的十三卷本，比较公允地选了大家公认的唐诗名家名作，而批点的语言也多从学诗的角度出发，精彩纷呈。

彦霞的研究，细致而深入地查考了王闿运选批唐诗的过程，并将他的诗学理论、日记等与唐诗选批加以对比，指出王闿运的批点之所以能做到如此切中肯綮、精辟入理，与他独特的艺术眼光是分不开的。她认为，批语中有关诗歌流变的概念，主要表现在探源溯流至六朝、六朝对唐诗的开启及唐诗内部流变等三个方面，而这三个方面，又与他的诗学理论相联系。唐诗选批既体现出王闿运崇尚汉魏六朝诗歌的基本原则，同时又通过具体的唐诗作品，阐释了唐诗对前朝的继承开拓和变化。她将评点分为"探源溯流""感悟风格""评辞析句""论诗歌作法"等数个部分，探讨王闿运论诗的立场，在于注重诗歌的艺术特质和自我情感的抒写。

彦霞还分析了王闿运模拟唐诗的创作与他评点之间的关系，例如，王闿运在"七言歌行"方面所下的功夫是最多的，以至他将"七言古诗"一类，直接称为"七言歌行"。这里虽然意味着他并不认为唐人的七言古诗可以与六朝古诗相提并论，但更重要的是，意味着他对唐代新创诗歌的迷恋，所谓"歌行法备于唐，无美不臻，各极其诣"。这与他对诗歌的主要功用的认识有关。他摒弃了儒家的诗教作用，强调"汉后至今，诗即乐也，亦足感人动天"。也就是说，诗歌本身的艺术审美，就足以感天动地。他评价唐人的七言歌行，赞赏溢于言表："其大概可指者，四杰之铺排，张、刘之秀逸，宋之问之跌踢，王维之纡余，李白之驰骋，杜甫之生发，元稹之拉扯，白居易之铺排，李贺之锤炼，皆各有神力，能驱烟墨，使人神旺而无恬静之乐。"这些细致的探索不仅勾画出王闿运唐诗研究的风貌和范式，还引出更多值得继续深入探究的方方面面。

彦霞曾在上海师大随我攻读博士学位，她是一个谦和安静、善于读书的人，每当遇到难题的时候，她又展现出无比坚韧的性格，直到获得可信的结论。这些年来，她一直兢兢业业地工作，始终坚持着唐诗学的研究和古代典籍的整理和研究，不断发表成果、斩获课题。她拥有一个幸福的家庭，孝敬长辈，疼爱孩子，岁月静好，生活充实。当我再次读到王闿运"始知歌行有无数法门"一句时，突然感到彦霞应对工作、生活以及科研也有"无数法门"，我想象她白天工作，晚上回家料理孩子们和家务，夜深人静后，青灯一盏，伏案写作，不禁感慨她能在这样一个容易让人浮躁的年代里，如此沉稳和扎实。真使人神旺也！

彦霞的书即将付梓，嘱我写几句话放在前面。是为序。

朱易安

2021 年 5 月

目　录

序

引言　王闿运和晚清唐诗学 1
    第一节　关于王闿运 2
    第二节　王闿运唐诗思想 3
    第三节　研究内容 6

第一章　王闿运唐诗选本考述 8
    第一节　《唐十家诗选》 8
    第二节　《唐诗选》六卷本 13
    第三节　《唐诗选》十三卷本 16

第二章　王闿运三种唐诗选概述 22
    第一节　从湘抄本到湘本 22
    第二节　湘本的编选体例 31
    第三节　湘本与王夫之的关系 39

第三章　王闿运批点唐诗 42
    第一节　批点唐诗 42
    第二节　对待批语的态度 44
    第三节　唐诗批点的方式和特点 47

第四章　王闿运论唐诗 56
    第一节　论唐五言古诗 58
    第二节　论唐七言歌行 65
    第三节　论唐近体诗 74

第五章　王闿运诗歌艺术源流史观 84
    第一节　诗歌源头的界定：否定《诗经》为诗歌之源 84
    第二节　重塑六朝诗歌的历史地位 87
    第三节　六朝走向唐代的艺术之路 92
    第四节　唐宋诗歌一体观 97

第六章　王闿运和晚清诸派唐诗学 102
    第一节　王闿运和"湘中五子" 102

第二节　王闿运和宗宋诗人 …………………………………… 113
　　第三节　王闿运与其他诸派 …………………………………… 127
第七章　王闿运影响下的晚清唐诗学 ……………………………… 137
　　第一节　王闿运影响下的湖南唐诗学 ………………………… 137
　　第二节　王闿运影响下的四川唐诗学 ………………………… 149
　　第三节　王闿运影响下的夏敬观及其诗论 …………………… 158
结语　王闿运选批唐诗的意义和价值 ……………………………… 167
参考文献 ……………………………………………………………… 172
后记 …………………………………………………………………… 177

引言　王闿运和晚清唐诗学

晚清的道光、咸丰时期是中国历史的转折时期，社会经历了前所未有的变局[①]，有清一代的诗学自此以后也趋向多样化：宗宋诗派、汉魏六朝诗派、唐宋调和派、中晚唐诗派、西昆体等，其中宗宋诗派在晚清诗坛持续时间最久且影响最大，这个诗派是以何绍基、曾国藩等为代表的"宋诗派"及承其后的以陈衍等人为代表的"同光体"两个诗派组成，他们由宗宋而上溯至杜韩，诗学高蹈扬厉的诗风，目的是要打破自明以来"诗必盛唐"的诗学局面，力倡诗歌的社会功用及内在的现实精神；和宗宋诗派隐相抗衡的"汉魏六朝诗派"是以邓辅纶、王闿运等为代表，诗学由汉魏六朝至三唐，追求诗歌自然清丽和隽永含蓄，注重的是诗歌的艺术功用，其目的不仅仅是回归雅正的诗歌之风，更为重要的是要达到乱世以自治的目的。其他如唐宋调和派以张之洞为代表，以宋意入唐格，在清新雅致的唐诗风格中注入宋诗的学问和张力；张之洞影响下的易顺鼎、樊增祥又被视为中晚唐诗派，他们更多地追求诗歌技巧和辞采；西昆派以曾广钧、李希圣等人为代表，趋向李商隐那种绮丽伤感的诗歌气质；除此之外还有主张"不名一家"但又以学杜为主的李慈铭等。

显而易见，晚清弥漫在诗坛的主要是宗宋和复古之风，唐诗学在这个时期既没有如明代"诗必盛唐"这样旗帜鲜明的诗学口号和诗学氛围，也没有如高棅《唐诗品汇》、沈德潜《唐诗别裁集》等这样产生很大影响的唐诗选本[②]。故这一时期的唐诗学被学者视为处于衰微、解体[③]甚至终结[④]的时期。但不管哪一个诗派，又都无法疏离唐诗。如宗宋诗派之所以推崇苏轼和黄庭坚是基于他们对杜甫和韩愈的一脉相承，之后的同光体通过"三元""三关"之说，旗帜鲜明地力主打通唐宋，重建中唐尤其是韩愈诗歌的核心地位；汉魏六朝诗派则把唐诗置于诗歌发展的支流上来审视，五言古诗倡导诗学汉魏六朝，近体诗则主张学杜甫和王维。可以说

[①] "晚清道咸以后，为世局转变一大关捩，史家有断为近代者。"见汪辟疆：《近代诗派与地域》，《汪辟疆文集》，上海：上海古籍出版社，1988年版，第275页。

[②] 陈伯海：《唐诗学引论》，北京：知识出版社，1988年版，第205—206页。

[③] 陈伯海：《唐诗学史稿》，石家庄：河北人民出版社，2004年版，第1—20、731页。

[④] 王顺贵：《清代：古典唐诗学的总结与终结》，《南京师大学报（社会科学版）》，2008年第2期，第139—140页。

这时期的唐诗虽然失去了一统天下的地位,但是对其的研读和探讨并没有停歇。

第一节 关于王闿运

晚清诸多文人中,对唐诗的研读和实践付出较多的是汉魏六朝诗派的王闿运,他有关于唐诗的论说之文,有举数十年之力拣选的唐诗选本,且其人享名甚久、交友甚广,故影响较大,对其唐诗学的廓清可以辐射较大的唐诗学范围。

王闿运是湖湘诗派的领袖人物,因为湖湘诗派的另一位重要诗人邓辅纶没有诗论传世,且比王闿运去世早三十四年;邓绎虽有关于诗歌的论述,但影响不大。"在湖湘派众多诗人中,唯王闿运有完整的诗学见解。因此,谈湖湘派的诗歌宗趣,主要是介绍王闿运的诗歌理论。"[①]再加上他经历了道光、咸丰、同治、光绪、宣统和民国初年,这无疑强化了其唐诗学影响力,故"湘绮为近代诗坛老宿,湖湘派领袖,世无异议"。虽然诗学汉魏六朝风气的掀起不是由王闿运一个人完成,但持之以恒、一以贯之积极进行诗歌理念的发展、诗歌创作实践的是被誉为"诗坛旧头领"[②]的王闿运。

王闿运一生皆以复古自居,因此生前身后一直是褒贬参半,贬者视其为老古董,没有个性,如李慈铭和稍后的同光体代表陈衍皆持否定的态度[③]。20世纪60年代游国恩主编的《中国文学史》也认为他的诗歌是"极端腐朽的古董诗派"[④]。不过相比较而言,对王闿运的复古持肯定态度者居多,除了王闿运学生如杨钧、杨度、王简等之外,章太炎也对他评价甚高:"并世所见,王闿运能尽雅,其次吴汝纶以下,有桐城马其昶为能尽俗。下流所仰,乃在严复、林纾之徒。"[⑤]被视为"同光体后劲"的夏敬观对其也持肯定的态度:"明七子学汉魏六朝诗、学李杜诗只是皮毛空壳,王壬秋丈学汉魏六朝却有本领。"[⑥]除上述两种截然不同的态度之外,也有如钱仲联结合前人的褒贬意见指出:"然湘绮拟古,内容亦关涉时事。名篇《圆明园词》,谭献《复堂日记》所谓'《连昌》、《长恨》谈何容易'者,岂能一笔抹煞。"[⑦]拟古是事实,但诗歌有价值也是事实。陈子展曾说王闿运:"他

---

① 马卫中、刘诚:《从湖湘派的兴衰看王闿运的诗坛地位》,《文学遗产》,1999年第5期,第76页。
② 《汪辟疆文集》,第326、839页。
③ (清)陈衍:《近代诗钞述评》,《陈衍诗论合集》,福州:福建人民出版社,1999年版,第886页。
④ 游国恩等主编:《中国文学史》,北京:人民文学出版社,1964年版,第409页。
⑤ (清)章太炎:《与人论文书》,《太炎文录初编》,上海:上海人民出版社,1992年版,第171页。
⑥ 夏敬观:《夏敬观艺文杂志论著》,民国时期,铅印本,第3页。
⑦ 钱仲联:《梦苕庵论集》,北京:中华书局,1993年版,第338页。

的诗名最大,尤以"圆明词"为最有名,虽不及前辈曾国藩的"筱邬",王士禛的"秋柳"和者之多,但传诵之广,有过之无不及。他真可以算得近代一个极端复古的大诗人!"①虽然对其评价贬胜于褒,但也间接说明王闿运在晚清文坛的影响力之大及其诗歌成就之高。

王闿运的复古虽然有力求句模字拟的形似和神似,但他并没有仅仅停留在模拟的阶段,他只是用这种形式的古体诗来承载对现实的书写。毕竟诗歌这种特殊的文体形式每个人都难逃模拟之嫌,从模拟到自我风格的彰显是每位传统诗歌创作者的必经之路,所以王闿运并没有把主要精力付诸汉魏诗歌的模拟,而是放在了唐诗上。

第二节 王闿运唐诗思想

王闿运虽然力倡诗学汉魏六朝,但主要限于五言古诗,其他诗体无疑唐代诗歌成就最高。故就诗歌批评而言,王闿运于唐诗所用之功远胜于对八代诗歌的阅读和研究,只不过因其复古地位的深入人心,他的唐诗学思想没有得到足够的重视。目前学界对王闿运唐诗学思想的研究主要有三点。

首先是唐诗倾向。较早提及王闿运唐诗倾向的是汪辟疆,他在《光宣诗坛点将录》中摘录了章士钊的论近代诗家绝句:"名家人属杜陵孙,黼黻三唐别有源。搜得东川作元后,陈词应愧两当轩",后又进一步解释道:"唐诗推挹东川,裁抑杜陵,乃湘绮得意之笔"。②寥寥数语却指出了王闿运唐诗学思想中突出的一点,即推崇李颀、贬抑杜甫。不过汪辟疆也指出此"得意之笔"并非王闿运首倡,早在乾隆时期黄景仁就有此见解,故这一说法乃老生常谈,并无新鲜之处。

之后的 20 世纪后期当唐诗学成为热点,王闿运唐诗理论引起了学者们的关注。较早注意到的是陈伯海先生,他指出"有王闿运一意复古的'宪章八代'(实即以汉魏六朝诗衡量唐诗)之论"③。所言甚简,但其中"以汉魏六朝诗衡量唐诗"则一语中的,准确指出王闿运唐诗批评的最大特点。《唐诗学史稿》中对此语又有进一步的阐释。

> 对于唐诗,王闿运评价不低,甚至高估为"百代不及",但又始终是以汉魏六朝诗作为衡定的标尺,所以,他将唐诗渊源推原于汉魏六朝,

---

① 陈子展:《中国近代文学之变迁》,上海:中华书局,1929 年版,第 48 页。
② 《汪辟疆文集》,第 328 页。
③ 《唐诗学引论》,第 205 页。

认为唐诗是在汉魏六朝诗的基础上的进一步开拓与发展。①

此论开后世学者论述王闿运唐诗学的先河。不过这里要特别指出的是,"以汉魏六朝诗衡量唐诗"的命题主要适用于五言古诗,因为王闿运认同李攀龙的"唐无五言古",五言古诗于汉魏六朝成就最高,故可以成为衡量唐诗的标准,而七言歌行和近体诗则属于唐人专长,八代已难以涵盖。

对王闿运唐诗学做出全面评价并给予一定肯定的是陶文鹏,他在《20世纪前半叶的唐诗研究》一文中提出20世纪初在唐诗研究上取得较大成果的是王闿运,他不仅有诸多论诗的单篇文章,还在《国粹学报》上发表了关于唐诗的论诗文章,其唐诗学论述特点如下。

> 他不是孤立地论唐诗,而是把唐诗的大家名家放在中国诗歌发展的历史进程中,揭示其在诗史上的特点、地位的前后传承与影响,其研究视野拓展到魏晋南北朝和宋词元诗。②

之后杜晓勤的《20世纪唐代文学研究历程回顾》也概括了王闿运唐诗批评的内容、特点和方法,指出其唐诗学思想乃是为了和宋诗派分庭抗礼,唐诗研究的方法也不出传统的审美感悟式的点评方法,缺乏学理性的探讨。③

其次是唐诗选本。较早对唐诗选本进行评论的是王闿运的学生林思进,他曾为1941年重刻的六卷本《唐诗选》撰写《蜀刻湘绮〈唐诗选〉后序》,在列举了文学史上其他重要唐诗选本的优劣之后,总结了王闿运《唐诗选》六卷本的特点:"嗣读王壬甫所为唐诗选,乃深叹服,以谓能尽三唐正变者莫此若矣。"④指出选本注重诗歌发展流变的特点。之后对王闿运唐诗选本给予关注的是陈伯海先生,他对《唐诗选》十三卷本所选诗歌及诗人进行了数字统计之后,得出的结论是王闿运比较偏重盛唐,喜欢田园山水和淡远的诗风。⑤

这里要特别指出的是王闿运共有三种唐诗选本:《唐诗选》六卷本、《唐诗选》十三卷本和《唐十家诗选》,但其长子王代功的《清王湘绮先生闿运年谱》⑥和钱

---

① 《唐诗学史稿》,第745页。
② 陶文鹏:《20世纪前半叶的唐诗研究》,《湖北大学学报(哲学社会科学版)》,1999年第5期,第1页。
③ 参见杜晓勤:《20世纪唐代文学研究历程回顾》,《北京大学学报(哲学社会科学版)》,2002年第1期,第70页。
④ 林思进著,刘君惠、王文才等编:《清寂堂集》,成都:巴蜀书社,1989年版,第619页。
⑤ 参见《唐诗学史稿》,第748—749页。
⑥ 王代功著,王云五主编:《清王湘绮先生闿运年谱》,台北:台湾商务印书馆,1978年版,第344页。此书原名是《湘绮府君年谱》,后被王云五编入《新编中国名人年谱集成》第六辑,名为《清王湘绮先生闿运年谱》。

基博、李肖聃的《附旧作湘绮遗书跋》①都仅仅列举了《唐十家诗选》和《唐诗选》十三卷本，对《唐诗选》六卷本都只字未提。《唐诗选》六卷本和《唐诗选》十三卷本是王闿运先后两次自费刊刻的唐诗选本，后者是在前者的基础之上增删而成，两种选本的诗歌编排和诗歌数量都有不同，从中也可一窥王闿运唐诗学的一些发展轨迹，可惜目前未见有其他文字提及。

最后是批点唐诗。王闿运多次批点唐诗，虽批语多感悟少系统化、多传统少创新，但可以深入了解王闿运对待唐诗的真实态度。迄今为止，提及王闿运之唐诗批语的主要是金性尧先生发表于《读书》1995年第6期的《王闿运唐诗选评语》一文。金先生在该文中指出他藏有一唐诗选本，上有"谭光藏书"印章，并称之为"谭藏本"，金先生不仅指出"谭藏本"和《王闿运手批唐诗选》两书批语中不同的地方，还指出批语的三个特点：一是手批在某一意义上和金圣叹之批评有"貌离神合"之处；二是对所谓轻薄之作，每多贬抑之词；三是多借题发挥，或明讽或暗刺，借古讽今。②

王闿运虽然以复古者自居，但从阅读、接受到批评，他对唐诗所给予的关注远胜于汉魏六朝诗歌，以至于杨钧认为其五言古诗并非如他人所言过分形似晋宋，而是有太多的唐诗之音。

> 湘绮五言古诗，人皆嫌其过似晋宋，余独惜其太多唐音，议论相反至于如此。湘绮弟子必有知之而不肯言者，旁人未之知也。③

杨钧认为王闿运因为早年喜欢刘希夷的诗歌，并一意模拟之，后来虽极力学习汉魏五言古诗，无奈风格已经形成，故其五言古诗中唐诗意味更为浓厚。在七言歌行领域，王闿运评价最高的是张若虚的《春江花月夜》和李颀的《杂兴》④。近体诗范畴，王闿运曾提及五言律诗要以杜甫为骨，泽以诸家，他自己七言律诗的创作风格则更近李商隐。毕竟，唐诗的艺术成就和魅力毋庸置疑达到了古典诗歌的巅峰，这是任何一位学习古典诗歌者都无法忽视和跨越的高山。作为一代大家的王闿运虽然高唱复古，但他对唐诗付出的努力却持续了大半生的时间。

---

① 钱基博、李肖聃：《近百年湖南学风·湘学略》，长沙：岳麓书社，1985年版，第205页。
② 参见金性尧：《王闿运唐诗选评语》，《读书》，1995年第6期，第20—22页。
③ 杨钧：《草堂之灵》，长沙：岳麓书社，1985年版，第293页。
④ （清）王闿运著，马积高主编：《湘绮楼诗文集》，长沙：岳麓书社，1977年版，第532—534页。

第三节 研究内容

选本是一种最为直接的实践和实现选家诗学思想的批评方法,故王闿运历时五十多年选录的三种唐诗选本,较之他的诗学宣言可以更有说服力地呈现出其真实的诗歌态度。同时,他多次随意率性的唐诗批点,也可以更为直接地展现其当时的唐诗阅读和唐诗体验。作为晚清汉魏六朝诗派的代表人物,王闿运自己也以这样的身份自居,并以这样的身份影响着其他众多的诗人,但他对唐诗所付出的诸如阅读、拣选、评点及论述等批评和实践的努力远胜过其对汉魏六朝诗歌所用之力。这固然有唐诗数量繁多、风格多样化的自身原因,但更深层次的原因是像王夫之等复古派选录唐诗一样,希望从中寻绎出一条诗歌的发展之路,为后世向学者指出一条诗学之路。

本书从王闿运的三种唐诗选本入手,就选本的版本问题、选诗背景、选诗特点及唐诗批语、唐诗论说、诗歌史观等诸方面加以详尽的考述和阐释;然后把他与他身边有交集的文人的唐诗接受进行比较,希望能更立体地了解王闿运的唐诗学背景、诗学特点及当时社会整体的唐诗情况;最后分析在其影响下的唐诗学倾向。

本书的研究重心主要在三个方面:首先是揭示王闿运公开的唐诗批评及其具体的诗歌实践之间的矛盾之处。王闿运曾说自己选录唐诗的标准是不出八代之外,即其对唐诗的审美取向是以汉魏六朝诗歌为标准尺度,但就《唐诗选》及批语看,他所选之诗和其所谓的选诗标准并不完全一致。王闿运选录的唐诗风格趋于多样化,即使对于一些他评价不高的中晚唐诗歌也多有选录,批点时也不吝赞美之词。究其前后言行不一致的原因除了诗歌观有一个发展变化的过程,还有言论背景的不同。其次是对王闿运诗学思想体系的探索。王闿运推重六朝,最突出的是通过对齐梁诗歌地位的肯定打通了从汉魏至唐这样的诗学环节;而对于宋诗,其有关诗歌的论述和批语也明确传递出唐宋一体论。不过他主唐宋一体的原因和宗宋诗派不同,这一点也是本书要论及的主要问题。最后是考察并揭示王闿运诗学观中对唐诗学的特殊贡献。王闿运是晚清诗坛特立独行之人,和汉魏六朝诗派其他重要诗人如邓辅纶、邓绎等在唐诗批评上也有很大差异;生活在宗宋风尚中,他对宗宋诗人的诗学保持着游离和沉默的态度,和其他诗派相比也有着独特的一面。他们之间最大的不同是对诗歌功用看法的不同。王闿运认为诗歌是诗人自己触物感兴、有感而作,是否有关教化并不重要,这在强调诗歌政治功用的晚清显得独树一帜。

清末民初唐诗虽不再一枝独秀，但作为诗学主张的参照对象或者探源溯流的对象也被赋予了时代特征，这也是其自身发展的历史轨迹。以王闿运的唐诗学作为个案的研究，不仅仅是为了要还原其复古身份下的另一重真实状态，更为重要的是要把王闿运置于当时的时代背景中，通过他的交游、唱和与诗学思想的比较来廓清其周围的唐诗学状况。

第一章 王闿运唐诗选本考述

王闿运（1833—1916年），湖南湘潭人，初名为开运，后为闿运，字纫秋，又字壬秋，又有"壬父"或"壬甫"之称，因自称所居为"湘绮楼"，遂又有"湘绮先生"之称。咸丰七年（1857年）举人，同治元年（1862年）以前积极参与政治，游幕曾国藩，并曾深得肃顺赏识。终因世事难料，所遇不合，壮志难酬，于同治四年（1865年）息志归隐，精心治学。直到光绪四年（1878年），在四川总督丁宝桢的多次邀请之下，出山任教四川尊经书院。后又归讲长沙思贤讲舍，任船山书院山长。王闿运经、史、诸子造诣皆深，《清史稿》把他归为"儒林"一类。[①]经学著作有《周易说》《尚书大传补注》《尚书笺》《诗经补笺》等十多种。王闿运思想颇杂，对儒家思想有异乎常人的见解。在晚清和当时的湖南尤以诗文为高，著有《湘绮楼诗文集》《湘绮楼日记》等，诗歌选本有《八代诗选》、《唐十家诗选》、《唐诗选》六卷本和《唐诗选》十三卷本，其中《唐诗选》十三卷本还有两种单行本流传。不过这些选本尚存在一些诸如版本真伪、刊刻时间等问题，本章主要就这些选本存在的问题进行考述。

第一节 《唐十家诗选》

王闿运第一次选唐诗的情况见于其子王代功的《清王湘绮先生闿运年谱》（以下简称《年谱》）：

> 又于其时选高、岑、王、孟、李、杜、韦、储、钱、常各体为唐十家诗钞，并加圈点、评语焉。[②]

在《年谱》书末又提及"《唐十家诗选》十六卷"[③]。据此可知王闿运于咸丰五年（1855年）选录了《唐十家诗选》，该选本应该是他最早的诗歌选本，比其著名的《八代诗选》早四年。现存湖南图书馆署名王闿运的《唐十家诗选》有二十六卷，抄本（以下简称"湘抄本"）八册。该选本每页八行，每行20字，版心

---

① 参见赵尔巽等撰《清史稿》，北京：中华书局，1977年版，第34册，第13300—13301页。
② 《清王湘绮先生闿运年谱》，第27页。
③ 《清王湘绮先生闿运年谱》，第344页。

有"氅勤斋读书日记"字样，扉页有"王闿运著 唐十家诗选 周旦题"墨字，次页有署名"蔡人龙"的一段题识，题识末有朱文"蔡人龙印"的印章。第一册正文有朱文"长沙龙氏""寒玉馆"和白文"谦受益斋"印章，第八册末页有朱文"钧剖""知白守墨"和白文"行有不得反求诸己"三个印章。有朱笔圈点，墨笔眉批。关于该选本的著录情况，湖南图书馆目录卡片记录如下。

　　《唐十家诗选》二十六卷，（清）王闿运辑，蔡人龙题识，民国2年（1913）抄本。

　　"民国2年"这个时间可能源于蔡人龙题识中"癸丑"年的记载，但该选本实际抄录时间有待商榷，这点稍后论述。

　　湘抄本所选诗人及诗歌数量按排列顺序分别是：张九龄77首、王维255首、储光羲137首、王昌龄150首、常建49首、孟浩然189首、李白286首、岑参200首、高适156首、杜甫422首，共1921首。其中张九龄五言一卷，王维诗三卷（五言、五言律、杂言诗各一卷），储光羲诗一卷，王昌龄诗二卷（五言、七言各一卷），常建诗一卷，孟浩然诗三卷（五言、五言律、七言各一卷），李白诗五卷（五言诗两卷，乐府诗、长句卷和唐格诗各一卷），岑参诗三卷（五言古、五言律、七言古各一卷），高适诗三卷（五言、五言律、七言各一卷），杜甫诗四卷（五言、五言律、七言、七言律各一卷）。除非特别标明是古体诗，如"五言""七言"卷亦有律诗和绝句。该选本批语主要集中在王维、孟浩然、岑参和高适等诗人的诗歌中，共151处。李白五言卷、长句卷和唐格诗卷前各有一段总论。

　　湘抄本和《年谱》所载的《唐十家诗选》有两处明显的不同：首先是卷数不同，《年谱》中《唐十家诗选》是十六卷，而湘抄本是二十六卷；其次是两个版本所选十位诗人中有两位不同，《年谱》所载《唐十家诗选》中有钱起、韦应物，而湘抄本是张九龄和王昌龄。那么湘抄本究竟是不是王闿运的选本呢？湘抄本中有以下三处信息可以判断该选本的真伪。

一、题识

　　湘抄本有蔡人龙的题识，内容如下。

　　　　湘师少时所撰唐十家诗讫，未刊行，同门长辈亦无言其稿之所在者，意以为散佚久矣。今年初秋来会城，过书肆见此本，署名《唐十家诗选》，云出自龙氏坚白兄弟，皆与师厚，岂其倩周旦所录存者耶？旦不知名，盖其门客题字。及批语则师少年时笔迹也。然年谱所载十家有韦苏州、钱考功，无张子寿、王少伯，与此本不同，当是撰定之时去彼取此，不可疑为伪托也。癸丑初秋人龙。①

此题识之末有"蔡人龙印"的朱文印章，蔡人龙字渔村，又字渔春，是王闿运晚年得意门生之一，王闿运在《湘绮楼日记》（以下简称《日记》）中曾多次提及，如"蔡人龙问大夫会例，前后说异，为通检定之。"②又言："蔡人龙拟学报序文，亦放胆。告以立言之体，令其更作。"③见过王闿运两次且和蔡人龙也熟识的李肖聃也曾记载："渔春在船山以治公羊有名，每发一问，湘绮常用心以答之。札记有心得，则令女佣周媪烹面以赐。后衡阳道以先生年老，请其归云湖故居，而迁弟子八人从之，渔春亦在其列也。渔春后入岳麓文史专修科，教授湖南大学，其点勘古书，手钞群籍，有师门之风。"④也印证了蔡人龙和王闿运的亲密关系，故蔡人龙的题识有一定的可信度。

二、周妈和龙璋

该选本关涉的另外两个人和王闿运也有很密切的关系。一个是周妈，即湘抄本扉页的墨字"周旦"，她是光绪四年（1878 年）王闿运到成都尊经书院之后的女佣，在王闿运妻妾都去世之后开始和王闿运形影不离，甚至民国初年时还跟着王闿运出入各名流场合⑤，留下了不少的风流佳话，据说周妈还通过帮别人得到王闿运题字写文以从中获利。但蔡人龙认为周旦不出名，题字应该是王闿运门客写上去的。但何人何时缘何题之，现已无从查寻。

该选本关涉的另外一个人是和"甓勤斋"有关。湘抄本书内每页版心处皆有"甓勤斋读书日记"字样，以"甓勤斋"来命名著作的在晚清有两个人：一个是吴县的吴国榛，一个是长沙的龙璋。吴国榛生平不详，现有《甓勤斋诗残稿》一书，百嘉室刊刻于民国十五年（1926 年），此书之末有其子的跋文："右《甓勤斋诗残稿》计古今体二十首，为府君删定本，皆二十岁前少作。府君弃养年只二十有二，时梅仅三龄耳。孤露余生，忽忽四十年矣。每展楹书，怆怀风木，丛残论著，多不成章，惟（唯）此手稿犹存故箧，因付剞氏贡诸艺林。"⑥据此跋文可知，吴国榛去世时年仅 22 岁，虽存诗仅二十首，其子仍给予刊刻。如果吴国榛曾选录并批点《唐十家诗选》，其子吴梅谨应该会提及此书，但跋文中并没有关于此书的信息，

---

① 蔡人龙：《〈唐十家诗选〉题识》，《唐十家诗选》，手抄本，湖南图书馆藏。
② （清）王闿运著，吴容甫点校：《湘绮楼日记》，长沙：岳麓书社，1997 年版，第 2824 页。
③ （清）王闿运著，马积高主编：《湘绮楼诗文集》，长沙：岳麓书社，1996 年版，2344 页。
④ 李肖聃著，绛希点校：《星庐笔记》，长沙：岳麓书社，1983 年版，第 84 页。
⑤ 参见朱传誉主编：《王湘绮传记资料》，台北：台湾天一出版社，1985 年版，第 110 页。
⑥ 吴梅谨：《甓勤斋诗残稿跋》，吴国榛《甓勤斋诗残稿》，丙寅百嘉室刊，1926 年版，第 1 页。

故吴国榛选录《唐十家诗选》并有批注的可能性不大。还有一位以"甓勤斋"命名的文人是龙璋，龙璋（1854—1918），字研仙，别号甓勤，晚号潜叟，著有《甓勤斋诗文存》。龙璋是湖南长沙攸县人，这一点和此书中的印章"长沙龙氏"比较吻合。龙璋二叔龙溥霖的《农圃琐谈》刊刻于清光绪六年（1880年），刊刻者即"长沙龙氏"①。龙璋的父亲龙汝霖，著有《坚白斋集》，蔡人龙题识中所说的"坚白兄弟"应该是指龙汝霖和龙湛霖兄弟二人。王闿运和龙湛霖于咸丰七年②（1857年）同中举人，和龙汝霖同是城南书社的学生，两人曾于咸丰元年（1851年）和李篁仙、邓辅纶、邓辅绎等成立"兰林词社"，且号"湘中五子"③。郭嵩焘曾为龙汝霖写序："龙君皞臣少与湘潭王壬秋、武冈邓弥之、葆之倡为古学，摈弃今世为诗文者。"④作为龙汝霖儿子的龙璋和"湘中五子"交往甚多："幼而岐嶷，七岁能属文。年十二，随侍铅山，公高平作擘窠书，僚友惊异。十五遍诵十三经及诗古文辞，风裁俊逸，言论不群，下笔千言，俗儒咂（咋）舌。长沙周荇农、武冈邓弥之、葆之诸先生皆引府君为畏友。"⑤曾写《岁暮有怀》记王闿运："诗歌唐杜甫，词赋汉相如。一载从为客，千秋信不虚。浩园明月堕，巫峡暮云舒。湘绮追陪后，常悬问字车。"⑥对王之文学成就推崇有加，并向之问学。王闿运在宣统二年（1910年）十二月二日的《日记》中记："陈海鹏、龙研仙、孔撂阶后至。"又民国五年："得省报，汤芗铭已逃去，龙璋将复作使也。皞臣有此子，殊为可怪。"⑦龙璋和王闿运熟识，那么他和周妈也不陌生。所以由周妈提供此书，再由龙璋抄录而成也是有可能的事。龙璋曾收藏了王闿运手书的《圆明园词》，"壬翁所书圆明园词，余所见凡三本，其一为攸（疑"县"字脱）龙璋研仙书，其一为外王甥张力臣布政书……张、龙所藏尤难寻矣"⑧。《圆明园词》在当时的文坛影响甚大，龙璋能藏有手写本之一，那么《唐十家诗选》被其收藏也就不足为奇。

---

① 参见龙溥霖辑：《农圃琐谈》，长沙龙氏，清光绪六年（1880年）版，刻本。
② 《清王湘绮先生闿运年谱》，第30页。
③ 《湘绮楼诗文集》，第385页。
④ （清）郭嵩焘：《郭嵩焘诗文集》，长沙：岳麓书社，1984年版，第70页。
⑤ 龙祖同：《龙公研仙府君行状》，龙璋《甓勤斋诗存文存》，民国时期，铅印本，第1页。龙伯坚：《龙璋事略》，见《湖南文史资料选辑》第十辑，中国人民政治协商会议湖南省委员会文史资料研究委员会编，第131页；"二十三岁时中了举人，与湘潭王闿运同榜"。不过此言有误，王闿运咸丰七年（1857年）中举人，同时中举的还有龙璋的叔父龙湛霖。
⑥ 龙璋：《甓勤斋诗文存》，民国时期，铅印本，第12页。
⑦ 《湘绮楼日记》，第3086、3434页。
⑧ （清）王闿运：《湘绮楼自书圆明园词》，上海：上海震亚图书局，1921年版。

三、批语

　　湘抄本中的批语有几处和《王闿运手批唐诗选》①中的批语很相似，如王维《赠裴十迪》，湘抄本卷二批语为"起韵致自然"，后者卷一批"自然成文"；《登裴秀才迪小台》前者卷三"善用遥字，是自看自也"，后者卷四"亦用遥字，此更超远"；岑参《南楼送卫凭（得归字）》，前者卷十八批"所谓能脱手弹丸，挂角羚羊"，后者卷四批"脱手弹丸"；当然也有一些批语和《王闿运手批唐诗选》不相同，但意思相去不远。如王维《送张五諲归宣城》前者卷三批"极绵邈之致"，后者卷四为"一字一珠"，孟浩然《宿业师山房期丁大不至》前者卷九批"清而不瘦"，后者卷一"常语清妙"，《夜归鹿门山歌》前者卷十一"清幽逼人"②，后者卷七"有灵气往来"③。王闿运前后数次批唐诗，而且多随手批点，湘抄本和《王闿运手批唐诗选》中唐诗批语的批点时间相距最少也有二十年，批语难免不同。金性尧先生提及的《湘绮楼唐七言诗选》上册批语就比《王闿运手批唐诗选》中七言部分多出256处，也有后者有而前者没有的。④王闿运自己也曾在《日记》里说道："检旧纸得诗说二条，皆胜于后说，知一人之见，时有不明也。"⑤湘抄本和《王闿运手批唐诗选》的批语风格相近，都是感悟式的随手批点，且多以六朝为参照标准。

　　据此似乎可以确定湘抄本是王闿运之唐诗选本，但还有一些问题有必要交代清楚。首先，蔡人龙写题识的时间"癸丑"和其题识中提到的《年谱》成书时间的矛盾。20世纪的"癸丑"年只有1913年和1973年，蔡人龙资料甚少，目前只见于李肖聃的《星庐笔记》，该书提及蔡人龙85岁去世，而李肖聃是1953年去世，那么蔡人龙去世时间肯定早于李肖聃。据此可知蔡人龙应该是在1913年写成这篇题识，但题识中竟然提到了王代功于1920年写成的《湘绮府君年谱》。王代功在《年谱》里明确地说："府君既卒之三年，代功始缀次旧闻及有闻于言行者，以述年谱。"⑥王闿运于1916年去世，所以蔡人龙在癸丑年根本不可能看到王代功写的年谱。而且蔡人龙曾于民国四年（1915年）见过王闿运⑦，他是完全可以向王

---

① （清）王闿运：《王闿运手批唐诗选》，上海：上海古籍出版社，1989年版，影印本。
② 《唐十家诗选》，卷十一。
③ 《王闿运手批唐诗选》，第58、91、409、446、771页。
④ 参见《王闿运唐诗选评语》，第19页。
⑤ 《湘绮楼日记》，第402页。
⑥ 《清王湘绮先生闿运年谱》，第345页。
⑦ "周姁亲家母之妹来，蔡人龙来，所谓'深山远亲'亦有可乐。"见《湘绮楼日记》，第3373页。

闿运求证这一点，但他没有求证于当事人而是武断地认定湘抄本为王闿运年轻时所选，显然不合乎常理。如果是好事者假借蔡人龙之名杜撰此文又不大可能，湘抄本有蔡人龙印章，所以只有一种可能就是题识里"癸丑"有误。其次，关于抄录时间，湘抄本每页节口处皆有"甓勤斋读书日记"字样，可以肯定湘抄本和龙璋有关。王闿运咸丰五年（1855年）选录湘抄本时，龙璋才两岁，是不可能录存《唐十家诗选》，这应该是后来的抄本。题字的周妈是光绪四年（1878年）到王闿运身边，这说明周妈题字最早也得在光绪四年以后，而敢以一女佣身份让"周旦题"字样出现在王闿运选书之中，恐怕应该是在王闿运的妻子和莫妾分别于光绪十二年（1886年）和十六年（1890年）去世后所写，也就是说周妈题字的时间大抵是在光绪十六年之后。据此可以推测湘抄本应该是光绪十六年之后抄录而成，那么蔡人龙题识中说的是王闿运"少时笔迹"又做何解释？这里只能存疑。

湘抄本可能是王闿运最后有所删定的本子，如其《唐诗选》十三卷本就是在《唐诗选》六卷本的基础上删订而成。因为王闿运日记始自同治八年（1869年），很遗憾无法了解关于此次选诗的情况，不过通过《年谱》和湘抄本可以了解早期王闿运对唐诗的阅读和接受。

第二节　《唐诗选》六卷本

目前看到的《唐诗选》六卷本有三个版本：一是光绪丙子（光绪二年，公元1876年）刊刻于尊经书局，8册，10行21字，黑口，四周双边双鱼尾；二是光绪丙戌（光绪十二年，公元1886年）刊刻于尊经书局，8册，亦是10行21字，黑口，四周双边双鱼尾，扉页有"戴光谨署"题字，次页有"光绪丙戌孟夏尊经书局校刻"篆字；三是民国三十一年（1942年）对光绪丙子刻本的补版，6册，是选本有王闿运学生林思进的题识，内容是对光绪二年的蜀本和宣统三年（1911年）的湘本做的比较和评价，此外无其他序跋和评注。但《唐诗选》六卷本最早的刊刻时间"光绪二年"值得商榷。有四条理由可以证明此书最早应该是刊刻于光绪十二年而非光绪二年。

一、重刊《唐诗学》序

王闿运写的《重刊〈唐诗选〉序》交代了《唐诗选》六卷本第一次刊刻时间：

> 旅京师，合同人钞选八代诗，还长沙，录选唐诗，皆刻于成都书局。《八代诗选》先成，《唐诗选》未上版，而余送妾丧归，留二百金，令弟

子私刻之……唐诗首卷，余仲子手钞。①

《年谱》载光绪十一年（1885 年）"十一月莫姬卒于成都"，光绪十二年"先遣莫姬柩登舟，自率诸妹后行，三月还长沙。"②这一情节和序中所言"而余送妾丧归，留二百金令弟子私刻之"相吻合，这都说明蜀本应该是刊刻于光绪十二年。而且序中提及的早于《唐诗选》六卷本刊刻的《八代诗选》最早是光绪七年（1881 年）刊刻于尊经书局，那么《唐诗选》刊于光绪二年（1876 年）亦无法说通。另外一点是王序中首卷五言古诗是"余仲子手抄"，仲子即王闿运的儿子，《日记》记光绪七年"丰儿钞唐五言毕，院中又议刻八代诗及唐诗选本。"③蜀本第一卷就是五言，这也可以肯定《唐诗选》至少应是在光绪七年《八代诗选》之后刊刻。

二、选录唐诗时间

王闿运曾说："旅京师，合同人钞选八代诗。还长沙，录选唐诗"④，《八代诗选》于咸丰九年（1859 年）在北京选录而成，从北京回来后王闿运为母守丧一年，然后居广州，无暇治学。同治四年（1865 年）王闿运方才决定率家人定居衡阳西乡"方理经史授句读，先妣亦躬汲爨勤纺绩，日出而作，夜分而寝，自是凡十二年焉"。《日记》载同治十一年（1872 年）五月二十七日"比日理《全唐诗》，付坊贾重装之"。不过《年谱》和《日记》都没有关于这段时间选唐诗的记载。光绪四年（1878 年）至光绪十二年王闿运在成都尊经书院教书期间选唐诗的情况则记载甚详，《年谱》载光绪六年（1880 年）"选唐律诗"，光绪七年（1881 年）正月"选白香山五言古诗"，三月"选唐五言古诗"⑤；《日记》载光绪六年六月"选李、杜、高、岑四家毕"，光绪七年五月二十八日"唐诗选早成，欲补删前选二本，不在案头，姑置之"。光绪九年（1883 年）正月十八日"旧选绝句无头脑，自补造之……补选唐绝句"，据此可知王闿运第二次选诗主要是在尊经书院期间。退一步说，如果《唐诗选》真是刊刻于光绪二年，那么距离第二次刊刻相隔十年之久，十年之间可知王闿运曾多次选、补唐诗，那么第二次出版当会有所不同。但比较发现光绪二年本和光绪十二年本内容完全一样，从这一点来说刊刻于光绪二年也是不可能的事。

---

① 《湘绮楼日记》，第 2378—2379 页。
② 《清干湘绮先生闿运年谱》，第 130—131 页。
③ 《湘绮楼日记》，第 995 页。
④ 《湘绮楼日记》，第 2378 页。
⑤ 《清王湘绮先生闿运年谱》，第 44、99、105、108 页。

三、出版者

《唐诗选》六卷本是由尊经书局刊刻，尊经书局隶属于尊经书院。尊经书院是光绪元年在四川学政张之洞支持下创建的："光绪元年（1875）春，在张之洞的实际支持下，在成都建立了尊经书院。洋务派官员薛焕为第一任山长。"[①]光绪二年（1876年）丁宝桢由山东巡抚擢升为四川总督，光绪三年（1877年）到任后多次去函邀请王闿运出任尊经书院山长。[②]王闿运最终于光绪四年十二月底（1879年初）到达成都尊经书院，而尊经书局是王闿运到了尊经书院以后才设置的："王闿运入主尊经书院，极其重视书籍的收藏与刊刻，在院内设立专门校书刻书的尊经书局。"在王闿运入蜀之前，尊经书院虽然也有刊刻，但"此期刻印刊布的书籍，主要是作为书院的教材而用的经史小学类的书籍。由于经费的原因，刻书设备尚不完善，刻印技术亦不精熟，所以许多书还不能自己刻印。包括《史记》《汉书》《后汉书》《三国志》在内的一些书籍是借用成都书局覆刊内府本刷印的"[③]。所以光绪二年由尊经书局刊刻王闿运的《唐诗选》就很难说得通。

四、校刊者

不管是光绪二年还是光绪十二年刊刻的《唐诗选》六卷本，每卷之后都刻有补校、校刊等负责人的名字，且都明确说明是"弟子"，即这些人皆为王闿运在四川的学生。在第三册七言歌行一卷末"弟子：雅安刘永镇补校，长寿李滋然校刊，成都方守道覆校，新繁杨桢重校。"其中杨桢也是尊经书院刊刻书籍的负责者。伍肇龄在《尊经书院课艺二集序》中云"王壬秋院长初刻课艺初集，因命杨生桢、罗生黼，详检官、师两课梓为二集。仿初集式，不刻近体。"[④]杨桢和罗黼是《尊经书院课艺二集》刊刻时的校对者，该书中卷七还选录了杨桢的《拟陆游登灌口庙东大楼观岷江雪山》一诗。光绪十二年《唐诗选》六卷本扉页有"戴光谨署"字样，戴光的《拟陆平原文赋并序》曾被选入《尊经书院初集》，并有王闿运的评语："博赡有囊括之意。"[⑤]由此可知王闿运刊刻此书时已经弟子满堂，但光绪二年王闿运尚未到成都，四川的弟子也就无从谈起，所以由弟子负责校勘的唐诗选本绝不可能是光绪二年刊刻。

[①] 胡昭曦：《四川书院的发展与改制》，《中华文化论坛》，2000年第3期，第51页。
[②] 参见鲁子健：《丁宝桢在四川的十年》，《文史杂志》，2001年第2期，第46—48页。
[③] 李赫亚：《王闿运与晚清书院教育》，北京：光明日报出版社，2007年版，第81页。
[④] （清）伍肇龄编：《尊经书院课艺二集》，尊经书局藏版，清光绪十七年（1891年）版，刻本。
[⑤] （清）王闿运编：《尊经书院初集》，四川省城，清光绪十年（1884年），刻本，卷十。

总之根据以上种种理由，可以肯定地说《唐诗选》六卷本刊刻时间光绪"丙子"当是光绪"丙戌"之误，《唐诗选》六卷本第一次刊刻的真正时间是光绪十二年。正如王闿运自己在《重刊〈唐诗选〉序》中云："主者以意去取，讹误甚多。及刻成印来，盖不可用。八代诗则官钱所刻，版固不宜致也。"①说明光绪十二年版的《唐诗选》错误太多，王甚为不满，但又没明确指出讹误所在，以至于其后错误一直延续。大凡提及王闿运《唐诗选》六卷本的仍然会说是光绪二年（1876年）出版，如孙琴安《唐诗选本提要》中云："此书有两种版本，均为成都尊经书局所刻，一刊于光绪丙子（1876年）仲冬，前有华阳林思进所写的《蜀刻湘绮唐诗选序》；一刊于光绪丙戌（1886）孟夏。"②这里提及的有林思进之序的选本是1941年重刊光绪二年本。上海古籍出版社影印出版《唐诗选》十三卷本时也云："《唐诗选》于光绪二年（一八七六）初刊于成都尊经书院，是为六卷本，因梓人臆改，舛谬甚多。"③错误流衍得实在厉害。

第三节　《唐诗选》十三卷本

《唐诗选》十三卷本有四个版本：一是宣统三年（1911年）东洲刻本，10册，10行21字，白口，左右双边鱼尾，国家图书馆藏本；二是光绪宣统年间刊刻，10行17字，小字，双行同白口，四周双边双鱼尾，国家图书馆、湖南图书馆藏本，收录在《湘绮楼全书》十九种中；三是民国六年（1917年），重印东洲刻本，10册，10行21字，黑口，左右双边双鱼尾，收录在丛书《湘绮楼全书》中；四是民国十二年（1923年）重印东洲本，长沙刻本，10册，8行17小字，双行同白口，四周双边双鱼尾，国家图书馆、湖南图书馆皆有藏本，收录在《王湘绮先生全书》中。湘本是王闿运于宣统三年（1911年）刊刻的选本，成为王闿运流传最广、影响最大的唐诗选本。该选本中有王闿运《重刊唐诗选序》，选本编选体例和蜀本相同，都是书以体分，体以时分。十三卷分别是五言古诗两卷、五言律体三卷、杂五言诗一卷、七言歌行五卷、七言律诗一卷、七言绝句一卷，其中七言绝句分上下两部分，下卷是宫词和游仙诗。这里要着重指出湘本选录原因及与蜀本的差别。

---

① 《湘绮楼日记》，第2379页。
② 孙琴安：《唐诗选本提要》，上海：上海书店出版社，2005年版，第443页。
③ 《王闿运手批唐诗选》，出版说明，第2页。

一、重刊唐诗选的原因

仅就唐诗选本而言,有些选家会有两个以上不同的选本留世,出现这种情况的原因不外两种:一种是选家为了不同的目的,以不同的标准选录唐诗。例如,明代高棅有两个唐诗选本《唐诗品汇》和《唐诗正声》,二者选诗的出发点不同,前者为泛选,目的是尽可能体现唐诗的流变及特点;后者是以前者为底本所做的再选录,为精选,目的是标榜选家自己的诗学倾向和诗学审美,所选诗歌皆为选家所认同或喜爱,是为了体现其诗主盛唐的特点。另外一种是在一本成熟的选本形成或面世之前会有一两本不算成熟的选本,这是因为随着人生阅历的变化,选家对唐诗研读的不断深入,一个阶段之后对之前的选本会有所不满,于是对此选本有所增删,并且幸运的是其成熟选本之前的一些诗歌选本也都存世了。如沈德潜就有多个选本传世,这一点可参考王宏林的《沈德潜唐诗选本考辨》①。唐诗数目庞大,要按照自己的目的从中尽可能搜录而尽是很艰难的事,何况中国诗歌以含蓄风格为重,有些诗不读上几遍是难以完全领略其意境,这自然就给选录工作带来了很大的困难。所以选录唐诗大多要花上数十年的时间,如高棅第一次选唐诗历时近十年,仍觉选录不够完美,在《唐诗品汇》完成之后,又历时五年继续搜录,增补了《唐诗拾遗》十卷,诗人六十一人,诗歌九百五十四首②。可见选本不是一蹴而就的事,几经增删补订这种情况对于选家来说是比较普遍的。王闿运选录唐诗选也历经了漫长的增删补订的过程。

王闿运在光绪十二年(1886年)刊刻了蜀本之后,也没有停止对唐诗的选录。光绪十九年(1893年)之后的十余年的时间里,王闿运又开始了选录的工作。《年谱》载光绪十九年(1893年)"始选唐排律诗毕,十余年未竟之业",光绪三十一年(1905年)"复选唐七言绝句毕"③,《日记》也记载光绪二十四年(1898年)抄录唐诗,光绪二十五年(1899年)唐绝句抄毕,光绪二十七年(1901年)又抄补了孟郊和李贺的诗歌,第二年又抄录唐排律。抄录唐诗的这段时间王闿运主要在东洲讲舍教书,讲经习礼,之所以重新选录唐诗,他在《重刊〈唐诗选〉序》中详细提及:

---

① 王宏林:《沈德潜唐诗选本考辨》,《文献》2007年第3期,第68页。该文对《唐诗别裁集》十卷本和重订本进行了数量的比较:"初唐诗所占全书比例由十卷本的11.6%降至重订本的9.7%,盛唐比例由50.2%降至42.6%,中唐比例由26.4%增至32.7%,晚唐比例由11.8%增至16%。"可以很鲜明地看出沈德潜晚年对中晚唐诗歌的接受。

② 参见(明)高棅:《唐诗拾遗序》,《唐诗品汇》,上海:上海古籍出版社,1993年版,第924页。

③ 《清王湘绮先生闿运年谱》,第170、245页。

八代诗选先成，唐诗选未上板，而余送妾丧归，留二百金，令弟子私刻之。主者以意去取，讹误甚多，及刻成印来，盖不可用。八代诗则官钱所刻，版固不宜致也。保山刘慕韩，昔应秋试，在京师见余八代选，便欲任剞劂，及蜀刻成而刘权苏藩，又令官局更雕版。同县胡子夷又别有校刻本。唯唐诗选但蜀刻缪本，逡巡便五十年矣。①

王闿运选补刊刻的原因乃是不满自己弟子对蜀本《唐诗选》的删改，他的学生林思进在《蜀刻湘绮〈唐诗选〉序》中对王闿运重刊《唐诗选》的原因解释得更为深入："大凡老师宿儒，心有不快，狭中狷动，久久辄发。予闻人言，翁在成都刻是选时，将归湘潭。门下有预其役者，非翁所悦。而镌名校字，翁常不平，故为此悠谬之辞。予恐学者不察而果劣蜀本也，固别白之如此。"②林思进认为王闿运重新选刊的原因是不满蜀本校刻者，故意托辞"悠谬"。蜀本中出现的校对者主要有戴光、杨桢、李滋然、方守道、李之实、刘永镇、罗元黼、邹庆先等弟子，但这些弟子的相关资料甚少。林思进指出的这一重录唐诗的原因我们无从证之，姑且存疑。

二、蜀本和湘本的异同

从整体上来看，湘本和蜀本没有特别大的差异，但具体细节上有明显不同。

首先是体例编排。蜀本是五言古诗、五言律诗、七言歌行、杂五言诗、七言律诗、七言绝句的排列顺序，湘本则把杂五言诗一卷放在七言歌行之前，分别是五言古诗、五言律诗、杂五言诗、七言歌行、七言律诗、七言绝句。可以很明确地看出王闿运对五言诗歌的重视，这和他把五言诗作为诗学首要对象的主张是一致的。从卷数来看，蜀本是六卷，七言绝句附宫词、游仙一卷。五言古诗两卷分别是初盛唐诗歌一卷，中晚唐诗歌一卷，五言律诗第一卷是初唐和一部分盛唐诗人，第二卷是盛唐7位诗人，分别是孟浩然、李白、王维、高适、杜甫、岑参、储光羲，第三卷是中晚唐诗歌，杂五言诗一卷由排律和五言绝句组成。七言歌行和蜀本的分卷方法一样，所不同的是第二卷，蜀本是王维、储光羲、李白三人，湘本又加上张谓成了四个人。湘本还对蜀本中诗人的排列顺序进行了一些调整，湘本改变了蜀本中帝王、妃子、诗人按照时间顺序杂糅在一起的排列方法，每卷按照时间顺序先帝王、妃子然后是其他诗人，符合一般选本的排列习惯。

其次是所选诗歌。湘本是在蜀本的基础上对诗歌进行删补，主要有两方面变

---

① 《湘绮楼日记》，第2378—2379页。
② 《清寂堂集》，第619—620页。

化：一方面是删减诗歌数量，如王维五言古诗蜀本选 19 首，湘本 15 首；韦渠牟《杂歌谣辞·步虚词》19 首都是游仙诗，在湘本中则全部删去；元稹七言歌行蜀本选 31 首，湘本 11 首，这是因为《有鸟》二十首蜀本全选，而湘本则只录一首。另一方面是诗歌的增补，如杜甫七言律诗蜀本选 9 首，湘本 23 首，其中，杜甫著名的《秋兴八首》，蜀本未选，而湘本全部选入。增补最为明显的是孟郊的古体诗，蜀本中孟郊五言古诗仅选 4 首，在所选五言古诗中，孟郊五言古诗数量排名在 30 名之后。湘本中孟郊五言古诗数量增加到 30 首，使得孟郊的古诗诗歌数量一下跃居前列，仅次于杜甫、李白。试看蜀本、湘本所选诗歌数量排前十位的诗人排列表（如表 1-1 所示）。

表 1-1　蜀本、湘本所选诗歌数量排前十位的诗人[①]

蜀本	杜甫	李白	储光羲	王昌龄	王维	张九龄	陈子昂	柳宗元	孟浩然	钱起
湘本	杜甫	李白	孟郊	储光羲	王昌龄	王维	张九龄	柳宗元	李贺	孟浩然

从表 1-1 可以看出，湘本所选诗歌数量排前十位的诗人中，杜甫和李白的稳固位置未变，储光羲、王昌龄、王维、柳宗元和孟浩然依然在列，但蜀本中的陈子昂和钱起在湘本中被孟郊和李贺取而代之。

最后是所选诗人。湘本对蜀本所选诗人进行删补，删去了蜀本中邱为、殷舜藩、李昌符、王鲁复、张蠙、张纮、朱庆馀、刘叉、韦渠牟等 9 位诗人，增补了高宗皇后、皇甫曾、沈传师、崔融、阎朝隐、罗隐、韩思彦、李华、朱可久、朱仲晦等 10 位诗人。

湘本是王闿运晚年选录而成的选本，较之蜀本不管是编排体例还是从诗歌选录都更为谨严，符合读者的阅读习惯，同时也较为鲜明地传达了选家自己的诗学倾向。另外还有一些和湘本有关的选本信息：一是被金性尧先生称为"谭藏本"的《湘绮楼唐七言诗选》；二是上海图书馆藏《湘绮楼唐七言诗选》；三是上海古籍出版社影印出版的《王闿运手批唐诗选》（笔者案：为了区别其他选本，这里简称为"影印本"）。

谭藏本是《唐诗选》十三卷本中七言部分的单行本，该选本未见传世，只是

[①] 两种唐诗选本前十名的排列都没有包括七言绝句卷中所附的王建、王涯宫词和曹唐游仙诗各数十首，如果把游仙诗和宫词数量加上的话，王建诗歌数量在蜀本中是 98 首，湘本 93 首，曹唐诗歌数量在蜀本中是 73 首，湘本 52 首，王涯诗歌数量在蜀本中是 20 首，湘本 16 首，都应该居于前十位，因为王闿运把他们单独列为一卷，为了更好地体现出王闿运选录唐诗的特色，此表把他们排除在外，下文表格除非特别说明，均不列王建等人，特此说明。

根据金性尧先生《王闿运唐诗选评语》一文可了解该选本的一些情况：

> 数月前偶检藏书，忽见有线装的《湘绮楼唐七言诗选》，上下两册，纸墨粗劣，封里只书"光绪庚子岁刊"六字，别无刻印所坊局之名，亦无序跋，乍见以为不过是极普通的木刻本，翻到次页，却有朱笔题记云："辛亥五月，据湘绮为余手批本点一过。"又："壬子四月，据汪四藏杨晳子本点一过"。又："此为余集湘绮各批之本，他日更有得者，将更为移录。壬子初伏日点毕。瓶记"。①

金先生称这本《湘绮楼唐七言诗选》为"谭藏本"，上下两册，刊刻于光绪二十六年（1900年）。金先生在文章中把此本和《王闿运手批唐诗选》的批语进行了比较，"我将影印本和谭藏本对照后，发觉谭藏本的湘绮批语，要比影印本多出很多"②。《湘绮楼唐七言诗选》是《唐诗选》十三卷本中的七言部分，包括七言歌行和七言近体。王闿运的学生杨钧曾记载："《唐诗选》亦批数次，瓶斋所藏，乃湘绮之世兄所刻之《唐七言诗选》，无五言者。"③杨钧所言选本就是金性尧先生所云的"谭藏本"。此书由王闿运之世兄所刻，并有所流传。而所谓的谭藏本就是谭泽闿所藏，谭泽闿字祖同，号瓶斋，故金性尧和杨钧所云的"瓶记"和"瓶斋"皆指谭泽闿。谭泽闿是谭延闿的弟弟，夏敬观曾提及他"尝从王湘绮问学，为诗宗灵运，湘绮深许之，诫曰：'以是求精，毋他骛。'是时诗家多宗宋，君终不为风气所移。"④故金性尧认为王闿运"既为杨度批过唐诗选，又为谭泽闿批过"⑤。

上海图书馆藏《湘绮楼唐七言诗选》，光绪二十六年（1900年）刊，四册，有朱笔圈点，每半页10行，每行21字。谭藏本封面有墨笔："唐诗七言选三口庚戌仲秋前日寄赠贤甫世弟京师 瓶记"⑥，谭藏本只选七言歌行，共五卷。所选七言歌行和湘本同，可知谭藏本是湘本中七言歌行的单行本。王代功《年谱》载庚子这一年十月："新刻唐歌行选本五卷成，自校一过。"⑦上海图书馆藏书应该和王代功所记一致，虽然标题和"谭藏本"一样，但后者包括七言古诗和七言近体，

---

① 《王闿运唐诗选评语》，第18页。
② 《王闿运唐诗选评语》，第19页。
③ 《草堂之灵》，第204页。
④ 卞孝萱，唐文权编著：《民国人物碑传集》，南京：凤凰出版社，2001年版，第697页。
⑤ 《王闿运唐诗选评语》，第19页。
⑥ （清）王闿运：《湘绮楼唐七言诗选》，光绪二十六年（1901年）版，刻本，上海图书馆藏。批语中无法识别的文字用口来代替，书中类似情况同理。
⑦ 《清王湘绮先生闿运年谱》，第216页。

而前者则只录七言歌行。由此可知王闿运晚年曾有两种单行本。

目前流传甚广的《王闿运手批唐诗选》是上海古籍出版社于1989年影印王闿运宣统三年（1911年）长沙东洲刻本，该选本较之宣统三年（1911年）刊刻的《唐诗选》十三卷本最大的不同是影印出版了王闿运的唐诗批语。此书有上海古籍出版社的《出版说明》和易阳先生的《前言》，虽然文章内容都很简短，但对我们了解此书有很大的帮助。前者简单介绍了王闿运的生平及诗学取向，并对此书选录特点做了相当中肯的评价，可以帮助读者深入了解选本；后者交代了自己发现王闿运批语及刊刻此书的经过，这两篇简短的文章都可视之为序。《王闿运手批唐诗选》因为影印的是王闿运晚年刊刻的《唐诗选》，并且此书第一次影印了其大量的诗歌评语，所以成为目前研究王闿运诗学思想的最为重要的资料。但金性尧的文章又让人意识到此书中的批语只是王氏批语中的一部分。

第二章 王闿运三种唐诗选概述

第一节 从湘抄本到湘本

王闿运历时五十多年三次选录唐诗,《唐十家诗选》(湘抄本)是 24 岁时选录而成,《唐诗选》六卷本(蜀本)从选录到刊刻历时大约二十年(34 岁—55 岁),而《唐诗选》十三卷本(湘本)从选到出版也经历了近二十年(62 岁—80 岁)。本章从三种唐诗选本的选录背景、编选特点及当时的诗歌创作入手,考察王闿运唐诗学理念和实践的发展变化。

一、湘抄本的背景及特点

(一)湘抄本的选诗背景

王闿运幼时就跟从祖母学"古歌谣及唐五言诸诗",15 岁时表现出对科举考试的厌恶和对文学的喜爱,"不喜制举之业,尝假得《楚辞》,读之惊喜。" 17 岁时,邓辅纶兄弟因其"月落梦无痕"的诗句,"奇之,特来造访。"王闿运因此结识了当时的青年才俊,并由此认识了龙汝霖、李篁仙等人。王闿运和李篁仙作的"联句二十韵,名篇巨韵,传诵一时,名字渐达湖外。"①使得无显赫身世和背景的王闿运凭借自己的才华,跻身于当时长沙年轻文人名流之列。他们于咸丰元年(1851 年)结"兰林词社",并明确了他们诗歌创作的倾向,"邓弥之尤工五言,每有作,皆五言,不取宋唐歌行近体,故号为学古。其时人不知古诗派别,见五言则号为汉魏,故篁仙以当时酬唱多者自标为'湘中五子'"②。在邓辅纶等人的倡导下,大家皆以创作五言古诗为重。"弥之诗全学《选》体,多拟古之作。湘潭王壬秋以为一时罕有其匹,盖与之笙磬同音也。"③故王闿运这个时期的诗歌创作也以五言古诗为主,多模拟之作,如《戴祠馆中夜起作》:"夜中不能寐,落月上屋楹。秋虫知我兴,绕舍似争鸣。天机使之然,焉能闭其声。繁华向摇落,天地复肃清。群动尽息响,况而琐细情。达士惜穷居,观时安所营。"有极为浓厚的汉

---

① 《清王湘绮先生闿运年谱》,第 6—11 页。
② 《湘绮楼诗文集》,第 384 页。
③ 《陈衍诗论合集》,第 885 页。

魏诗风。其中尤以"拟"为题的诗歌最多,如《拟客从远方来》:"客从远方来,遗我鸳文绮。"①又如《拟明月皎夜光》《拟客从远方来》《拟美人梳头歌》《拟夏夜闺咏》等。从道光二十九年(1849年)到咸丰六年(1856年),王闿运创作诗歌共三百多首,皆为古体诗,其中五言古诗占全部诗作的90%。他在《忆昔行,与胡吉士论诗,因及翰林文学》提及了这段时期的诗歌创作:

> 我年十五读《离骚》,塾师掣卷飘秋叶。武冈二邓来诵诗,正值枚、梁名盛时。湘中跌宕六名士,流传篇什俗点萤。城南论交得龙、李,标置虚声称五子。江州响应有三君,罗山夜中惊倒屣。李、何复古已优孟,湘社论诗更苛政。不从李、杜争光芒,甘与齐、梁拈竞病。②

王闿运旗帜鲜明地指出当时的诗学对象是"不从李、杜争光芒,甘于齐、梁拈竞病",即回归六朝诗歌的诗学风格。故这个时期的王闿运不仅大量模拟六朝诗歌,对唐诗的学习也是基于唐诗中拟汉魏六朝的诗歌,如其仿作《昔昔盐诗,仿赵嘏作二十首》《闻笛,雨夜,仿王昌龄箜篌引》等。

王闿运编选湘抄本时,正在邓辅纶偏居山城的家里做家庭教师,也是这一年他决定专心治学:"是岁始治三礼,以礼经难读,先自礼经始,作仪礼演十三篇。分章节,正句读,实为注经之始。"③在这样的背景下选录的《唐十家诗选》,可能是他自己研读所得,也可能是为了方便教授学生。

（二）选本的诗学倾向

《年谱》中关于王闿运选诗的记载和湘抄本虽然不尽相同,但并不影响对其早期唐诗接受特点的判断:以盛唐大家为主,倾向于清新雅致的诗风。《唐十家诗选》中盛唐诗人占了六位:李白、杜甫、王维、孟浩然、高适和岑参,王闿运选录此本的目的应该有多方面,但都是他个人比较欣赏的诗歌。选录此本时王闿运仅二十四岁,正是年轻气盛的年龄。他曾于二十三岁时向曾国藩上书言事,每次论时事"曾公辄嘉纳之"④,可以想象其当时的政治见地和抱负。用王闿运的话说在"湘中五子"之中自己是"跅弛好大言"⑤,"跅弛"即放纵不羁,"大言"自然是好夸诞。他在《壬子七月乐平县作》一诗中写道:"人生二十少非壮,意气

---

① 《湘绮楼诗文集》,第1145—1157页。
② 《湘绮楼诗文集》,第1588页。
③ 《清王湘绮先生闿运年谱》,第27页。
④ 《清王湘绮先生闿运年谱》,第23页。
⑤ 《湘绮楼诗文集》,第385页。

磊落青云上。神驹一日走千里，胡为淹留独惆怅。"①纵横江河的雄伟大志此时已经显露无遗。盛唐诗人在诗歌中所表现出来的气概和抱负、盛唐大家风范和洒脱气质，对于意气风发、雄心万丈的年轻人来说，读之定会产生共鸣，为之心潮澎湃。

不过，文人大多都具有两面性，一方面是积极入世以求施展自己的政治理想，一方面则是渴望出世以求内心脱俗、高洁的精神世界。王闿运也不例外，即使在年轻气盛的阶段，他也喜欢享受平静温馨的山水田园生活。湘抄本就体现了他对盛唐诗歌中山水田园之风的偏爱，不仅选录王维、孟浩然，还选录了中唐诗人钱起和韦应物。韦应物诗风与王维、孟浩然相近，"大历十才子"之一的钱起也多被视为王维一派②，常建、储光羲也属于田园诗派。所选 10 位诗人中，有六位属于田园诗派。王闿运性格中有放荡不羁的一面，这体现在其对《世说新语》六朝之风、《庄子》逍遥游思想的追求。他年轻时即以庄子来提醒自己："世说云：外虽虚静，内实侠动。余少时见而一惊，以此自省，始托于庄子以自救。消摇游（逍遥游）以下之视天，如天之视下，大哉妙哉！"③这种对逍遥思想的追求使得其处处表现出对淡然、自然诗风的向往，王维、孟浩然、钱起和常建等诗人的诗歌大多呈现恬淡宁静的田园之美、心境之澄澈，自然很契合他的喜好。

除了对盛唐和田园诗风的喜爱，这 10 位诗人五言古诗成就之高应该也是王闿运选录的重要原因之一。高棅在《唐诗品汇》中指出五言古诗的"正宗"是李白和陈子昂，"大家"是杜甫，"名家"是孟浩然、王维、王昌龄、储光羲、李颀、常建、高适、岑参、刘长卿、钱起、韦应物、柳宗元等，④从《年谱》所言的《唐十家诗选》看王闿运所选的 10 位诗人都不出其外。湘抄本把钱起和韦应物换成张九龄和王昌龄，不过张九龄是初唐一意摹古、五言古诗创作成就较高者，王闿运对其评价也很高，如批张九龄《岁初巡属县登高安南楼言怀》时云："子寿专于学古，与陈伯玉自创一派者不同，以空澹得远意。"⑤湘抄本所选张九龄诗歌皆是五言古诗。

总而言之，年轻时的王闿运偏爱盛唐山水田园之风，尤爱初盛唐的五言古诗，这和他当时所处的力倡五言古诗的社交圈也有着密不可分的关系。

---

① 《湘绮楼诗文集》，第 1168 页。
② "仲文五言古仿佛右丞而清秀弥甚。"见（清）沈德潜：《唐诗别裁集》，北京：中华书局，1975 年版，第 44 页。
③ 《湘绮楼诗文集》，第 518 页。
④ 《唐诗品汇》，第 4—7 页。
⑤ 《王闿运手批唐诗选》，第 42 页。

（三）王闿运对选本的态度

文学史上选录唐代诗人 10 位左右的选本颇多，但影响较大的不多。例如，明毕效钦有《十家唐诗》十二卷，选录了初盛唐间的李峤、苏颋、张说、张九龄、李颀、王昌龄、祖咏、崔颢、储光羲、常建。明李之桢《唐十家诗》选录了徐凝、刘禹锡、韦应物、李德裕、陆龟蒙、皮日休、许浑、郑谷、欧阳詹、黄滔，所选诗歌以中晚唐为主。明杨一统《唐十二名家诗》选录了"王勃、杨炯、卢照邻、骆宾王、陈子昂、杜审言、沈佺期、宋之问、孟浩然、王维、高适、岑参"等十二家诗各一卷，是李杜之外的初盛唐大家。清陈明善《唐八家诗抄》选录了李白、杜甫、王维、孟浩然、韦应物、柳宗元、李商隐、韩愈各一卷[①]，所选诗歌皆是有唐一代影响较大的诗人。而王闿运的《唐十家诗抄》所选诗歌有盛唐又有中唐，主田园风格。

王闿运选录湘抄本的原因应该有两个：一是为了教授学生，如草创的教材，选录诸多大家和名家之诗，以供学生阅读和学习；二是因为自己的喜爱，自娱自乐，私下选录而成。当时以邓辅纶为首的"湘中五子"，和诗学主流分庭抗礼，积极倡导五言古诗的创作，明确宣言不取唐宋歌行近体。这样做一方面固然是因为对五言古诗的喜爱，另一方面也有借此标新立异的嫌疑，通过与众不同的诗学主张达到和宗宋诗风相抗衡的目的。但是，王闿运此时选录的湘抄本，各体皆选，除了体现出他对大家、名家的推崇和对田园诗风的喜爱之外，并没有体现出"湘中五子"的诗学倾向，在当时他们自己所主导的诗学风气中显得有点不合时宜。正如萧艾所说"选者的旨趣所在，与他这个时期的生活环境似乎协调一致。也可以说，王闿运在文学上尚未成熟，谈不上形成自己的独立见解"[②]。故王闿运对此选本应该是非常不满意，以至于他自己从没有提及此选本。

二、蜀本的选诗背景及特点

（一）选诗背景

蜀本从选录到刊刻的时间大概是从同治四年（1865 年）到光绪十二年（1886 年）。这个时期诗坛影响比较大的宗宋诗人，如何绍基、莫友芝和曾国藩，在同治年间（1871 年—1873 年）相继去世。虽然宗宋诗风的影响还在，但毕竟主持诗坛的元老已经不在，而宋诗派的后起之秀"同光体"诗人陈衍、沈曾植、陈三立、

[①] 参见陈伯海、朱易安：《唐诗书录》，济南：齐鲁书社，1988 年版，第 133—170 页。
[②] 萧艾：《王湘绮评传》，长沙：岳麓书社，1997 年版，第 17 页。

郑孝胥等虽然沿袭以何绍基、曾国藩等为主的诗风，但光绪前期他们大多刚刚二十岁左右。"现在他们几个人诗集里的存诗开始年代，都远在光绪元年以后很长一段。所以陈、郑举出'同光体'旗帜，'同'字是没有着落的，显然出于标榜，以上承道、咸以来何、郑、莫的宋诗传统自居。后来汪国垣著《光宣诗坛点将录》，不用'同光'划界，而改用'光宣'之称，便符合客观事实。"①他们的影响和诗学地位无法和王闿运相提并论。所以从同治四年到光绪十二年，是宋诗派和同光体之间的断层，在这个断层中，王闿运的诗学地位最为显赫，影响也极大。从湖南到四川，以王闿运之思想为诗学指导的氛围，一定程度上消弭了宗宋诗派的影响。

这一时期的王闿运生活可以划分为两个阶段：一是在长沙归隐时期，一是在四川成都教书时期。有纵横之志、习帝王之术的王闿运，在经历了曾国藩的亲近和疏远后，终因政见不被采纳而避走，之后虽然受到了肃顺的赏识和器重，但又因政局的险恶放弃了肃顺的荐官。后来肃顺被杀，王闿运自觉政治无常，仕途已尽，便萌发了归隐之意，写下《思归引》，决定息用世之心，过读书教子的居士生活。

> 居于山水之间，理未达之业，出则以林树风月为事，入则有文史之娱。夫读妇织，以率诸子，何必金谷为别业而后肥遁哉！②

返回故里之后的王闿运于同治三年（1864年）开始隐居衡山西乡石门，十几年之后的光绪四年（1878年），应四川总督丁宝桢的邀请，出任成都尊经书院的院长，才结束了他的归隐生活。归隐的十几年王闿运潜心治学，著述颇丰，其诗歌创作也达到了相对成熟的阶段，虽然还是以五言为主，但较少有直接模拟之作。七言歌行的创作也增多，其著名的长诗《独行谣》，共三十章，四百四十八韵，凡四千四百八十五字，写于同治十一年（1872年），王闿运对此诗非常满意："至于歌行波澜壮阔，能使今事为古事。《独行谣》四百韵，句句今事，句句古调。此岂能一日几乎？"③已经是学古而不拘泥于古。

王闿运在成都尊经书院开启了长达八年的四川教书生涯，直到光绪十二年，丁宝桢去世，王闿运返回湖南。这八年王闿运对四川学风起到了很大的影响，并教授了诸如廖平、陈锐、刘光第等在后来颇有作为的学生。蜀本也主要是在尊经书院教书期间选录而成。

---

① 《梦苕庵论集》，第418页。
② 《清王湘绮先生闿运年谱》，第43页。
③ 周颂喜整理《王闿运未刊手书册页》，《船山学刊》，2001年第2期，第34页。

（二）选本特点

王闿运在《重刊〈唐诗选〉序》中云："小年读汉以来五七言诗，辄病选本之陋。尔时求书籍至艰，不独不见本，且不知名。年廿余乃得古诗纪、全唐诗，旅京师，合同人钞选八代诗。还长沙，录选唐诗。"①说明了自己选唐诗的原因。这次的选诗规模和第一次相比较，所选诗歌数量相差不多，但是所选诗人的数量则远远胜过《唐十家诗选》，且选本体例和选录特点都很鲜明。

选本诗以体分。选本分为五言古诗、五言律诗、七言歌行、七言律诗、杂五言体（五言绝句和五言排律）、七言绝句，各体以时间为先后，其中七言歌行分五卷，这五卷则是以诗风分类，如七言歌行中的第一卷选录了初唐诗人之后又选录了崔颢、孟浩然、王昌龄、李颀等几位盛唐诗人；第二卷选录了三位盛唐诗人，分别是李白、王维和储光羲；第三卷选录了高适、杜甫、元结、岑参、常建等盛唐诗人和钱起、郎士元、韩翃、刘长卿、韦应物等中唐诗人；第四卷选录了顾况、李贺、韩愈、卢仝等中唐诗人和李商隐、温庭筠、陆龟蒙等晚唐诗人；第五卷主要选录了中唐诗人，如李端、卢纶、李益、戴叔伦、柳宗元、张籍、元稹、王建、刘禹锡、白居易等，及两位晚唐诗人郑嵎、李群玉。虽然每小卷仍以时间先后为顺序，但显然在这里选家不是要体现出整体风貌，而是通过每一小卷突出唐七言歌行的特色。例如，他把李白、王维和储光羲归为一卷，把中唐诗人分为三小卷：刘长卿、韦应物、钱起为一卷，顾况、韩愈、李贺、卢仝为一卷，元稹、白居易等为一卷，显然是以诗风为分类的标准。

初、盛、中、晚各时期诗歌皆选②，并无很突出的重盛唐之嫌。从选本来看，中唐诗歌所选最多，盛唐其次。从选录诗人数量来看，中唐诗人最多，其次是初唐。如果从所选诗人诗歌数量来看，排前十名的诗人有：杜甫、李白、王维、王建、刘禹锡、元稹、王昌龄、刘长卿、曹唐、岑参，其中盛唐诗人5位，中唐诗人4位，晚唐诗人1位。如果把诗歌成就最高、诗歌数量也比较多的大家李白、杜甫、王维三者排除在外，再把被王闿运单独置于一卷且被选录的是宫词和游仙诗的王建和曹唐排除在外，则所选诗人诗歌数量排前十位的则是：刘禹锡、元稹、王昌龄、刘长卿、岑参、白居易、张九龄、李商隐、李贺、孟浩然。其中初唐诗人1位，盛唐诗人3位，中唐诗人5位，晚唐诗人1位。由此可以看出，这个时期王闿运所选诗歌已经完全突破盛唐，对中唐诗歌给予较多的关注，对晚唐诗歌

---

① 《湘绮楼日记》，第2378页。
② 四唐分法是以高棅的《唐诗品汇》为标准。

也倾注了一定的精力。

（三）王闿运对选本的态度

王闿运选录蜀本前后大概持续了近二十年，当时尊经书院的学生主张刻出来，"丰儿钞唐五言毕，院中又议刻八代诗及唐诗选本"。但光绪七年（1881年）只刊刻了《八代诗选》，大概王闿运对当时所选的《唐诗选》不够满意，所以之后又不止一次地对唐诗选本进行删改，光绪九年（1883年）正月十八和十九日记："旧选绝句无头脑，自补选之。""补选唐绝句。"①蜀本直到光绪十二年（1886年）才刊刻，蜀本没有序亦没有凡例，且其中有很明显的讹误。王闿运对此非常不满意，他自己曾感叹说：

> 唯《唐诗选》但蜀缪本，逡巡便五十年矣。②

王闿运对此选本完全持否定的态度，其长子王代功的《年谱》在列举王闿运唐诗选本时也没有提及蜀本，可见他们皆不认同这本《唐诗选》。

蜀本的选诗特点是重盛唐，但不薄中晚唐诗歌。另外，选本有鲜明的重视五言诗歌的倾向，如把五言律诗置于七言歌行之前，这不符合一般情况下先古体再近体的选本编排体例，显然意在突出五言诗歌的重要诗学地位。五言古诗以初盛唐为重，在他所选录的诗歌数量超过10首的12位诗人中盛唐诗人占7位，初唐2位，中唐3位，晚唐0位。从所选诗歌总数来看，初唐五言古诗选录了71首，盛唐226首，中唐122首，晚唐43首，所选盛唐的诗歌总数也远在中唐之上，可以说在五言古诗的体系中，王闿运仍是推崇盛唐。

三、湘本的选诗背景及特点

王闿运第三次选录唐诗主要是从光绪十九年（1893年）开始，之后又多次进行校对和删补，直到宣统三年（1911年）刊刻而成，时间持续了近二十年。这段时间王闿运主要在衡阳船山书院教书，因对光绪十二年（1886年）刊刻的《唐诗选》不满，开始重新选录。这个时期王闿运的诗学理论已完全成熟，其大部分关于唐诗的论诗文章也主要是在这段时间写成，如光绪二十三年（1897年）《论五言作法》《论唐诗诸家源流答陈完夫问》《七言歌行流品》《歌行运用之妙》，光绪二十四年《论唐歌行流派答陈郎》、光绪三十四年（1908年）《论诗法》等，这些论诗文章充分传达出王闿运自己的诗学观念。和"湘中五子"中的邓辅纶、邓绎等

---

① 《湘绮楼日记》，第995、1183—1184页。
② 《湘绮楼文集》，第2126页。

诗人相比，不管是诗学思想还是政治思想，王闿运都已经显得特立独行，并和他们有了分歧。如王代功《年谱》里曾记载光绪十七年（1891年）：

> 十二月邓丈辛眉自奥东还，坐谈之顷，忽谓府君云：吾两人不得为朋友，以无劝善规过之益也。府君念亲故几五十年，未欲争论，拟与书说明之。盖邓丈晚近好儒，府君则兼包九流，道广大也。①

王闿运和邓辅纶等显然已经渐去渐远，有道不同不相为谋之意。在诗学理念上更是表现出很大的分歧，邓绎重诗歌的教化作用，而王闿运则求诗歌的养性情，提出"诗不关理，亦非载道"②之说。最为重要的是这一时期湖湘诗派的重要成员都相继去世，如龙汝霖和高心夔于1881年去世，邓辅纶、李寿蓉和邓绎等也于1893—1897年间相继去世。光绪后期的诗坛基本上是王闿运在独自驰骋，其逍遥的六朝作风、诙谐幽默的言谈、鲜明的诗学主张，再加上年事已高，地位显赫，影响之大，无人可及。宋诗派诗人陈衍和沈曾植等曾与之交往甚密，易顺鼎、樊增祥等晚辈莫不向之问学请教，以古典诗坛盟主来定义晚年的王闿运应该不算夸张。

湘本是在蜀本的基础上进行删改补正而成，选录特点并没有大的改变，主要从一些细节可以看出选家的用心。比如，湘本把杂五言诗放在七言歌行的前面，顺序变为五言古体、五言律诗、杂五言、七言歌行、七言律诗和七言绝句，着重强调了五言诗的地位。又如湘本打破七言歌行以时间分期的习惯，用风格划分为五卷。七言歌行中的一卷蜀本是王维、储光羲、李白三人，湘本又加上了张谓成了四个人。另外，该选本通过诗歌编排体例使得诗歌流变意识更加鲜明，如五言古诗分为两卷，第一卷是初盛唐诗人，第二卷是中晚唐诗人；五言律诗是三卷，第一卷是初唐和盛唐的一部分诗人，第二卷是孟浩然、李白、王维、高适、杜甫、岑参、储光羲等7位诗人，第三卷是中晚唐诗人，其中第二卷7位诗人所选诗歌数量和第一卷66位诗人和第三卷67位诗人的诗歌数量都相差无几，不难看出王闿运对这7位诗人诗歌的欣赏。

湘本是王闿运晚年刊刻的选本，较之蜀本虽然没有特别鲜明的变化，但细微中还是体现出其诗学思想的变化。其中最为突出的一点是加强了诗学史观意识，通过诗歌章节的变化界定了不同流派、不同风格的诗歌，同时增加中唐诗歌的选录数量，如中唐诗人孟郊，蜀本选录其诗歌4首，湘本则增加至32首，使得其诗

---

① 《清王湘绮先生闿运年谱》，第164页。
② 《湘绮楼诗文集》，第2377页。

歌数量的排名从蜀本中的第八十多名上升到湘本中的前列。其他零星进行增删的诗歌颇多，如果参考王闿运的诗歌批语，就可以鲜明地体会到他对诗歌史观的有意梳理，这一点将在后面章节详细论述。

总之，要在数以万计的诗歌中按照一定标准进行选诗绝非一件容易的事，现在所见的很多唐诗选本选录的时间大多持续了数年，如高棅从《唐诗品汇》到《唐诗拾遗》历时十几年，但仍有不能尽善之遗憾。李东阳亦云："选诗诚难，必识足以兼诸家者，乃能选诸家；识足以兼一代者，乃能选一代。一代不数人，一人不数篇，而欲以一人选之，不亦难乎？"①王闿运二十多岁开始选唐诗，到民国五年他去世之前还在检唐诗、看唐诗，持续了数十年的时间，选诗之难可见一斑。在日记中他也不止一次提及这一点：

> 孟诗钞毕，更补李贺诗半叶，唐五言称无遗珠矣。廿年始毕功，识者宝之。（光绪二十七年三月日记，公元1901年）

> 补钞唐五言诗成三叶，钉完本，付湘孙，其父未毕之工也，此小小业亦经三世。（光绪二十七年四月日记，公元1901年）

> 钞唐诗五叶，所选始定，卅年功成非易，亦叹日月之不居耳。②（光绪二十八年四月日记，公元1902年）

王闿运长子王代功《年谱》也提及这一点，光绪二十五年（1899年）八月："钞唐诗七绝二卷成，自是唐诗选毕，五十年未竟之业也。"③湘抄本、蜀本和湘本代表了王闿运青年、中年、晚年三个人生阶段对唐诗的阅读和接受，清晰地呈现出王闿运唐诗思想的变化：年轻时主盛唐，以自然清秀的风格为主；中年选诗打破盛唐，不拘泥于某个时期某种风格，不囿于世俗所见；晚年则对中唐诗歌有更多的反思，选诗和编排都更加严谨。正如上海古籍出版社在《出版说明》中所云："宣统三年，王氏删削增补作十三卷，重刊于长沙东洲；后又手自批掇，意在再刊。三易其制，可见王氏用力之勤。"④可以说，王闿运用了一生的时间来选录唐诗，也用了一生的时间来阅读、接受和反思唐诗。

---

① （明）李东阳著，丁福保辑：《怀麓堂诗话》，《历代诗话续编》，北京：中华书局，1983年版，第1376页。
② 《湘绮楼日记》，第2371、2378、2461页。
③ 《清王湘绮先生闿运年谱》，第205—206页。
④ 《王闿运手批唐诗选》，出版说明，第2页。

第二节 湘本的编选体例

王闿运两次刊刻的《唐诗选》都没有凡例,没有批语。虽然湘本有序,但也只是交代选刻选本的原因及经过,至于选本本身,王闿运只用"不出八代之外"概之。细细研读《唐诗选》及其批语,诗歌编选的开放程度则远非"不出八代之外"所能限定。《唐诗选》十三卷本是倾尽王闿运后半生的精力编选而成,在学宋求变学术风气和动荡的晚清时局中,这一本相对而言显得处境落寞、不合时宜的唐诗选本,为处于式微的唐诗学增添了些许活力和色彩,而且这一选本不管是从编选体例还是选诗标准来看都独具个性和特色。

一、编选宗旨及体例

王闿运曾评价自己的选本为"八代之作,略分两派;七言之境,约有四宗,余二《选》明之矣"[1]。又云:"历代以来,人人有作。余之二《选》,已备其美矣。但为之实难,成之不易,故余以诗名,而从不教人作诗。如有所怀,直取古人旧作相合者,咏数篇,胜于自作。领其妙趣,自有会心。"[2] "二《选》"即《八代诗选》和湘本《唐诗选》。王闿运自认为这两个选本已经涵盖诗歌之美,学诗者当以之为宗,这应该就是每一个选家的终极目标,即希望自己的选本能尽诗歌之美,成为他人研读和学习的对象。但批语视角下王闿运的选本其实并不仅仅是要展现八代和唐代诗歌之美,而是要尽可能给学诗者提供一个诗学的范本,也就是他所编选的诗歌风格题材是多样化的,一方面可以让学诗者在他们有所咏怀时能从选本中找到挈己怀之诗歌,另一方面也可以让他们了解不同水平不同特色的诗歌。例如,他对所选权德舆《郊居岁暮因书所怀》一诗的批语是:"官话诗不能精尔,可交卷,其实可以不作,存之以为好动笔墨而无才思者之式。"[3] 该批语交代了他选此诗的原因纯粹是为学诗者提供一种范式,诗歌本身并没有什么值得欣赏的价值,属于可有可无的一类。所以王闿运编选唐诗一方面是要传达自己的诗学思想,选录自己比较欣赏的诗歌,一方面要教授后学者以作诗之法,故而并不以自己的喜好为转移,选录一些能作为写诗正面或反面教材的诗歌,这一点在历代诗歌选本中恐怕难以见到。所以说,《唐诗选》是一本与众不同的诗歌选本。王闿

---

[1] 《王闿运未刊手书册页》,第34页。
[2] 《王闿运未刊手书册页》,第33页。
[3] 《王闿运手批唐诗选》,第197页。

运的学生林思进的一篇序通过分析比较,总结了王闿运唐诗选本的独特意义所在。

予尝闲览古今唐诗诸选,如唐人才调、中兴闲气、河岳英灵之类,大抵皆昔人一时偏赏所寄,非见有真能确然预乎宗流者也。自宋王荆公选百家诗,虽李杜韦柳有所不及,其去取之意殆不可晓,昔人固已论之。而明高棅辑品汇创分初盛中晚,其说实本之严羽,小有得失,自不能免。及钟谭《诗归》出而天下盛行,朱竹垞叹为诗亡而明社亦屋者,此书执其咎焉。清代选家阮亭为右,然既不纯一代,且又仅及古体,姚姬传补之,可谓善已。其后沈归愚复有别裁之撰,唐诗自为一集,慎观约取,世多称之,顾独惜其提要不宏,不足以发学者之趣。嗣读王壬甫所为唐诗选,乃深叹服,以谓能尽三唐正变者莫此若矣。夫好尚异同,不必人人尽如其意,此选家之无可如何者,势也。然取专家之集,以窥其究竟而契乎微茫,则在学者之自为尔。王翁兹选,亦犹是已。①

在林思进看来,这些文学史上极具影响力的唐诗选本或较偏赏,或主旨不明,或有瑕疵,都不能"发学者之趣",惟王闿运之《唐诗选》能"尽三唐正变",且可以激发学生之兴趣。这虽是林思进一家之言,但也不是没有一点道理。仅从编选体例来看,王闿运唐诗选本的确有与众不同之处,试对比《唐诗品汇》和《唐诗别裁集》等选本,详见表2-1。②

表2-1 五种唐诗选本编排顺序一览表

作者	选本	编排顺序						
高棅	唐诗品汇	五言古诗	七言古诗	五言绝句	七言绝句	五言律诗	五言排律	七言律诗
沈德潜	唐诗别裁集	五言古诗	七言古诗	五言律诗	七言律诗	五言排律	五言绝句	七言绝句
管世铭	读雪山房唐诗选	五言古诗	七言古诗	五言律诗	七言律诗	五言排律	五言排律	七言绝句
王夫之	唐诗评选	乐府歌行	五言古诗	五言律诗	五言排律	七言律诗		
王闿运	《唐诗选》(湘本)	五言古诗	五言律诗	杂五言体	七言歌行	七言律诗	七言绝句	

从上述表格可以看出,唐诗选本是诗以体分,体以时代为先后的编选方法。

---

① 林思进:《唐诗选序》,王闿运《唐诗选》,1941年重印光绪丙子(1876年)蜀本,第1页。《清寂堂集》,第619页。虽然是序是评价蜀本,但因为蜀本和湘本从整体来说差异并不明显,所以这里用来作为湘本的评语。
② 之所以选择这几种唐诗选本来作比较,首先是因为他们较大的影响力,可以作为唐诗选本的代表;其次是因为王闿运把自己的复古视为对明七子复古的修正,而高棅及其唐诗选对明七子之复古影响甚大。王闿运选《八代诗选》时借鉴了沈德潜《古诗源》,那么他也极有可能借鉴过《唐诗别裁集》。

这种诗歌选本体例是明代以后开始的。①王闿运唐诗选本的编排体例也不出其外，不同的是诗体的编排顺序。其他诗体的编排多是先古体诗、律诗，然后是绝句。古体诗中，先五言古诗，然后是七言古诗，再是近体诗，即使偶有不同，也多是在近体诗的编排上②。王闿运的编排在蜀本中已经表现出与众不同的地方，把五言律诗置于七言歌行之前。湘本有了更大的调整，把五言歌行、五言律诗和五言杂诗（五言排律和五言绝句）都置于七言古诗之前。这种编排方法和王闿运的学诗主张一致，因为他曾明确地告诉他的学生学诗要先从五言开始，充分肯定五言诗歌的重要地位。

> 然不先工五言，则章法不密，开合不灵，以体近于俗，先难入古，不知五言用笔法，则歌行全无步武。既能作五言，乃放而为七言易矣。切记，太白四言之说，四言与诗绝不相干。作诗必先学五言，五言必读汉诗。③

王闿运这种打破常规的编排方法不是因为七言歌行的诗学地位不及五言近体，其实他对七言歌行的推崇远远超过近体诗，其诗歌创作中七言歌行较多而五言绝句甚少。而且在《王闿运手批唐诗选》中，杂五言诗一卷没有批点，而七言歌行则是王闿运批点较多的一种诗体。

湘本各体以时间为先后，虽然没有像《唐诗品汇》以初、盛、中、晚为名来排列诗歌，但还是有意识地以之为分界依据。例如，五言古诗两卷，卷一诗人皆是初盛唐诗人，卷二则是中晚唐诗人。有时候又不囿于这样的分法，而是突出强调不同类型的诗歌，如五言律诗分为三卷，卷一是初唐诗人和盛唐诗人崔颢、祖

---

① "这种先分体再分期的体例是以前的唐诗选本所未见的，但明代以后的选本却多仿照这种形式，这当然是与明人'辨体'观念互为影响的结果。"陈国球：《明代复古派唐诗论研究》，北京：北京大学出版社，2007年版，第175页。

② 这里要特别指出的是高棅《唐诗品汇》的编选体例和他所编选的代表他自己诗学倾向的《唐诗正声》编选体例略有不同，高棅《唐诗正声》的编选体例是：五言古诗，七言古诗，五言律诗，五言排律，七言律诗，五言绝句，七言绝句，和沈德潜、管世铭等选诗体例是一致的，他之所以在《唐诗品汇》中把绝句置于律诗之前，可能源于他认为此种诗体历史较远，"五言绝句作古白也。汉魏乐府古辞则有白头吟……"（叙目，第19页）"七言绝句始自古乐府。"（叙目，第21页）"律体之兴，虽自唐始，盖由梁、陈以来俪句之渐也。梁元帝五言八句已近律体。"（叙目，第26页）可以说高棅《唐诗品汇》的编排体例是按照各体出现的时间为顺序，如纪昀在《四库提要》中提及高棅把绝句置于律诗之前的原因："考《玉台新咏》有古绝句四首，棅以绝句居律诗前，盖有所考，至排律之名，古所未有，杨仲宏撰唐音，始别为一目，棅祖其说，遂至今沿用。"《四库提要》，北京：中华书局，2003年版，第1713页。

③《湘绮楼诗文集》，第2273页。

咏、李颀和王昌龄等，卷二是孟浩然、李白、王维、高适、杜甫、岑参、储光羲等盛唐八位诗人，第三卷是中晚唐诗人；七言歌行分为五卷，第一卷是初盛唐诗人，第二卷是王维、李白、储光羲、张谓四位盛唐诗人，第三卷有岑参、高适、杜甫、刘长卿、元结、韩翃、钱起、韦应物等盛唐和中唐诗人，第四卷则有阎朝隐、沈佺期、顾况、卢仝、刘叉、韩愈、李贺、李商隐、温庭筠、陆龟蒙等初唐、中唐和晚唐诗人，第五卷则有刘禹锡、柳宗元、元稹、白居易、李群玉、罗隐等中唐和晚唐诗人。王闿运显然是想要把不同风格的诗歌归于一体，并显示出这些诗歌的发展沿革。例如，沈佺期在第一卷中已经选录，但在第四卷又选录了他一首《霹雳引》，因为第四卷所选诗人如卢仝、刘叉、韩愈等诗歌是以尚怪好奇之风为主，沈佺期的这首诗有险怪之风，故被选入；又如七言绝句一卷，分为上下两部分，上部分以时间为序，下部分则是以诗歌内容为分类，选录了王涯、王建的宫词和曹唐的小游仙诗，在上部分中王涯和王建亦有诗选。这样的选诗特色显然是其他选本所没有。

　　总之，从编排上足见湘本不是随意选就，既没有一味沿袭传统，也不仅仅只是传达自己的诗学宗旨，这是一本有着选家自己复杂矛盾思想的选本。一方面既欲按照自己的审美标准选录唐诗，一方面又欲为学生选录出一本能呈现唐诗流变、风格多样化的学诗教材，也就是林思进所说的"能尽三唐正变"。

二、独具特色的选诗标准

　　王闿运在《重刊〈唐诗选〉序》中提及此次选诗的标准："近岁有张生专学孟郊诗，余阅选本，孟诗仅两首，殊不赅备，因恐专家病其隘，更加选阅，自录孟诗，补入卅首。唐诸家五言，亦惟孟差自别异，余不足出八代之外，所增无几也。"①虽然湘本比蜀本多选录了孟郊之诗，但其他仍是按照八代为标准进行选录，故"不能出八代之外"。以至于邵裴子评价王闿运的唐诗选本为"至王闿运之《唐诗选》则专主一种面目，以征六朝作风至唐未革以赓续其《八代诗选》，固不足概唐诗之全也。"②王闿运之《唐诗选》果真如他所言是"不出八代之外"吗？仔细研读所选唐诗及批语，不难发现此选本并非如他自己所云"不出八代之外"，亦非邵裴子所言"专主一种面目"。本节主要从选诗风格、选诗倾向及选诗原因三个方面来分析王闿运选诗的标准。

---

① 《湘绮楼日记》，第2379页。
② 邵裴子：《唐绝句选》，王云五发行，上海：上海商务印书馆，1936年版，例言，第4页。

（一）选诗风格

《年谱》中交代了王闿运《八代诗选》所选诗歌的风格："吕雪堂翼文自成都来，尊经弟子也。问选八代诗之意，并问诗家流别，府君取诗选自汉魏至齐梁，分为四体：曰宽和，曰清劲，曰高华，曰纤仄，各识之于当篇，俾学者取径焉。"① 八代诗风以"宽和""清劲"两种为主，间以"高华""纤仄""明丽"等诗风。王闿运在评价八代诗歌时多先标示诗歌风格特点，但在批点唐诗时则更多地注意到唐诗自身的特点。

  作不尽语，居然有不尽意，此唐人独擅技。（评宋之问《初至崖口》）
  轻秀一派唐人所长，但非宰相口气。（评武元衡《送唐次》）
  温厚是盛唐诸公所长。（评高适《别刘大校书》）
  小巧派初见新（一）颖，是登望即景语。（评高适《金城北楼》）②

显然这些诗歌的风格是唐代诗人所独有或者说最为擅长，非八代诗歌所能比拟。而且他还选录了一些开晚唐及宋代诗歌之风气的诗歌，如下面的一些诗歌批语。

  专炼句不必有意，此晚唐之穷处。（批杜牧《张静婉采莲歌》）
  选声配色开晚唐一派。（批高适《送李少府贬峡中王少府贬长沙》）
  此等开宋派。（批韩愈《病鸱》）
  全开宋派，却是晚唐名家之祖，不许苏陆拟议也。（批张志和《渔父》）③

风格艺术趋于多样化的唐诗非八代诗歌所囿，要以八代为标准来选录唐诗更不是一件容易的事。王闿运注意到诗歌中的时代特色和内部的发展变化，可以说承继八代者为其所选，有自身特点的也绝不忽视，对于能自创一派或者开后人风格的也都在选之列，其所选诗歌某一种程度上可以说是不拘一格，更不限于八代。

（二）选诗倾向

王闿运提倡的复古就是回归汉魏六朝五言古诗的雅正传统，故他认同明代李攀龙的"唐无五言古"，并进一步阐释说"唐人初不能为五言。杜子美无论矣，所

---

① 《清王湘绮先生闿运年谱》，第147页。
② 《王闿运手批唐诗选》，第30、195、416、1170页。
③ 《王闿运手批唐诗选》，第211、1063、1168、1170页。

称陈子昂、张子寿、李太白,才刘公干之一体耳,何足尽五言之妙?故曰唐无五言,学五言者,汉、魏、晋、宋尽之。"①以诗学汉魏六朝而著称的陈子昂、杜甫等人也只不过学其一体而已。中晚唐五言古诗更不用说,故明以后主汉魏六朝的文人所选录的唐诗选本对中唐诗歌选录甚少。以中唐诗人韩愈、白居易等的诗歌选录情况为例,代表高棅诗学倾向的《唐诗正声》,五言古诗一卷没有选录韩愈、白居易、孟郊等人的诗歌②,以复古自居的李攀龙的《唐诗选》五言古诗只选了中唐韦应物、柳宗元各一首,韩愈、白居易和孟郊等人的诗歌及晚唐诗歌则一首未选。明末清初"崇尚的是汉魏、六朝精神,而不是唐诗精神"③的王夫之的《唐诗评选》中七言古诗和五言古诗两卷中也未选录韩愈、白居易等人的诗歌。可见从高棅、李攀龙到王夫之,都没有把中唐以韩愈为代表的五言古诗置于他们的诗学之中。主唐的沈德潜对韩愈评价较客观,虽然选录了《秋怀》《县斋读书》等属于"幽秀"④的诗歌,但评语之中有高下之见"才大者声色不动,指顾自如,太白五言妙于神行,昌黎不无蹶张矣,取其意规于正,雅道未澌"⑤。肯定其诗歌中的雅正的道德价值,对其五言诗歌的艺术风格并不认同。

与上述几位复古的前辈不同的是,王闿运的湘本并没有把中唐诗歌排除在外,选录了韩愈五言诗歌九首,其中他评价极低的《南山诗》也在选录之列,还选录了有宋诗之风的诗歌如《病鸱》等,其目的是要尽可能把韩愈诗歌的多样化展现出来。孟郊的诗歌也从第一次选录四首诗到湘本增至30首,仅次于李白、杜甫,白居易的诗歌选录数量也居于前列。很显然,湘本并没有很突出地显示王闿运对中唐诗歌的拒绝和排斥,而是尽可能体现中晚唐诗歌的整体风貌。从这一点上也可以看出湘本的选诗标准的多样化。

(三)选诗原因

因为选诗标准的多样化,所以王闿运选录诗歌的原因就有很多种,这一点在《八代诗选》的批语中就已经可以看出来。

>拟古如此,绝无可法,存一篇以备式。(批荀昶《拟相逢狭路间》)⑥

---

① 《湘绮楼诗文集》,第2218页。
② "廷礼先生撮《品汇》之粹精、繁简得衷、体裁归正,真诗道之标的,学者之津梁云。"见(明)高棅:《凡例》,《唐诗正声》,清朝年间,写刻本。
③ 张健:《清代诗学研究》,北京:北京大学出版社,1999年版,第282页。
④ 《陈衍诗论合集》,第1033页。
⑤ (清)沈德潜:《说诗晬语》,《清诗话》,上海:上海古籍出版社,1963年版,第535页。
⑥ (清)王闿运:《八代诗评》,夏敬观辑录,《同声月刊》,1941年版,第一卷,第六号,第33页。

第二章　王闿运三种唐诗选概述

乐府作五言体，又有二派，一铺张，一质直也。此与陈思诸篇，皆铺张一派，选此存备古式而已。（批张华《游猎篇》）①

此不可学，学则坏诗体。以天衢况匈奴，颇害诗法。（批无名人古诗"钟子歌南音"一首）②

这些批语指出，选本中之所以存在这些诗只是因为它们的特殊范式或者反面案例，显然选家的意图不仅仅要举出经典的佳例以资学习，也要指出一些反面的例子以资借鉴，王闿运在选录唐诗时也是如此。如杜甫《秋兴八首》的批语是：

八首初不录，以后多连章格，存备椎轮。③

杜甫多被认为是自八代以来诗风大变的诗人，"杜甫之诗，包源流，综正变，自甫以前，如汉、魏之浑朴古雅，六朝之藻丽秾纤，澹远韶秀，甫诗无一不备"④。但他对八代诗风的传承毋庸置疑。王闿运三种唐诗选本选录杜甫的诗歌数量都高居榜首，但《秋兴八首》蜀本未录，湘本虽然收录了，但从批语可以看出并非因为这几首诗歌艺术成就较高，而是为了呈现"连章格"的范式而已。这种为了说明诗歌选录原因的批语在王闿运的唐诗选本中很多，试看下面一些诗歌的批语。

近俗矣，取其不滑。（批王季友《观于舍人壁画山水》）

此为邓辛眉所称，亦取其无端扯入。（批杜甫《述古》）

专取对仗，开王士禛一派，然易油滑不可学。（批韩翃《送丹阳刘太真》）

亦是学古而理不足。此诗怨望不可弦也。存之以明诗理，如此类者不可以诗。（批柳宗元《零陵赠李卿元侍御简吴武陵》）⑤

选诗理由不一而足，如果没有这些批语，读者的阅读感受肯定是另外一种。湘抄本的评语中亦有如此批语，如卷三王维《和陈监四郎秋雨中思从弟据》的批语是："右丞长律殊不妙于诸家，故存数篇以存厓略，长律须有局度，王殊不能，只是加数句耳。"卷二十二高适《留别郑三韦九兼洛下诸公》的批语是："此等派□去风雅远，姑存数篇以明去取。"总之，根据批语可知王闿运在选唐诗时，一方面

---

① 《同声月刊》，第一卷，第五号，第31页。
② 《同声月刊》，第一卷，第二号，第23页。
③ 《王闿运手批唐诗选》，第1179页。
④ 《清诗话》，第569—570页。
⑤ 《王闿运手批唐诗选》，第943、148、1204、224页。

欲以汉魏六朝的诗风为标准，另一方面又尽可能选出唐代各个时期、各种风格、不同水平的诗歌。

王闿运选诗范围相当的宽泛，如其《八代诗选》选录了四言、五言、新体诗、杂言、郊庙乐章、颂德乐词、歌谣及杂体，歌谣收录很多坊间谣谚，杂体中收录了柏梁体、离合诗、建除诗、回文诗、联句诗、名字诗等诗体。此选本不仅体现了诗歌体式的变化，也几乎囊括了当时各种诗歌样式，如歌谣一卷选录了汉至隋代的谣谚和杂体，这些杂体多是联句，如兽名诗、树名诗、草名诗和柏梁诗，有些甚至不能称之为诗。又如四言诗，王闿运对汉四言评价较低："汉人四言乃是箴铭一类有韵之文耳，非诗也。嵇康四言则诚妙矣，然是从五言出。盖五言之靡者也。七言出于离骚，开合纵横，可谓靡矣。而其气足以振靡，故与五言亦分两途，非出于五言也。"①但选本第一卷和第二卷即是四言诗，第一卷的第一位诗人就是韦孟，选录了他留存下来的两首四言诗《讽谏诗》和《在邹诗》。《八代诗选》并没有仅仅执着于八代五言古诗，而是尽可能体现出八代诗歌的整个风貌，从庙堂之乐到民间之歌，从祝颂之诗到酬唱之和，从失意怀悲、抒情言志的文人诗到田间地头大街小巷的民谣童谣，尽收其中。足见选本选诗范围之广、视野之开阔。

《唐诗选》和《八代诗选》一样，选录标准不一，风格多样。比如七言绝句一卷评王驾《社日》云："以下皆是名篇，而不能指其佳处"，卷十一七言歌行第五分卷的评语是："此卷皆唐人所谓新乐府，即弹词之祖，老妪能者。"②此分卷选录了刘禹锡、元稹、白居易等人的诗歌数十首。而且还特别另辟一卷选录宫体诗和小游仙诗。所以王闿运之《唐诗选》也是尽可能体现唐诗的整体风貌，突出唐诗之正变源流。上海古籍出版社在影印出版《王闿运手批唐诗选》的《出版说明》中云：

> 要之，能运法度于我心，含风骨于秀华，由沉潜前作，变化以自成一家之体，均为王氏所称。故其选篇，门径较宽，不囿于俗见。格高调雅，风骨遒秀者固为所重，而偏诣独造者亦兼收并蓄。尚沉雄而力排粗率，重高华而深厌肤廓，斥滑熟却有取通脱，贬艰涩又颇推奇险。甚至小巧之作，只要不坠纤仄恶道，而有新鲜之感，亦在可选之列。③

---

① 《湘绮楼诗文集》，第 2326 页。
② 《王闿运手批唐诗选》，第 1390、1074 页。
③ 《王闿运手批唐诗选》，出版说明，第 2 页。

这段话概括甚精，说明了王闿运选唐诗之旨趣所在，要尽可能给后学者展现出唐诗各种风格。王闿运之所以提出"不出八代之外"，应该是为了强调自己所持守的诗学汉魏六朝诗歌的复古诗学理念，以明确其诗学的范畴，达到和宗宋诗风相抗衡的目的。但王闿运毕竟不是一位食古不化的老古董，恒守汉魏六朝诗歌不知变通。他不仅认识到唐诗中独特的诗歌体式和诗歌风尚，其创作的诗歌也有"太多唐音"[①]，只不过为了旗帜鲜明彰显自己的诗学理念使得文字和实践并不完全吻合。

王闿运的选本如高棅《唐诗品汇》一样是要体现诗歌沿革流变，不过，王闿运的选本相对而言风格多变，清秀幽远、雄伟豪放、小巧生新、横宕出奇之诗在选之列，一些评价很低的诗也被选入，如韩愈《南山诗》批语是"绝无意义押韵而已"，又如卷十阎朝隐《为之篇》诗批语"不伦不类以见奇"，批沈佺期《霹雳引》"此不成诗，未知何以作此"[②]。王闿运不喜欢尚奇求怪的诗风，但是他选录可以代表这种诗风的《南山诗》《霹雳引》等加以评价。

总之，王闿运的湘本并非不出"八代之外"，而是尽可能多角度、多风格、多标准地选录诗歌以展现唐诗整体风貌，所以选本看似没有个性实则极具个性，可使后学者通过选本了解到唐诗风格的多样性并一窥唐诗之全貌，在学诗的同时又能扩充自己的视野，这大概就是王闿运有手批《唐诗选》的真正价值所在。

第三节　湘本与王夫之的关系

邵裴子曾云："或谓此（笔者案：即王闿运《唐诗选》十三卷本）书系王船山原本……未知湘绮此书视船山究何如耳？"[③]怀疑湘本是王夫之的原本，邵裴子此说不知始于何人，但很有必要在此把两者关系及其选本情况做一比较。

王夫之和王闿运都是湖南人，一个是明末清初人，一个是清末民初人，前者对后者的影响毋庸置疑。比如同治八年（1869年）王闿运曾云："检王船山遗书，校其目录，舛误者数处。沅浦请诸名人校书，而开卷谬误，故知著述非名士之事也。船山学在毛西河伯仲之间，尚不及阎伯诗、顾亭林也。于湖南得为风气之先耳。"[④]又评价云："湘州文学盛于汉、清，故自唐、宋至明，诗人万家，湘不得

---

① 《草堂之灵》，第293页。
② 《王闿运手批唐诗选》，第202、977、979页。
③ 《唐绝句选》，例言，第4页。
④ 《湘绮楼日记》，第15页。

一二，最后乃得衡阳船山。其初博览慎取，具有功力。晚年贪多好奇，遂至失格。"①虽然王闿运对晚年王夫之的创作有所微词，但对其地位和成就则给予较高的评价："江、谢遗音久未闻，王、何二李枉纷纷。船山一卷存高韵，长伴沅、湘兰芷芬。"②认为其诗歌有魏晋之音，高风远韵，对湖湘文化的影响至深。故"零陵作者，三百年来，前有船山，后有魏、邓，鄙人资之，殆兼其长"③。毫不讳言自己对王夫之的学习。王闿运在以王夫之之名建立的船山书院任教二十多年，其间他鼓励学生研读王夫之的书籍，并在王夫之祭日带领学生进行祭祀活动。所以可以肯定地说，王闿运的唐诗倾向或多或少会受到王夫之的影响。但就两者的唐诗选本而言，实大有不同，说王闿运《唐诗选》是王夫之唐诗选本的原本是站不住脚的，理由有两点。

首先，从王夫之《唐诗评选》刊刻时间来看。这本书最早是由曾国藩搜集整理出版成册，但刊刻则是民国以后的事。根据王学太言："《唐诗评选》一直作为稿本，被人保存，直到辛亥革命前后，刘人熙（谭嗣同的老师）在长沙排印曾国藩所刻《船山丛书》中未收的船山遗著时，此书才得以问世。但流传不广，直到民国二十二年（1933 年）上海太平洋书店用铅字重印《船山遗书》收入《唐诗评选》，此书才得以广泛流传。"④如果王闿运曾在早年见过《唐诗评选》，那么曾国藩等人肯定也都见过，岂敢有抄袭原本的行为。王闿运的蜀本早在光绪九年就已经选录而成，且于光绪十二年刊刻，其后湘本在蜀本的基础上删改增补而成，都早于王夫之《唐诗评选》的面世时间。之前王闿运是否见过王夫之的选本无从知道，但抄袭王夫之的唐诗选本是不大可能的，除非《唐诗评选》只有王闿运一人所见。

其次，从两个选本选录的诗人诗歌情况来看，王闿运选本之规模、特色和王夫之的选本都相差很大。一是从选诗数量来看，王闿运共选诗 2845 首，而王夫之是 558 首，前者所选诗歌数量是后者所选诗歌数量的 5 倍。二是比较两个选本所选诗歌相同部分，王夫之《唐诗评选》中只有 183 首诗歌和王闿运湘本中所选诗歌是相同的，其余 375 首诗歌王闿运选本中没有选录。三是从选录诗体来看，王夫之选本中未选五言和七言绝句，王闿运则各体皆选；七言歌行即乐府歌行部分，王夫之晚唐诗一首未选，王闿运则选录了 37 首。最后是两者所选诗歌数量前十位

---

① 《湘绮楼诗文集》，第 2209 页。
② 《湘绮楼诗文集》，第 2158 页。
③ 《湘绮楼诗文集》，第 2327 页。
④ （清）王夫之著，王学太校点：《唐诗评选》，北京：文化艺术出版社，1997 年版，第 235 页。

的排名情况，王夫之所选诗歌数量占据前十名的分别是：杜甫、李白、王维、岑参、韦应物、沈佺期、李商隐、杜审言、王建、宋之问；王闿运所选前十名分别是：杜甫、李白、王维、刘长卿、王昌龄、刘禹锡、李商隐、岑参、元稹、王建，其中有6位诗人是一致的，不同的是王夫之更多地着眼于初唐，而王闿运则不避中晚唐。王夫之对于中唐代表诗人韩愈、元稹各只选录了一首诗歌，白居易三首，且都是七言律诗，对于他们的代表性作品古体诗歌都未选录，而王闿运则各体皆选，其中韩愈共选诗29首，其中五言古诗9首；元稹共选诗57首，五言古诗4首，七言古诗11首；白居易46首，其中五言古诗9首，七言歌行8首；孟郊诗歌王夫之一首诗未选，湘本选录32首。

由此可知王闿运和王夫之虽然诗学倾向一致，但彼此身份地位、思想和时代不同，使得他们在对待诗歌的态度上有很大的不同。尤其面对数量庞大的唐诗，彼此的取舍还是有很大的不同。如果说王闿运选唐诗参考王夫之的选本是大有可能的，其《八代诗选》就借鉴了冯惟讷《古诗选》和沈德潜《古诗源》，但如果说王闿运唐诗选本是王夫之唐诗选本的原本，则是无稽之谈。

"选者不但可以通过选本向读者展示其人格魅力、性情禀赋乃至人生阅历，更可藉（借）选本实现其人生价值，在文化史、文学批评史上获得'不朽'之名。"[①]诗人通过选本来传达自己的诗学情趣，展现自己的文学价值，但更为重要的是闲写自己的心情，教授后学者学诗之门径，王夫之是如此，王闿运亦是如此。作为一代诗学大家，他们各自在自己的诗学思想指导下选录了各具特色的诗学选本，对我们了解选家及唐诗的价值有很重要的意义。

[①] 邹云湖：《中国选本批评》，上海：三联书店，2002年版，第286页。

第三章 王闿运批点唐诗

王闿运批点唐诗,并非每首诗皆批,评语也是或简或繁,如沈德潜《唐诗别裁集》的批语一样,通常在诗歌的首尾或诗歌中间加评注,看起来多是有感而发,信手而为,不甚措意,也不成系统,不过也可以从中一窥其唐诗阅读的态度及思想。本章主要就王闿运批点的时间、对待批语的态度和批语特点做整体的勾勒。

第一节 批点唐诗

古代文人大多是兼诗文创作和历代诗文的阅读批评者,王闿运亦是如此,他一生大多时间在书院教书育人,享有较高的诗学地位和显赫的学人身份,故向其问学者甚众,求其批点诗文的亦不在少数。如王闿运弟子杨钧所云:

> 王湘绮先生之门人,每以读本求先生批点。余所见者,惟《诗经》、《国策》、《楚辞》、《庄子》、《八代诗选》、《唐诗选》、《全上古文》、《湘军志》、《词选》、《世说新语》数种。《诗经》、《全上古文》在陈完夫处。《国策》批两次,一在陈完夫处,一在张乌石弟子某氏处。《八代诗选》在四川,湘中弟子,皆传抄本。《唐诗选》亦批数次,瓶斋所藏,乃湘绮之世兄所刻之《唐七言诗选》,无五言者。余之《唐诗选读本》,批点虽系传抄,然皆集自各本,故极完善。①

王闿运批点诗歌多是应学生所求而批,并非自己有意为之的事情,且前后持续多年。

> 程孙求看唐诗,日为批点十馀页。(《日记》光绪二十八年,公元1902年)
> 为陈郎批唐绝句。(《日记》光绪三十二年,公元1906年)
> 钞唐诗评语。(《日记》光绪三十四年,公元1908年)
> 为蔡生看唐诗,随笔批示。(《日记》宣统元年,公元1909年)
> 看诸生诗论,无甚成章者,独刘生钞唐诗,颇有师法,为评阅二卷。

---

① 《草堂之灵》,第203—204页。

(《日记》宣统元年，公元 1909 年）[1]

由于批点时间不同，前后会有看法不一致的地方，如夏敬观分析王闿运批陶渊明《拟古》之所以前后不同是因为："按王氏此评，前云后八句俗，而又取后八句中之歌竟长叹息二句，谓为风华清靡，盖非同时所批，故后之所见，与前不同耳。"[2]王闿运自己也曾说过："检旧纸得诗说二条，皆胜于后说，知一人之见，时有不明也。"[3]随着人生阅历的不同，对诗歌的前后感受自然也有所不同。

现在所知道的批本情况有以下四种。

种类一：湖南图书馆手抄本《唐十家诗选》（湘抄本），其中王维、孟浩然、岑参、高适诗有手批，共一百五十多处；李白五言古卷、长句卷和唐格诗卷前各有一段总论。

种类二：国家图书馆藏光绪十二年（1886 年）蜀刻本《唐诗选》六卷本，有朱笔和墨笔两种手批，两者加起来共有批语 300 多处。从字体来看，两种批语当非一人而为。这些批语和《王闿运手批唐诗选》中的批语不同，应该是光绪三十二年（1906 年）前后批点。批语字体和影印本相比差距很大，且批语中有对选家选诗的质疑，如第八册朱笔批语是："牧之、义山绝句均不多，选不知宗旨何在？"又批云："李商隐、义山七绝美不胜收，兹选独隘何耶？"[4]而且文中有几处墨笔云："丙午正月二十七、八两日朱圈一过，仇绳文加墨圈。"[5]"仇绳文"何意无从查找，但可据此推测这些书中的批语当非王闿运所批。

种类三：《王闿运手批唐诗选》（影印本），上海古籍出版社影印出版。该书中批语有 819 处，其中五言古诗 337 条，五言律诗 87 条，七言歌行 242 条，七言律诗 91 条，七言绝句 62 条，杂五言诗一卷无圈点和评语。此书是 1989 年影印湘本而成，是研究王闿运诗学思想的重要研究资料。

种类四：《湘绮楼唐七言诗选》（谭藏本），即金性尧先生在《王闿运唐诗选评语》一文中提及的，该批本应该也是杨钧文章提及的由王闿运世兄所刻的《唐七言诗选》，该批本批语比影印本中批语要多得多。

> 我将影印本和谭藏本对照后，发现谭藏本的湘绮批语，要比影印本多出很多，仅就谭藏本上卷来看，即多出二百五十六处，也有影印本有

---

[1] 《湘绮楼日记》，第 2483、2735、2924、2989、2992 页。
[2] 《同声月刊》，第一卷，第五号，第 45 页。
[3] 《湘绮楼日记》，第 402 页。
[4] （清）王闿运：《唐诗选》，成都，尊经书局，光绪十二年（1886 年）版，第 8 册，第 64 页。
[5] 《唐诗选》，第 6 册，第 117 页。

批而谭藏本无批的，只是极个别。①

谭藏本有上下两部分，仅上部分批语就比影印本多出两百多处，由此可知《王闿运手批唐诗选》中的批语只是王闿运批语中的一部分。谭藏本的批语应当是光绪二十六年（1900 年）以后所批，但因该选本未见，故只能存疑。

示后人以学诗之法而进行批点是绝大多数文人进行诗歌批评的出发点，如高棅《唐诗品汇》的目的是："使学者本始知来，溯真源而游汗漫矣"，又"使学者入门立志取正于斯，庶无他歧之惑矣"，"诚使吟咏性情之士观诗以求其人，因人以知其时"②。金圣叹亦云："儿子雍强予粗说唐诗七言律体。予不能辞，既受其请矣。至夏四月望之日，前后通计所说过诗可得满六百首。"③王闿运批点唐诗和上述诗人选批的原因一样，也是为了教授后学者以作诗之法。由此可知，不管是选是评，其实都有很强的功利性或者说实用性，不是为了理论而理论，而是为了作诗而理论。可以说，选评结合的诗学方法是一种传统的传授知识的方法，还没有上升为一种纯粹的诗歌批评实践。

第二节　对待批语的态度

王闿运虽然批点诗歌多次，选本也多次刊出，但他生前并没有刊刻其批语，即使他很满意的《八代诗选》批语也没有刊刻。根据王闿运学生的记载，其之所以不愿刊刻的原因有两个。

第一个原因是不愿和金圣叹争名。光绪七年（1882 年）刊刻《八代诗选》时，其学生曾有意把批语一同刊刻出来，但王闿运没有同意。他的学生王简有文字记载：

> 盖意师在蜀刊《八代诗选》时，门人请将批评原本照刊，师笑曰："吃自己饭，读自己书，取千古诗人操选政，已与马二先生选墨卷争名矣。再刊批评，不又与金圣叹才子古文争名乎？"④

王闿运和学生说这段话的时间应该是在刊刻《八代诗选》之前，因为"冯氏《古诗纪》失其繁，沈氏《古诗源》失其简"⑤而选录了《八代诗选》，所以说自

---

① 《王闿运唐诗选评语》，第 19 页。
② 《唐诗品汇》，第 4、5、41、42 页。
③ （清）金圣叹著，曹方人、周锡山点校：《贯华堂批唐才子诗》，南京：江苏古籍出版社，1986 年版，第 32 页。
④ 《湘绮楼诗文集》，卷八，第 2375 页。
⑤ 杨廷瑞：《八代诗选叙》，王闿运《八代诗选》，1923 年秋订补经济堂。

己有和冯惟讷争名的嫌疑。虽然如此,他还是刊刻了《八代诗选》,那为什么就不能刊出批语和金圣叹争名呢?金圣叹(1608—1661),名人瑞,原名张采,字若采,江苏吴县人,是清代以评点而著称的文学大家。他曾计划评解"六才子书",即《庄子》《离骚》《史记》杜诗《水浒》《西厢记》,入清后因哭庙案被杀害,仅完成了对《水浒传》《西厢记》和600余首唐律诗及一部分杜甫诗歌的评解,其"起承转合"的诗歌解析方法对后世影响很大,为后人欣赏唐律诗开拓了新的视野。王闿运曾云:"看吕生教其子看评话,亲为校定,是金人瑞家法,非正轨也。"①王闿运对金圣叹不合"正轨"的评价并非贬义,他认为不合"正轨"乃是才子作法。如他评李白《前有樽酒行》时云:"其秀在骨,作('作'疑为'非')他人所能。此皆随笔,付歌姬之作,所谓才子,才子非诗正轨也。"②才子乃不按主流传统行事,特立独行。王闿运还曾说自己也是"才子":"黄清惠求诗,甚窘于思,姑取诗笺题句,乃竟成章,不唤我作才子不得也。"③说这句话的时候王闿运已近80岁,尚能对自己如此自信,也是对于自己诗歌创作才华的肯定。行为处事喜欢与众不同的他,在批点诗歌时却无法完全打破常规,依然以感悟方法来评点。他不愿与金圣叹争名,其深层含义应该是对金圣叹批点的认同,或者说自觉无法超越金圣叹,所以不愿把自己的批语公布于众,以示下风。比如金性尧所说:"谭藏本批王维《桃源行》云:'金人瑞说摩诘善用遥,是倩女离魂法。'可见他也推崇金圣叹。从某一意义上说,金、王之评批,实有貌离神合之处。"④细读唐诗批语不难发现,王闿运在评点诗歌时喜欢评析诗歌起句和结句,也可以说不自觉地运用金圣叹解析的方法。王闿运在对一些诗歌的评价上和金圣叹也有相似之处,如金圣叹评李白《登金陵凤凰台》云:"人传此是拟《黄鹤楼》诗,设使果然,便是出手早低一格。"⑤又评《鹦鹉洲》云:"此必又拟《黄鹤》,然'去'字乃至直落到第三句,所谓一蟹不如一蟹矣。赖是'芳洲'之七字,忽然大振,不然,几是救饥伧父之长歌起笔。先生英雄欺人,每不自惜有此也。"⑥王闿运评点《登临金陵凤凰台》云:"学《黄鹤楼》极可笑,又两拟之,更不知何所取。"又批《鹦鹉洲》:"鹦鹉岂能如黄鹤,何必掉弄,后四句秀逸胜崔作。"⑦但王闿运批唐主要是以感

---

① 《湘绮楼日记》,第2256页。
② 《王闿运手批唐诗选》,第810页。
③ 《湘绮楼诗文集》,第1873页。
④ 《王闿运唐诗选评语》,第20页。
⑤ 《贯华堂选批唐才子诗》,第147页。
⑥ 《贯华堂选批唐才子诗》,第151页。
⑦ 《王闿运手批唐诗选》,第1163—1164页。

悟为主，批语很简短，多也不过十几个字，和金圣叹洋洋洒洒的分解批点相比有太过随意之嫌。

不过，王闿运毕竟是一代诗学大家，其批语多有精辟之处，正如易扬先生讲述自己读批语的感受："多看几遍，发现这些字迹工整的蝇头小楷，有的寥寥几个字，独具慧眼；有的说来说去，并不觉其繁碎，反有新鲜之感。"① 虽然不能和金圣叹的批语抗衡，但也自有特色和个性，他的不愿与金圣叹"争名"也有不愿成为别人谈资的顾虑吧。王闿运弟子王简在编选《湘绮楼诗话》时云："盖传述师说，非助名士之清谈，实启学人之愤悱。固不必与《诗人玉屑》、《历代诗话》、魏庆之、吴景旭争名也。"② 这应该也是王闿运本人的意思。

第二个原因是王闿运觉得选本一有批语便显得"俗"。王闿运学生杨廷瑞记载云：

> 曩在东洲，尝闻之吾师壬秋先生矣。凡选诗文，肇汉讫隋，自唐以下，别树帜焉。古乐府、歌诗，胎祖风骚，词恉甚远，后人臆测，只得一偏。譬井中见天，天仅在是，岂理也哉？善读诗者，以意逆志，其所触悟，因人之志趣境地各有不同，而所得互异，故一涉评骘，即成俗本。③

中国古典诗歌多用比兴，诗歌意象多呈现出朦胧的意境，但也正因此，不同的人、不同时间、不同心境读同一首诗歌可能就会有不同的感受。故历代文人通过选本对诗歌的取舍打上了选家自己特色的烙印，很容易抹杀其他一些有特色诗歌的再现，固封读者的阅读视野，再加上选家的批语，诗歌的阅读范围就更加狭窄，诗歌意境内涵被大大缩小。正如鲁迅所云："况且有时还加以批评，提醒了他之以为然，而默杀了他之以为不然处。"④ 批语在一定程度上可以起到点睛之笔，有助于阅读者对诗歌的理解，也有助于对批点诗歌者的了解。但它的不足在于可能只是一家之言，限制了阅读者的想象空间和阅读感受。王闿运应该也认识到环境、思想、经验的不同对诗歌体悟也会有所不同，而诗歌的评语只是评诗者一己之见，所以他不想以自己的评判来影响他人对诗歌的接受，这也是他认为选本一旦有评语反而显得俗气的原因。不愿苟俗，不愿因为自己的评语而扼杀读者自己的领悟。王闿运虽然语言上立场鲜明，但是行为上他还是比较开通的，如他的《八

---

① 《王闿运手批唐诗选》，前言，第1页。
② 《湘绮楼诗文集》，第2099页。
③ 《八代诗选》，第1页。
④ 鲁迅：《集外集》，北京：人民文学出版社，2006年版，第137页。

代诗选》各体诗歌皆选，即使童谣、兽名歌、树名歌也不会忽略。王闿运想做的是展现出时代创作的整体诗歌风貌。虽然因为是选录，仍有略汰，但仍可窥一斑而知全豹。

虽然王闿运不主张选本有批点，但为人师授人以作诗之法就会涉及诗歌评点，不过他并不以之为重，所以诗歌批点多是随手、随时、随意而为，少修饰之语，多直言不讳，贬多于褒。批语虽不如金圣叹、王夫之的批语系统深入，但是从诗歌本身出发，以审美的眼光来感悟诗歌，也有非常精彩之处。批点亦偶有前后不一致的情况，但不足以影响我们对他评语的认识和评价；并且他的批语是随意而为，没有要刊刻之意，更真实地看出王闿运对唐代诗歌、诗人的看法，也可以充分地显现其真实的诗学阅读状态。

第三节 唐诗批点的方式和特点

王闿运的批语主要是以眉批为主，偶有夹批。因没有要刊刻出来的想法，故评点比较随性，批语长短不一。短的仅一两个字，如卷十评李贺七言歌行《荣华乐》云："滞"，卷三评袁朗五言律诗《秋夜独坐》："沉着"，评陈子良《入蜀秋夜宿江渚》："脱洒"。长不过数十字，如卷十二评沈佺期七言律诗《和上已连寒食有怀京洛》时云："落花朝唐人语谓春时也，韩翃云长安道上落花朝，锺惺误以为朝廷之朝而云新丽，不顾文理如此。"王闿运批语还有一个特点，就是褒贬参半，这和王闿运的个性有很大关系。王闿运以才气结交名人无数，上至达官贵人，下至一般百姓如木匠张正旸、僧人寄禅等。王闿运和这些诗人往来言语皆不避讳，褒则褒之，贬亦不留情面，从其所撰《湘军志》遭到曾国荃及郭嵩焘的强烈批评，甚至把已刻的《湘军志》木板全部销毁一事亦可领会王闿运的处世风格。与这一点相似，王闿运在批点唐诗时，即使是大家名家也总是褒贬皆有，如评杜甫《自京赴奉先县咏怀五百字》云："入身出自觉太小，强作回护扔扯入时事，硬派幼子是饿死，讲大话人常有此苦。"卷二评韩愈五言古诗《南山诗》云："绝无意义，押韵而已，初未说口一句山。"卷七评李白《江上赠窦长史》云："此篇太率，起四句似欲大作，以下便不顾题。"如卷十评李贺七言歌行时云："长吉诗皆仅成章。"卷十三评李白《山中问答》云："假作超妙"等。对普通诗人赞美时则不吝笔墨，如批卷一张潮《长干行》："接入混茫，艳诗上品，非六朝人不能。"批刘方平《代春怨》云："无意自工，亦七绝上乘。"[①]其中不乏对名家的严苛和对小家的宽容，

---

① 《王闿运手批唐诗选》，第121、167、315、317、826、1024、1032、1290、1311页。

大多批语还是能切中肯綮、精辟入理。总之，看似没有系统的批语，如细细梳理，仔细研读，还是可以从中看出王闿运批点诗歌的特点。

一、探源溯流

中国学术重视传统，追求"通古今之变"，诚如章学诚所言，"论诗文而知溯流别，则可以探源经籍，而进窥天地之纯，古人之大体矣"①。探源溯流自然就成为文人进行诗文学习和批评时通常会用到的一种诗歌批评方法。王闿运是晚清旗帜鲜明倡导复古的文人，所以他对诗歌之流变传承显得格外敏感。在《八代诗选》中评吴均《江上酬鲍几》云："唐人屡学此种。凡作诗贵探源。正为发人神智也。冰生于水。观冰不如观水之寒。"②他还撰文就诗歌传承进行总结和概述，如《论汉唐诗家流派答唐风庭问》《论唐诗诸家源流答陈完夫问》等。他在诗歌批语中有关流变的内容主要是推源诗歌至六朝、六朝对唐诗的开启及唐诗内部流变等几个方面。

首先，把唐诗推源至六朝。"其《唐诗选》以六朝诗法论唐诗，于众家唐诗点评中，显得颇为特异。"③这一特点主要适用于初盛唐五言古诗，如卷一评陈子昂《岁初巡属县登高安南楼言怀感遇诗》三十八首之十三："自王绩、卢照邻已变陈隋体矣，伯玉乃纯模古，而轻逸无拙笔。"评张九龄《岁初巡属县登高安南楼言怀》："子寿专于学古，与陈伯玉自创一派者不同。以空澹得远意。""学刘公干，轻妙。"评李白《古风》之二十七："李纯学刘公干。非其至者，侠艳诗则佳，古风数十首皆能成章，则陈张杜或不远也，宜其以五言自负。"评李白《江上寄元六林宗》："学谢不露马脚"，评杜甫《喜晴》："学陶"。五言古诗卷二批柳宗元《游朝阳岩遂登西亭二十韵》："学谢，景不副题，仍是无力量。"评《湘口馆潇湘二水所会》："亦学谢，胜前作，而无彼起四句自然之妙。"评《与崔策登西山》："学谢猿鸣二句。"④上述诸多评论中虽然有扬六朝而抑唐的成分，但最终目的还是为这些诗歌找出他们诗学的源头，这个源头就是汉魏六朝具体的一些诗人，两相比较诗歌高下、优劣清晰可判，同时也进一步明确学八代诗歌的重要性。

其次，注重汉魏六朝对唐诗的开启，这一点主要体现在他对八代诗歌的批点中。他在《八代诗评》中评刘铄《拟孟冬寒气至》云："原非清劲。此乃宽和。开

---

① （清）章学诚著，叶瑛校注：《文史通义校注》卷五，北京：中华书局，1985年版，第559页。
② 《同声月刊》，第一卷，第10页。
③ 贺严：《清代唐诗选本研究》，北京：人民出版社，2007年版，第212页。
④ 《王闿运手批唐诗选》，第20、42、45、99、115、116、226、227、229页。

初唐人法门"①，又评刘绘《饯谢文学离夜》云："高华。此与江诗，皆开唐人澹远取神一派"又批陆机《挽歌》第三首："'侧听阴沟涌'二句，是仰卧圹中光景。此开中唐派。"②王闿运关注的焦点始终是在八代诗歌对唐诗的开启，即使站在唐诗的角度，也始终是在探究唐诗中对八代诗歌的延续、继承和发展的地方。这一点和其他复古诗人一样，如王夫之批储光羲《采菱词》云："乃其昭质敷文之妙，俱自《西京》《十九首》来，是以绝伦。"③沈德潜批陈子昂《感遇九首》云："感遇诗，正字古奥，曲江蕴藉，本原同出嗣宗，而精神面目各别，所以千古。"④唐诗是诗歌史的顶峰，其诗歌成就其他朝代无法企及，但仅就五言古诗而言，唐诗显然难以完全超越汉魏六朝诗歌浑然一体的艺术魅力，故在古体诗的范畴里，自然而言就会把唐诗和八代的古诗相比较。卷一评刘希夷《嵩岳闻笙》起两句云："有六朝之灵妙"，评萧颖士《沙垫西岸作》首两联："得谢神理"，批张潮《长干行》云："接入混茫，艳诗上品，非六朝人不能。"⑤选录诗歌加上批语，不仅可以梳理六朝至唐的发展脉络，同时也通过六朝来批评唐诗。

最后，对唐诗内部沿革的关注。毕竟唐诗风格多样，八代已经完全无法涵盖唐诗，特别是近体诗的成就远非八代可比。故在近体诗领域，王闿运主要分析唐诗内部之间的沿革。他特别注意到盛唐开韦应物之先的诗歌，如卷一评王昌龄《秋兴》云："开韦应物一派，纯用轻笔"，评王维《春夜竹亭赠钱少府归蓝田》云："亦轻远开韦派。"除此之外，王闿运用笔最多的是对中晚唐诗歌传承的梳理。首先指出孟郊一派，如卷二评皮日休《蚊子》云："亦孟郊一派而逊其锤炼"，评张籍《卧疾》云："孟郊派，盖濡染不觉"，评贾岛《早起》："孟郊派"。其次是指出开中晚唐诸如李贺、元稹和白居易等诗风的诗歌，如卷二评袁高《茶山诗》："采茶未致唐人，颇言其弊，当时吏窳可知。此等诗开元白一派，非正格。"卷九评王渤《喜弟淑再至为长歌》是："元白派"，卷八评李白《公无渡河》："雅事俗说，开玉川一派。"评陆龟蒙《五歌诗水鸟》一首："是学玉川"，评《战秋词》："学玉川而不造句，徒见其拙。"评温庭筠《湘宫人歌》："李贺一派"⑥，等等。

王闿运虽然有重八代轻唐诗之嫌，但他并非守古不化之人，其对唐诗的批评还是相当客观，会特别关注唐诗独特的个性所在。卷一宋之问《初至崖口》的批

---

① 《同声月刊》，第一卷，第六号，第27页。
② 《同声月刊》，第一卷，第五号，第33页；第六号，第27、36页。
③ 《唐诗评选》，第44页。
④ 《唐诗别裁集》，第10页。
⑤ 《王闿运手批唐诗选》，第27、76、167页。
⑥ 《王闿运手批唐诗选》，第69、91、194、214、278、285、294、805、962、1065、1068页。

语:"作不尽语,居然有不尽意,此唐人独擅技",张九龄《晨坐斋中偶而成咏》批语:"字密气疏,亦唐人独胜",批卷三高适《别刘大校书》:"温厚是盛唐诸公所长",卷九武元衡《长安叙怀寄崔十五》的批语:"尚是唐初体",《唐十家诗选》卷二批王维《偶然作六首》其二云:"此等乃唐人创派,意趣不凡而痕迹可仿矣。"也会特别指出一些诗人诗歌独特之处。比如评常建《江上琴兴》时云:"清语生新,是作者特创。"评杜甫《春望》:"'国破山河在,城春草木深。'此等悲壮句杜所独擅。"又评薛能《早春归山中旧居》云:"薛颇有生僻字,又一派。"①对诗歌风格的分类其实也是探源溯流的一种。可以说,王闿运始终是以探源溯流的视角对唐诗进行批评。

二、感悟风格

中国古典诗歌的艺术美学特点主要体现在意象和意境上,而这种意象和意境大多时候是只可意会、难以言传,更难以作纯理论的分析。所以中国诗歌评点多从感悟入手,就诗歌风格而谈,这一点在王闿运《八代诗评》中显得尤为明显。他把八代诗歌的风格主要分为两种:一是苏武所开创的"宽和",一是李陵所开创的"清劲",其后的诗歌风格多不出其外。

> 宽和。缓缓而来,仍无懈处,层层凝炼(练),却饶宽局,是陆诗独绝处。此篇尤易寻其妙。(批陆机《赴洛》第一首,《同声月刊》第一卷第五号)
>
> 宽和。陆拟诗,面貌虽间有研炼(练)华肇之处,而气骨直与古作契合,须观其铺叙中有回复,整密中有疏宕,每出两句,皆苦心有得处。(批陆机《拟行行重行行》,《同声月刊》第一卷第五号)
>
> 清劲。决去之辞,重沓怨深,去吴适梁,眷怀故国,故有南北之感。急节悲情。(批枚乘《行行重行行》,《同声月刊》第一卷第二号)
>
> 清劲。悲凉旷达。(批曹植《杂诗》"飞观百余尺"一首,《同声月刊》第一卷第三号)②

但这两种风格并不能涵盖所有八代诗歌的风格特征。故八代诗歌的评语中还提及其他诸多的风格。

> 高华。光艳动人。"长逝"字妙,接更飘渺。(批曹植《明月照高楼》,

---

① 《王闿运手批唐诗选》,第30、44、185、415、425、524、958页。
② 《同声月刊》,第一卷,第二号,第20页;第三号,第26页;第五号,第34—35页。

《同声月刊》第一卷第三号）

　　高华。文情具美。局度超然。（批谢灵运《九日从宋公戏马台集送孔令》,《同声月刊》第一卷第六号）

　　纤丽。语近唐人,非格卑也,盖唐人专学此一种空妙之句。（批古诗《步出城东门》,《同声月刊》第一卷第二号）

　　纤丽。"天际"二句绝高。唐人如王、李、高、岑,皆摹之入律。（批谢朓《之宣城郡出新林浦向板桥》,《同声月刊》第一卷第六号）①

除了"宽和"和"清劲"之外,"纤丽""高华"等词汇也是王闿运在评点八代诗歌时使用较多的词语,批点时所用频次比较多的其他词汇还有"浑然""自然""空妙"等②。这些词语都与王闿运所喜欢的自然浑厚和含蓄的诗歌风格一致,重在突出唐代诗歌的艺术特色。《王闿运手批唐诗选》批语中与风格有关的主要字词详见表3-1。

表3-1 《王闿运手批唐诗选》批语中与风格有关的主要字词一览表

远	"远意""远情""远势""高远""超远""淡远""幽远""绵远""清远""秀远""深远""澹远""悠然自远""远跕高浊""远韵高格"
秀	"秀""秀逸""秀语""秀丽""轻秀""明秀""超秀""秀韵天成"
丽	"丽""丽句""明丽""妍丽""秀丽""工丽""细丽""超丽""富丽"
妙	"轻妙""清妙""深妙""灵妙""空妙""高妙""妙不可言"
清	"清妙""清冷""清远""清新""清语生新""清无俗尘""清华"
幽	"幽艳""幽语""幽远""幽渺""幽深""幽细""幽曲""意幽""幽秀"
深	"深婉""深厚""深稳""深意""深款""深至""深深款款"
奇	"奇险""奇句""奇想""奇致""灵奇""新奇""横宕出奇"
自然	"自然超脱""自然韶丽""自然成文""自然绵邈""自然老到""自然雄厚"

这些词语可以总结为几个有代表性的词语"秀丽""清幽""深远""灵妙",换言之也就是幽秀清远、自然浑厚、含蓄蕴藉、意韵悠然的美学意境。当然这种诗风的诗歌符合中国传统的审美心理,即以写意为主。虽然唐诗中的诸多诗歌风格是承八代而来,但王闿运也看到唐诗不同于八代诗歌的艺术特质,如他认为唐诗中"清"之风格更为鲜明。

---

① 《同声月刊》,第一卷,第二号,第26页;第三号,第25页;第六号,第29、35页。
② 参见黄世民硕士论文《论王闿运〈八代诗选〉及其批注》中第四章:《八代诗选》所体现的诗学思想,湖南大学,2007年。

清秀。已纯是唐人。(批范云《闺思》,《同声月刊》,第一卷第七号)

清丽中仍凝重。亦唐人习调。(批王融《饯谢文学离夜》,《同声月刊》第一卷第七号)①

上述两句批语虽是王闿运批评范云和王融的诗歌,但同时也为唐人诗歌风格做了界定,指出唐诗中最为鲜明的"清秀"和"清丽"两种特征。其他和"清"有关的批语还有如下几句。

清无俗尘。(批刘长卿《京口怀洛阳旧居兼寄广陵二三知己》)

清语生新是作者独创。(批常建《江上琴兴》)

清新绝伦。(批孟郊《与二三友秋宵会话清上人院》)②

这种和"清"有关的风格近雅远俗,是一种文字本身给予阅读者的感受。与此对应,王闿运也一再强调唐诗另外一种诗风特征,即澹远。"远"是一种距离,也有一种直观的画面感,画家画作之超逸意境即是远处取神,意境淡但含蕴深。如他评价齐梁诗歌是"齐以后诗,渐有画家超逸之意,多取远神,意淡而色腴"③。(《同声月刊》第一卷第六号)。又如评古诗"迢迢牵牛星"一首诗云:"远处取神,开后人超妙一派。"④远景取意给人的是一种悠然渺远之感,也可以给人更多想象思考的空间。王闿运在评点唐诗时使用和"远"有关的词语有26个之多,如下面所评。

有远势,结亦悠然。(批李百药《晚渡江津》)

悠然自远。(批李嘉佑《自苏台至望亭驿人家尽空春物增思怅然有作寄从弟纾》)

飘摇远逸。(批刘长卿《送宇文迁明府赴洪州张观察追摄丰城令》)⑤

不管是"清"还是"远"都是一种感官,一种悠然绵长、含蕴不尽、清丽淡雅的自然风格,也是一种浑然天成、不事雕琢的艺术魅力,是诗歌本身通过文字、意象和意境传递给阅读者的一种画面感、距离感和朦胧感,这是一种美的享受,

---

① 《同声月刊》,第一卷,第8—9页。
② 《王闿运手批唐诗选》,第184、185、234页。
③ 《同声月刊》,第一卷,第34页。
④ (清)王闿运:《八代诗选》,国家图书馆藏本,卷一五言古诗。该书中的一些批语有一些和夏敬观刊刻于《同声月刊》的《八代诗评》一致,有一些和《湘绮楼说诗》中一致,可以知道该书中批语应该是王闿运批点而成。
⑤ 《王闿运手批唐诗选》,第15、1186、1194页。

这也是王闿运特别推崇八代诗歌的原因。

三、评字析句

王闿运品评诗歌时，除了运用《诗品》中已经被纯熟运用的探源流、悟风格的诗学批评方法，他还特别注重诗歌中字词句的运用，王闿运对唐诗中字句的批点主要在三个方面：一是指出诗中具体某个字运用是否恰当；二是指出起、结句的特点；三是指出诗中最佳和可删的诗句。

首先是对某些字的批点。王闿运主要是从诗法方面来评，从用韵、字意等方面入手，也会指出运用经典的字词，如下面一些评语。

起句绵渺，其来无端。"虑"字太险，疑是"处"。（评沈颂《早发西山》）

"族"字未稳。（评王维《双黄鹄歌送别》）

"须临"二字恐误，老笔颓唐，深深款款。（评薛能《春日重游平湖》）

"叹"此字领下四句。"（评王昌龄《途中作》）

以"碧"字出新。（评贾岛《感秋》）

以"见闻"二字生色，比子美"虚实"二字超脱。（评刘方平《秋夜寄皇甫冉郑丰》）

妙在"和叶"二字。（评元稹《杂思》）[1]

这些字词有的运用不妥，有的起画龙点睛的作用，有的会使诗歌新颖别致，有的则可以给人超远意境。之所以在诗歌评点中对字的重视也是源于中国古典诗歌的这种特殊的固定形式，要在固有的字数、甚少的诗句中融入较多的情景和信息，并以此来感染人、打动人，即使一个字的使用都不能过于随意。正如有人评五言律诗是："四十贤人无一入屠沽"，把每一个字的重要程度比喻为"贤人"。而在只有四句的绝句中，尤其是只有二十个字的五言绝句中，要使诗歌高响有韵味，更是要求每个字都要精致、恰到好处，否则"一字未安，全章皆顿"[2]。故古人创作诗歌都是反复推敲、字斟句酌，这应该也是宋人强调的炼字理论。所以王闿运在评价绝句时特别在意诗中能使诗歌增色添彩的字眼或者使用不当、不妥的字眼。

其次是对诗句的批评。王闿运在评点唐诗时虽然多是眉批，但亦有圈点，对

---

[1] 《王闿运手批唐诗选》，第 61、73、277、799、1197、1226、1332 页。

[2] 《湘绮楼诗文集》，第 2101 页。

一些比较好的诗句都加以圈点,所以也属于比较突出的摘句式批评方法。摘句式批评之法由来已久①,且也是文人批点时最喜欢使用的一种方法。王闿运的摘句式批评重视诗歌起句和结尾。

  起无雕琢痕。(批卢照邻《和王奭秋夜有所思》)
  起突兀涵盖。(批吴少微《哭富嘉谟》)
  结有幽远意。(批杜甫《法镜寺》)
  结笔秀。(批李鹭《自惠山至吴下寄酬南徐从事》)②

首句重要,尾句也重要,总之诗歌要下笔不凡,收尾要漂亮,其他句子自然也要严谨对待。王闿运摘句式批评有褒有贬,褒的方面是指出诗中佳句,并予以高度的肯定性评价,如下面的批语。

  多读此等句自然笔不沾泥。(评苏颋《春晚送瑕丘田少府还任因寄洛中镜上人》中"别时花欲尽,归处酒应春。")
  恰到好处。(评孙逖《和常州崔使君咏楼前海石榴》"传君妓楼好,初落海榴花。")
  横此二句乃有气势。(评李颀《听安万善吹觱栗(篥)歌》"世人解听不解赏,长飚风中自来往。")

贬的方面是指出一些诗句之不足,有时候还会提出修改意见。

  二句所以补足上意,然太着痕迹,反有驽骥同皂之叹。(评刘希夷《孤松篇》中"群树遥相望,众草不敢逼。")
  删去起二句亦佳。(批李白《江夏寄汉阳辅录事》)
  删去五六作三韵尤佳。(批杜甫《晓发公安》)③

王闿运从字词句对唐诗进行批点,指出佳句佳字,也会指出诗中使用不当的字词句,甚至给出更好的建议,这无疑是用唐诗为例给向学者以具体的诗学指导。
  相比较字词句,王闿运更为重视诗歌的美学特征,故其对唐代诗歌主旨的考证并不深入,多半只是指出诗歌中有乖诗法之处,以指导时下的诗歌创作。如下面这些批语。

---

① 参见张伯伟:《中国古代文学批评方法研究》中《外篇·摘句论》一章,北京:中华书局,2006 年版。
② 《王闿运手批唐诗选》,第 19、36、142、293 页。
③ 《王闿运手批唐诗选》,第 26、115、357、377、765、1178 页。

以范比裴未合。(批韩愈《奉和仆射裴相公感恩言志》)

入蜀既险居蜀又危,此与明皇情事不合,只是照题作文,未顾前后照应耳,格调仍是本色。(批李白《蜀道难》)

题云"口号"则诗中有刺讽之意,盖内宠近习大臣皆害君德,故起句即言昭容也。(批杜甫《紫宸殿退朝口号》)[①]

或指出诗歌创作背景,或指出诗歌之主旨,或指出诗歌中不合情理之处,总而言之,是就诗歌创作的问题进行评价,有时也会因诗而论及人。比如评价杜甫《赠花卿》:"刺之耶!赞之耶!俱失身分(份),宜岩武之欲杀,因自占地步反成轻薄,诗人所宜戒也。"又批《解闷》云:"因不在京中故无颜色,与高力士荠菜诗同意,皆奴隶性质也"等。不过王闿运更在意的是诗歌中可以学习的地方"学起开合承接而已,不必论理也"[②]。

王闿运因为反对诗歌的政治功利作用,强调诗歌的审美内涵及其个人心性的修养,所以其对诗歌的评价多是以风格为主,诗法为辅,为后学者指点诗学门径:"全书评述,随机而发,虽不成系统,而一归于以上(笔者案:即只要自成一家之体皆在选录之列)主旨。其中以辩体溯源,抉扬传承,格局脉理之爬梳,配色选声之匠心四者,最具特色。笔锋所及,虽大家名章,亦不避针砭;而孤音幺弦,却时有推许。源其用意,还在以选评为诗论,发明一家之旨,昭示后学门径。虽不无师心之论,偏执之谈,而发微探幽,会趣得意处,亦多所可见,不失为清季一种有特色的唐诗选评本。"[③]这段话对王闿运唐诗批语的特点和内容概括比较全面。简言之,王闿运唐诗批语虽是一家之言,不免有偏颇之论,但其中不乏精妙之言,足以为后人提供学诗之门径。

[①] 《王闿运手批唐诗选》,第494、820、1174页。
[②] 《王闿运手批唐诗选》,第822、1299、1301页。
[③] 《王闿运手批唐诗选》,出版说明,第2页。

第四章 王闿运论唐诗

王闿运除了选批唐诗之外,还多次对唐诗进行系统的论述。他曾于 1906 年先后在《国粹学报》第 18 期、第 22 期上发表了《湘绮楼论唐诗》(即《论唐诗诸家源流答陈完夫问》)和《为陈完夫论七言歌行》两篇文章。这两篇文章和其他一些诗歌文字都收录在《王志》一书中,此书是由王闿运的学生陈兆奎于 1906 年辑录而成,后于 1907 年刊刻;又有成都忍古堂民国十七年(1928 年)刻本,成都昌富公司铅印本;后四川人民出版社于 1957 年又重新刊刻了忍古堂本。《王志》一书直接论述诗歌的文章有八篇。王闿运晚年的弟子王简又刊刻了《湘绮楼说诗》,王简在序中详细讲述了他编选此书的一些情况。

> 凡有关说诗者,别为一汇,已得四卷,题曰《湘绮楼诗话》,藏之行箧,欲付梓未能也。厥后奔波燕、赵,游衍吴、越,少亲笔砚。昨岁归田,始获息影,日事呕吟,追思侍立命提之训,趋庭转述之言,以及高座再传所记,都讲夺席所闻,兼搜纪游之作,并《光宣》《消寒》《杜若》《夜雪》诸外集韵事,博采增入,都为八卷,裒然成集。其论诗,先唐人近体,次六朝,殿以《诗经》评语,由浅而深,引人入胜。以师不用唐后名名书,改为《说诗》,盖传述师说,非助名士之清谈,实启学人之愤悱,固不必与《诗人玉屑》、《历代诗话》、魏庆之、吴景旭争名也。壬戌白露王简叙于栗坡。①

此序写于 1923 年,但书直到 1934 年才由成都日新社刊刻而成,共八卷,四册。该书除了收录了《王志》中论诗的文章,还收录了《论诗示黄镠》、诗歌批语、《日记》中论诗言论及创作的有关诗论的诗歌等资料。王简是王闿运晚年时的得意弟子,经常侍立左右,故对晚年王闿运的言谈所知甚多。颜缉祜《湘绮楼说诗跋》中所言:"继与竹闲(笔者按:王简字竹闲)久谈,读是编竟,方知竹闲游湘,国变隐于医,湘绮楼家人病,尝延诊治。师喜其医宗仲景,诗学渊明,委赞为莫年弟子。丙辰,师疾革,预闻易箦之训,得传枕膝之经,多为高足都讲所未闻者。

---

① 王简:《湘绮楼说诗序》,见王闿运《湘绮楼说诗》,成都日新社,1934 年初版,第 3 页,又见《湘绮楼诗文集》卷一,第 2099 页。

第四章 王闿运论唐诗

《说诗》中所采微言亦多未闻。"①有这样得天独厚的背景，相对而言其所录资料比较翔实可信。

从陈兆奎的《王志》到王简辑的《湘绮楼诗话》四卷再到《湘绮楼说诗》八卷，王闿运的诗学资料被完整地收集起来。岳麓书社于1996年刊刻的《湘绮楼诗文集》丛书不仅收录了《王志》和《湘绮楼说诗》，还辑入了未刊稿《湘绮老人论诗册子》（此文曾发表于《求索》杂志1984年第四期）。2001年周颂喜整理了王闿运写给儿媳杨庄的家书，题名为《王闿运未刊手书册页》，发表于《船山学刊》2001年第2期，这些书信主要是关于诗文的论述。总的来说，反映王闿运诗学思想的主要文章及撰写时间见表4-1。

表4-1 王闿运有关论诗歌文章的创作时间及主要内容

时间	文章题目	主要内容
光绪二年（1876年）	《湘绮楼铭》	绮虽不能，是吾志也
光绪三年（1877年）	《杨鹏海诗集序》	诗贵有情
光绪九年（1883年）	《论七言绝句法答陈完夫问》（又名《夜雪集序》）	七言绝句
光绪十三年（1887年）	《论诗家流别答吕雪棠问》	"宽和""清劲"
光绪十五年（1889年）	《陈怀庭诗集序》	"竟七子之业"
光绪十六年（1890年）	《诗评论陈梅根》	评"韩门诸子"
光绪二十三年（1897年）	《论五言作法答陈完夫问》《论唐诗诸家源流答陈完夫问》《论七言歌行流品答完夫问》《论歌行运用之妙答陈完夫问》	五言古诗和七言歌行
光绪二十四年（1898年）	《论唐歌行流派答唐郎》	七言歌行之源流
光绪二十七年（1901年）	《王闿运重刊〈唐诗选〉序》	选唐诗缘由
光绪三十二年（1906年）左右②	《论汉唐诗家流派答唐凤廷问》《论诗法答唐凤廷问》	五七言诗歌流别 古今诗歌之别
光绪三十二年（1906年）以后③	《论诗示黄镠》	诗歌源流
民国元年（1912年）	《王闿运未刊手书册页》	唐律诗、歌行
民国四年（1915年）	《天影庵诗存序》《论作诗之法》	"湘中五子"的诗学 汉唐诗歌风格及发展

---

① 《湘绮楼诗文集》，第2375页。
② 《论汉唐诗家流派答唐凤廷问》《论诗法答唐凤廷问》具体写作时间不详，这两篇文献皆见于陈兆奎于光绪三十三年（1907年）刊刻的《王志》一书。
③ 《论诗示黄镠》在陈兆奎于光绪二十三年（1897年）选录、光绪三十二年（1906年）刊刻的《王志》一书中未见，而见于王闿运晚年弟子王简编纂的《湘绮楼说诗》一书中，据此推知此文最早可能写于光绪三十二年（1906年）。

从上表可以看出王闿运的论诗的文章主要是光绪年间写成，尤以光绪后期为重。仅从论诗的文章题目来看，这些论诗的文章内容多是论述诗歌源流和诗歌创作方法，且以古体诗为论述的主要对象，兼及其他一些诗体。

第一节 论唐五言古诗

五言古诗在王闿运的诗学中占有极其重要的地位，不管是创作、选诗、批点，还是教授学生，五言古诗都是他用力最重的一种诗体，这也是其复古思想的核心内容。下面主要就三个方面来分析他对唐五言古诗所持的态度及批评的内容。

一、唐无五言古

明代李攀龙提出"唐无五言古诗而有其古诗。陈子昂以其古诗为古诗，弗取也"①的说法后，是非议论之声就没有停止过。有对此表示强烈反对的，如钱谦益"彼以昭明所撰为古诗，而唐无古诗也，则胡不曰魏有其古诗，而无汉古诗，晋有其古诗，而无汉魏之古诗乎？……论古则判唐、《选》为鸿沟，言今则别中、盛为河汉，谬种流传，俗学沈锢。"②也有表示赞同的，如王士禛云："沧溟先生论五言，谓：'唐无五言古诗，而有其古诗。'此定论也。常熟钱氏但截取上一句，以为沧溟罪案，沧溟不受也。要之，唐五言古固多妙绪，较诸十九首、陈思、陶、谢，自然区别。"③王夫之对此也表示赞同："古诗无定体，似可任笔为之，不知自有天然不可越之矩矱。故李于鳞谓：唐无五古诗，言亦近是；无即不无，但百不得一二而已。"④其实不管是肯定还是否定，一个不争的事实是汉魏古诗和唐代古诗判然有别，即此古诗非彼古诗也。

王闿运站在汉魏六朝五言古诗的立场上，对李攀龙的"唐无五言古"的论断持肯定的态度，他的理由如下。

> 唐人初不能为五言。杜子美无论矣，所称陈子昂、张子寿、李太白，才刘公干之一体耳，何足尽五言之妙？故曰'唐无五言'，学五言者，汉、魏、晋、宋尽之。⑤

---

① （明）李攀龙著，包敬第标校：《沧溟先生集》，上海：上海古籍出版社，2014年版，第473页。
② （清）钱谦益：《列朝诗集小传》，上海：上海古籍出版社，1959年版，第429页。
③ 《清诗话》，第129—130页。
④ 《清诗话》，第9页。
⑤ 《湘绮楼诗文集》，第2218页。

即唐代诗人虽然也有学八代之作并以五言古诗创作而著称者，但他们的诗歌都不能尽现八代五言古诗之妙。究竟何谓"五言之妙"？从诗歌风格方面来说，王闿运认为诗歌应该是含蓄委婉，不能逞才使性，直白地倾泻自己的感情，"情动于中而形于言，无所感则无诗，有所感而不能微妙，则不成诗"①。也就是说，五言古诗的感情抒发要有感而发，且要一唱三叹、回环往复、澹而有致。唐五言不能"尽五言之妙"具体原因如下。

  唐之五言，始缘陈、隋，陈、张奋兴，始追魏、晋。大要以议论为宗旨，所谓出于百一者矣。李犹有词藻，杜乃纯露筋骨，故非正格。香山因之作《秦中吟》，而面貌亦变。质言之，则五字俚歌，无复章法。元结、孟郊各露其才，元犹博大，郊乃枯瘦，要之自成一家，陶元亮之枝流，亦诗家一派也。昌谷、义山稍加粉泽，駸駸欲复齐、梁，而气体特小，尚不及王维、岑参。故论唐五言，自杜、孟成家外，只可篇选，并无家法。语句之似，不得指为某家也。②

杜甫和孟郊的诗歌成就虽然较高，且可以各成一家。但杜甫之诗非"正格"，因为感情过于外露，而孟郊之诗也仅为八代之一体而已，都无法和八代大家相抗衡。总之，在王闿运看来，唐五言古诗虽然有的以辞藻胜出，有的可以成家，但总的而言或情感外溢，或语言直白无味，或诗歌枯瘦意境不丰，较之汉魏六朝五言古诗成就略低。

从诗歌技巧方面来谈。汉魏诗歌自然浑厚，难以句摘。但到了齐梁，诗歌便有刻意为之之意，唐之古诗文人习气更重，琢字炼句之迹更加明显。王闿运在评价六朝诗歌时就特别指出这一点，如他评点张华和刘伶的两首诗。

  宽和。司空琢句，往往近唐人，如："死闻侠骨香"、"朱火青无光"是也。（批张华《杂诗》第一首，《同声月刊》第一卷第五号）
  宽和。炼字亦近唐人。响逸气豪，有不衫不履之态。（批刘伶《北邙客舍诗》，《同声月刊》第一卷第五号）③

张华和刘伶这两首诗歌之所以近唐人，乃是因为有琢字炼句之嫌，即有明显的人工雕琢锤炼的痕迹，王闿运对此类诗歌是持批判的态度，如他评价鲍照诗歌

---

① 《湘绮楼诗文集》，第2328页。
② 《湘绮楼诗文集》，第2377页。
③ 《同声月刊》，第一卷，第31、32页。

云:"鲍明远诗气急色浓,务追奇险,其品度卑矣。然自能成格调,亦非流骋无归者。无识者乃以为风韵独高出颜、谢之上,是不知翰林之鹜,而以为丹山之凤也。鲍诗只是多琢句,精选词,工布景。故格不得高,其劲气才足除冗弱弊耳。"[1]雕琢字句,精于用词,有心求妙的诗歌则略逊一筹。与王闿运的"古人所以独绝者,无心求妙也"[2]理念相较,唐诗显然于此不足。

古诗至魏晋走向自觉,诗歌开始更加关注文人内心的世界和感受,但创作仍保持浑厚自然,少修饰雕刻;到了齐梁,诗人们开始关注诗歌创作的技巧和形式,诗歌少了汉魏浑然质朴的自然风格,而有了较为明显的文人刻意为之的痕迹;到了唐朝诗歌技巧日臻成熟,古诗创作也自然就有很鲜明的文人习气。所以,王闿运认为五言古诗还是要于汉魏六朝用力,"读唐诗宜博,以充其气,唯五言不须用功,泛览而已"。唐诗只可多读,学其开阔的雍容气势而已。

总之,王闿运认为五言诗歌是用来"持其志"[3],所以其欣赏的诗歌要婉而多思,要掩其情无露其词。唐五言古诗较之八代少浑然天成的意境而多选词琢句之迹,少委婉含蓄之致而多直书己意之势,少澹然雅致之味而多浅近露骨之抒写。故王闿运主张诗学汉魏六朝五言古诗,回归雅正传统,以期改变当时尚奇求怪的宗宋诗风。不过他并没有就此停止研读唐古诗的脚步,而是对唐五言古诗进行较为详细的评析,并传达自己的诗学观念。

二、唐五言古诗之流变

仅就唐五言古诗而言,虽不及八代,但其诗歌成就也不容置疑,王闿运对此也不可能视而不见,他撰文《论唐诗诸家源流答陈完夫问》详细论述唐五言古诗的发展变化。

> 三唐风尚,人工篇什,各思自见,故不复摹古。陈、隋靡习,太宗已以清丽振之矣。陈子昂、张九龄以公干之体,自述怀抱,李白所宗也。元结、苏涣加以排宕,斯五言之善者乎?刘希夷学梁简文,超艳绝伦,居然青出。王维继之以烟霞,唐诗之逸,遂成芳秀。

> 五言惟北征学蔡女,足称雄杰。他盖平平,无异时贤。韩愈并推李、杜,而实专于杜,但袭粗迹,故成枯犷。卢仝、刘叉得汉谣之恢奇。孟郊瘦刻,赵壹、程晓之支派。(论杜甫)

---

[1]《湘绮楼诗文集》,第2267页。
[2]《同声月刊》,第一卷,第六号,第34页。
[3]《湘绮楼诗文集》,第2108、2273页。

> 五言纯用白描，近于高彪、应璩，多令人厌，无文故也。储光羲学陶，屈侠气于田间。后人妄以柳、韦配之，殊非其类。应物郡斋忆山中诗淡远浅妙，亦从陶出。他不称是，非名家也。（论白居易）[1]

在此段文字中，王闿运探源溯流，勾勒了五言诗歌发展的脉络，具体而言主要有以下几条发展线索。

刘桢——陈子昂、张九龄——李白——元结、苏涣

梁简文——刘希夷——王维

蔡琰——杜甫《北征》——韩愈

汉谣——卢仝、刘叉

赵壹、程晓——孟郊

高彪、应璩——白居易

陶渊明——储光羲、韦应物

王闿运梳理了从初唐诗人陈子昂、张九龄、刘希夷到盛唐诗人李白、王维、杜甫、储光羲、元结，再到中唐诗人韦应物、苏涣、韩愈、卢仝、刘叉、白居易这样的发展脉络。不过这只是一个粗略的轮廓或者路径。毕竟唐代诗人虽以汉魏六朝五言古诗为研习对象，但他们师承多非一家，诗歌风格也趋于多样化，这一点王闿运不可能不知道，故他在评点八代诗歌或者唐诗时则会就某一首诗歌进行探源溯流，指出某一首诗歌对后代的影响，或者说为唐代哪一位诗人所宗。比如评蔡琰《悲愤诗》云："此篇杜子美一生祖述，浅人乃疑其伪，试观杜集《北征》、《述怀》二首，方知此篇神力耳。'亭'字未详。"[2] 虽然认为蔡琰之诗是杜甫一生所宗，但很显然对杜甫诗歌产生影响的绝不止蔡琰一人，《八代诗选》批语中提及对杜甫有影响的诗歌有魏武帝的《苦寒行》、刘琨的《扶风歌》、沈约的《冬节后至丞相第诣世子车中作》、傅咸的《赠何劭王济》、阴铿的《和傅郎岁暮还湘州》、左思的《娇女诗》等。或诗承之，或以之为祖，或一意模拟之，通过批语也印证了杜甫诗歌是兼收并蓄、转益多师。八代诗的批语中还指出李白所宗的对象有萧纲、江淹、张协和傅玄等诗人，风格主要在清劲和清丽两个方面。储光羲师承则有陶渊明、王僧孺和柳恽等。王闿运对中唐诗人韩愈也给予足够的关注，八代诗的批语中提及对韩愈有影响的诗人和诗歌是应璩的《百一诗》、潘岳的《河阳县作》、陈后主的《画堂良夜履长在节歌管赋诗列筵命酒十韵成篇》等。

---

[1] 《湘绮楼诗文集》，第 2107—2108 页。
[2] 《八代诗选》，国家图书馆藏本。

王闿运对五言古诗的发展脉络的勾勒从八代到初唐、盛唐和中唐,相比较而言,初唐五言古诗成就最高,其次是盛唐和中唐。对晚唐甚少涉及,偶尔提及是批谢朓《入朝曲》:"新逸俊永。初唐之祖,非晚唐诸人所能拍肩者。"①仅用一笔就为晚唐诸人的五言古诗下了定论,可以略而不论。

三、唐五言古诗之优劣

王闿运不仅对唐诗进行探源溯流,梳理出唐五言古诗发展的主要脉络,还对五言古诗进行优劣高下之品评。把六朝作为参照对象,以审美眼光来审视唐五言古诗,不过主要针对以下几位诗人的诗歌。

首先是刘希夷。五言古诗体系中王闿运评价最高的诗人是刘希夷,"刘希夷学梁简文,而超艳绝伦,居然青出"②。在王闿运评点的诗人中能学古而"青出"的诗人不多,试看以下他对刘希夷诗歌的具体评价。

> 希夷言情即妙,有神光离合之态,绝非妖冶。(批《春女行》)
> 有六朝之灵妙。(批《嵩岳闻笙》)
> 有"中夜不能寐"神理。(批《秋日题汝阳潭壁》)③

"中夜不能寐"是阮籍《咏怀诗》八十二首中的第一首诗歌,王闿运曾对此诗进行评点:"高华。赋物清丽,以冠诸篇,诗中之兴者也。八句而有长篇之气。起二句,飘飘仙举,遂为千古名作。"④诗歌有令人涤尘除俗、飘然远逸的艺术魅力,由此也不难推知有"'中夜不能寐'神理"的刘希夷《秋日题汝阳潭壁》一诗的意境。在王闿运看来,刘希夷诗歌"神光离合"有六朝之灵妙,诗歌言情婉转、意境飘渺、词藻优美也符合六朝澹然有远意的诗歌意境和绮丽诗风,可谓是出于古而又胜于古,完全吻合王闿运的审美需求,所以他毫不掩饰对刘希夷诗歌的喜爱,以至于被认为因为太执着于学习刘希夷导致创作的五言古诗中有太多唐音。

> 湘绮自谓壮年喜学刘希夷体,以明艳响亮为宗,于"暮宿南洲草,晨行北岸林"与"艳唱潮初落,江花露未晞"诸篇必求神似。曾重伯从而效之,是以彼时风气皆成艳唱。湘绮晚年虽极意摹古,无如手性已成,难于尽弃,故五言古中之似刘希夷者,不可胜数。如"雪渚雁鸣风,夜

---

① 《同声月刊》,第一卷,第七号,第8页。
② 《湘绮楼诗文集》,第2108页。
③ 《王闿运手批唐诗选》,第25、27、28页。
④ 《同声月刊》,第一卷,第三号,第27页。

江鸡唱寒，寂听动哀响，寥亮满江山"等句，与"夜月明如玉，空山不辨花，云来一庭暗，风去百枝斜"等句尤为显著者也。究其由来，则不得不归咎于试帖，就地打滚乃自然之势。①

王闿运评价刘希夷使用的两个最突出的词语是"明艳响亮"和"超艳绝伦"，这两个词中都有一"艳"字，但"艳"而不"妖冶"，"艳"而不俗，"艳"而不闹，诗从古出，故有雅致，诗又胜于古，故意境优美有余。如果用三个字来概括刘希夷诗歌特点，那就是"艳""亮""妙"，可以说是从视觉、听觉和感觉三个方面概括了刘希夷诗歌给人的愉悦感受和审美体验。

其次是王维。王闿运认为王维因为师承刘希夷故诗歌能达到芳秀的高度，"王维继之（刘希夷）以烟霞，唐诗之逸，遂成芳秀"。"芳"较之"艳"色彩上淡了许多，"芳秀"即淡雅有致，故"王诗以明丽为宗而五言则主淡远"。王维诗学刘希夷诗歌的"明艳"之风，但相对而言趋于"淡远"。虽然较之刘希夷"色"略显不足，但主"意淡而色腴"②的王闿运认为色淡而意不尽，王维之诗歌足成一家，"王阮亭云王摩诘不能成一家，未知其所谓家数者何？诗虽有家数，一两首便成家矣"③，如批其《赠裴十迪》："自然成文"，又批《赠宇文太守赴宣城》："悠然无尽。明七子、王渔洋好处皆不能过此。"④诗语淡而意无穷，自然幽秀，对王维诗歌持完全肯定的态度。

再者是李白。王闿运认为李白诗歌有"词藻"，即有六朝诗歌绮丽之风。"李纯学刘公干，非其至者，侠艳诗则佳。古风数十首皆能成章，则陈、张、杜或不逮也，宜其以五言自负。"⑤尤其李白的侠艳诗，模拟古诗之作《古风》能自成一体，其成就在陈子昂、杜甫等人之上。

最后是杜甫。王闿运对杜甫诗歌的评价，只有《北征》一首学蔡琰《悲愤诗》而成，不过又认为杜甫仅凭此一首便可定英雄，其他诗歌则平平无奇。但在唐诗选本的批语中，王闿运对杜甫诗歌不遗余力地肯定，也毫不避讳地指出其不足之处。比如评点杜甫的《同诸公登慈恩寺塔》："杜五言天骨开张，自然雄厚，然胸次时有叹老嗟卑之意，故喜入时事，正其短处，如此登临诗而思及稻粱何堪叫尧

---

① 《草堂之灵》，第293页。
② 《同声月刊》，第一卷，第六号，第34页。
③ 《王闿运手批唐诗选》，第90页。
④ 《王闿运手批唐诗选》，第91—92页。
⑤ 《王闿运手批唐诗选》，第99页。

舜耶。"①高度肯定诗歌"天骨开张,自然雄厚"艺术成就,但对诗歌过多扯入时事、忧国忧民、悲天悯人之调,哀叹身世之意则有所不满,而这一点恰恰是杜甫诗歌最大的特点,也是其能成为"诗圣"的主要原因所在,正如叶燮所云:"如杜甫之诗,随举其一篇与其一句,无处不可见其忧国爱君,悯时伤乱,遭颠沛而不苟,处穷约而不滥,崎岖兵戈盗贼之地,而以山川景物、友朋杯酒、抒愤陶情,此杜甫之面目也。"②其实这也就是仁者见仁、智者见智的事情,王闿运并不反对诗歌对现实的关注,但他希望诗歌风上化下的教化作用是诗歌自身自然呈现出来,而不能先有用世之心在。故杜甫的"语不惊人死不休"的创作目的性是王闿运最为反对的一点。他不主张诗歌直白地过多扯入时事:"意含怨望,非诗人之旨"③,主张怨而不怒、哀而不伤的温柔敦厚的诗学风格。湘本中王闿运选录杜甫五言古诗最多,也承认杜甫五言古诗的成就,不过用了双重的评价标准,一方面肯定杜甫诗歌自然雄浑的艺术魅力,另一方面则是从诗歌内容方面对杜甫持批判的态度。

中唐诗人王闿运评价较高的是韦应物和孟郊:"唐、宋既兴,陈、张复起,融合苏、李,以为五言。李、杜继之,与王、孟竞爽。有唐名家乃有储、高、岑、韦、孟郊,诸作皆不失古法。"④把韦、孟和初盛唐大家并列。韦应物诗风近王维,属于王闿运所欣赏的风格,王闿运年轻时选录的《唐十家诗选》中就包括韦应物。孟郊诗风和盛唐大有不同,但在王闿运看来孟郊之诗歌亦能"成家",其成就不在李白、杜甫之下,亦非韩愈所能比,"郊诗于唐人自成家,尚是从陶、谢化出,非李、杜所能笼罩,韩更不及也"⑤。其实王闿运对孟郊的接受有一个很大转变,蜀本时仅选录孟郊4首五言古诗,后来的湘本选录达30首之多,仅次于杜甫、李白。除此之外王闿运对卢仝、刘叉等创作的五言古诗也非常欣赏。

总之,唐五言古诗自六朝出,作为主张模拟六朝的王闿运越多地了解唐诗,自然对其学习六朝有更大的帮助,"凡学明盛则必就衰歇,咏歌而计工拙"⑥。要学汉魏六朝古诗,自当知道唐朝之后古诗创作情况,有比较才知古今诗歌优劣。所以,王闿运对唐五言古诗的评价有优劣之分,褒贬之论,这对学习和创作五言古诗自然益处多多。

五言古诗,王闿运最爱还是汉魏六朝时期,王闿运记录的一件事非常生动地

---

① 《王闿运手批唐诗选》,第117页。
② 《清诗话》,第596页。
③ 《湘绮楼诗文集》,第2102页。
④ 《湘绮楼诗文集》,第2326页。
⑤ 《王闿运手批唐诗选》,第233页。
⑥ 《湘绮楼诗文集》,第2126页。

写出他对古风的喜爱:"严受庵幼有颖慧,赋拟楚词,诗通昌谷,文兼唐、魏之势。十七岁至京师,相遇论文,余云:'君诗文未入格,'因论古法,又问余所不及者,言五言必期似汉人,今且不能似子建。欲学子建,且先似士衡。君幡然遂归。逾年访余长沙,出示新作,沉博绝丽,有士衡之意。余惊喜倾倒,私独畏之。相约偕隐读书,适遭家变。又逾年,则君死矣!谁使我肆恣而无畏者,非君死之故耶?"①因为诗歌创作有陆机诗风韵味就让一向自负的王闿运倾倒敬畏,足见其对复古之风的喜爱。但唐五言古诗无论风格、题材都较之八代丰富且多样,又有自身独特的艺术风格,王闿运也明白这一点,虽然他的诗评中有褒有贬,但旨在明确诗学的对象和内容,也传达自己的诗学理念。

第二节　论唐七言歌行

　　七言是诗人抒发自己丰富复杂情感的一种最佳的诗体:"古之诗,今之会典奏议之类。今之诗歌,古之乐也。四言如琴,五言如笙箫,歌行七言如羌笛、琵琶,繁弦杂管,故太白以为靡。然人不能无哀乐,哀乐不能无偏激感宕。故自五言兴,而即有七言。而乐府琴曲希以赠答。至唐而大盛。凡四言五言所施,皆有以七言代之者,而体制殊焉。"②七言如羌笛琵琶,音节较五言为繁,音调较五言为多,起伏变化较之五言也更为曲折,故更为适合抒写人类之七情六欲,悲喜忧欢,表现情绪的高低起伏、复杂多变。王闿运从人类情感的复杂来说明七言的重要性,并强调七言诗歌以气为主。这里要特别指出,王闿运所谓的七言仅指七言歌行而非七言古诗,且主要是对唐代的七言歌行进行论述。

　　王闿运认为七言始自《离骚》:"七言出于离骚,开合纵横,可谓靡矣。而其气足以振靡,故与五言亦分两途,非出于五言也。"③《离骚》鸿篇巨制,感情抑扬顿挫,其谋篇气势远非五言古诗所能局限,诗歌特点亦不能用温柔敦厚尽概之。王闿运把七言歌行推源至《离骚》,其实也就把"开合纵横"作为七言歌行的一个特点。元代杨载云:"七言古诗,要铺叙,要有开合,有风度,要迢递险怪,雄俊铿锵,忌庸俗软腐。须是波澜开合,如江海之波,一波未平,一波复起。又如兵家之阵,方以为正,又复为奇,方以为奇,忽复是正。出入变化,不可纪极。"④

---

① 《湘绮楼诗文集》,第2159页。
② 《湘绮楼诗文集》,第2161页。
③ 《湘绮楼诗文集》,第2326页。
④ (元)杨载:《诗法家数》,何文焕辑,《历代诗话》,北京:中华书局,1981年版,第731—732页。

七言古诗可使感情的抒发层叠转折、纵横驰骋，更有利于诗人抒写自己复杂的感情，有着和五言古诗同样不可或缺的地位。王闿运论及七言歌行的文章主要有《论七言歌行流品答陈完夫问》《王闿运未刊手书册页》《论唐诗诸家源流答陈完夫问》《论歌行运用之妙》等，这些论诗文章或论歌行发展变化，或品评优劣，颇有新颖独到的见解。

一、歌行流变考察

王闿运《论七言歌行流品答陈完夫问》是一篇比较完整的论述唐七言歌行发展流变及其特点的文章，摘录如下。

> 故自五言兴，而即有七言。而乐府琴曲希以赠答。至唐而大盛，凡四言五言所施，皆有以七言代之者，而体制殊焉。初唐犹沿六朝，多宫观闺情之作，未久而用以赠答送别，分题或拈一物一事为兴，篇末乃致其意。高、岑、王维诸篇，其式也。李白始为叙情长篇，杜甫亟称之，而更扩之，然犹不入议论。韩愈入议论矣，苦无才思，不足运动，又往往凑韵，取妍钓奇。其品益卑，骎骎乎苏、黄矣。元、白歌行全是弹词，微之颇能开合，乐天不如也。今有一壮夫，击缶喧呼，口言忠孝。有一盲女，调弦曼声，搬演传奇。人将喜喧叫而屏弦索耶？抑姑退壮夫而进盲女也？韩、白之分，亦犹此矣。张籍、王建因元、白讽谏之意，而述民风。卢仝、李贺去韩之粗犷，而加恢诡。郑嵎、陆龟蒙等为之，而木讷纤俗。李商隐之流又嫌晦涩，其中如叙事抒情诸篇，不免辞费，犹不及元、白自然也。李东川诗歌十数篇，实兼诸家之长，而无其短。参之以高、岑、王、李之泽，运之以杜、元之意，则几之矣。①

"流"指派别，"品"则是品评优劣，所以此段文字乃是对有唐一代七言歌行的发展流变进行考察并寓优劣高下之品评。

初唐七言诗歌承袭六朝而来，有宫体诗之风，以"铺排"之法写"宫观闺情"。其中，初唐四杰虽以七言歌行著称，但他们不能为七言之宗，"唐初四杰，则五言之增加，古无是格，不能为七言之宗也，要亦从《行路难》、《燕歌行》变成耳"②。四杰之七言犹如五言又加上两字，不够雄浑也还不算成熟。至盛唐七言歌行方真正成熟，这时期的七言歌行分为两派：一是高适、岑参、王维等用七言歌行以送

---

① 《湘绮楼诗文集》，第2161—2162页。
② 《湘绮楼诗文集》，第2273页。

别赠答，物事为兴，篇末意彰；一是李白、杜甫始为鸿篇，抒情跌宕。中唐亦为两派：一是韩愈、卢仝、李贺，奇诡恢张，一是元稹、白居易、张籍、王建等诗人是以弹词之体述写民风，以达讽谏。晚唐郑嵎、陆龟蒙等则木讷纤俗，李商隐则晦涩费解。正如陶文鹏所言，王闿运这篇答陈完夫文的文字俨然是关于"七言歌行"的小史。除此之外，王闿运还从创作方法上对唐七言歌行进行分类。

  七言开合动荡，无所不有。始扩于鲍照、王筠诸人，直通元、白、卢仝、刘叉、温、李、皮、陆，而李东川兼有其妙。王、杨、卢、骆以齐、梁排偶法为七言，又一派也。①

  七言之兴，在汉则乐府，在后为歌行。乐府亦可以文法行之，亦可以弹词代之。如卢仝、顾况，是骚赋之流；居易、仲初，则焦（仲卿妻）、冯（羽林郎）之体，并李、杜分三派，而李东川能兼之。②

  则宋之问、刘希夷道其法门，王维、王昌龄、高、岑开其堂奥，李颀兼乎众妙，李、杜极其变态。阎朝隐、顾况、卢仝、刘叉推荡排闼，韩愈之所美也。二李（商隐、贺）、温歧、段成式雕章琢句，樊宗师之所美也。元微之赋《望云骓》，纵横往来，神似子美，故非乐天之所及。张、王乐府效法香山，亦雅于《新丰》、《上阳》诸篇乎？③

总结来说，王闿运认为唐七言歌行有五派。
初唐四杰——六朝排偶法
盛唐李白、杜甫——抒情长篇
中唐卢仝、顾况等——骚赋之体
中唐白居易、王建——弹词叙事体
盛唐李颀——兼有众长

王闿运对唐一代七言歌行进行了比较细致的梳理，指出主要诗人之间诗歌的差异。具体来说就是初唐四杰以齐梁排偶法为一派，盛唐李白和杜甫为一派，极尽纵横开阖之能，发为抒情长篇。中唐顾况、卢仝为一派，沿骚赋之风，白居易和王建则承继民歌《焦仲卿妻》，以弹词叙事体写七言歌行，是为一派。但对于中唐最为重要的诗人韩愈王闿运则没有给予一定的地位，原因将在后面的章节加以论述。

---

① 《湘绮楼诗文集》，第2218页。
② 《湘绮楼诗文集》，第2273页。
③ 《湘绮楼诗文集》，第2326页。

二、歌行优劣品评

七言歌行在唐代达到了最高水平,成就远超六朝:"若唐之歌行,实过丕、照,排奡跌宕,岂云靡乎?唐人专长,乃在七言。"①又云:"歌行律体是其擅长。虽各有本原,当观其变化尔。"②对唐七言歌行不吝赞美之词。

  才气所溢,多在七言歌行,突过六朝,直接二曹。
  歌行法备于唐,无美不臻,各极其诣。③

"无美不臻",王闿运对唐歌行给予了极高的评价,也足见其对歌行的喜爱,"及后手钞唐诗,始知歌行有无数法门"④。具体而言如下。

  其大概可指者,四杰之铺排,张、刘之秀逸,宋之问之跌踢,王维之纡余,李白之驰骋,杜甫之生发,元稹之拉扯,白居易之铺排,李贺之极炼,皆各有神力,能驱烟墨,使人神旺而无恬静之乐。⑤

此段话虽简,却能切中肯綮,用九个词语把初唐至中唐的 13 位诗人的七言歌行特点概括出来,具体而言就是或铺张扬厉,或回环往复,或超然秀逸,或精练跌宕。风格迥异又都颇具张力,有非才力不能道的气势,有读之能使人精神慷慨、情绪振奋的魅力。王闿运湘本中所选七言歌行数量在 11 首及以上的诗人有以下几位(表 4-2)。

表 4-2 《王闿运手批唐诗选》所选七言歌行数量在 11 首及以上的诗人

诗人	李白	杜甫	李贺	王维	岑参	高适	李颀	顾况	韩愈	刘希夷	元稹	李商隐
选诗数量	75	68	28	24	22	19	18	14	12	12	11	11

从所选诗歌数量来看,盛唐占有绝对的优势,其中李白诗歌数量超过杜甫。不过在具体论及诗人诗歌时并不以上述表格中所选诗歌多少为标准。王闿运评价较高的一个是张若虚,一个是李颀。前者以一首《春江花月夜》的艺术成就独占

---

① 《湘绮楼诗文集》,第 2377 页。
② 《湘绮楼诗文集》,第 2108 页。
③ 《湘绮楼诗文集》,第 367、2377 页。
④ 《王闿运未刊手书册页》,第 32 页。
⑤ 《湘绮楼诗文集》,第 2377 页。

鳌头:"张若虚《春江花月夜》,用西洲格调,孤篇横绝,竟为大家。"①"孤篇横绝",不仅超越六朝,亦足征服四唐。张若虚此诗特点是"秀逸",即清秀远逸,有六朝之含蕴但无其短,意境飘渺浓丽而不纤俗,局度宽和声调雅致,从艺术层面肯定张若虚的诗歌地位。

和张若虚通过一首诗的美学价值得到高度肯定不同的是李颀,李颀是因为歌行能兼诸家之长而为王闿运所欣赏,"李东川诗歌十数篇,实兼诸家之长,而无其短"②。李白、杜甫亦在其下,所以汪辟疆说王闿运得意之笔乃"唐诗推挹东川"。当然对李颀的推崇不始于王闿运,早在唐代的殷璠就曾对李颀发出较高评价:"颀诗发调既清,修辞亦绣。杂歌咸善。玄理最长。"③其后黄景仁评价李颀是"杜固诗之祖,而李东川实可谓祖所自出,后人法门亦遂无所不备。篇幅虽少,而浑然元气,已成大观矣"④,给予相当高的评价,不过没有明确指出其七言歌行。清代贺贻孙的评价则主要是针对其七言古诗而言:"李颀七言古诗,佳者本多,其杂兴二句云:'济水至清河至浊,周公大圣接舆狂'亦偶然兴到语耳。而乐天独叹服此语,以为绝伦。"⑤这里指出被白居易叹服的"济水至清河至浊,周公大圣接舆狂"一联并非李颀诗歌中最佳。但王闿运则非常推崇这一联。

"济水自清河自浊,周公大圣接舆狂。"小时见元微之举此二句,以为古今诗人不能复下语,心窃疑之。及后尽学三唐及六朝歌行,乃知此二句神力,所谓千里黄河与泥沙俱下;只是将不相干语从容说来,如恰合题分也。并非恰合,故特加"如"。前乎此者,如古剑篇"正逢天下无风尘"四句,《春江花月夜》"此时相望不相闻"四句;后乎此者,《远别离》"海水直下万里深"二句,《白头吟》"此时阿娇"一句,《江夏赠韦冰》"头陀云月"四句,皆是此法门。若杜诗此等处尤多,然不免拉扯形迹,由其天分不及故耳。若韩退之以后则乱道矣。卢仝、刘叉亦时得之。而微之《望云骓》诗专摸此意,亦自纵横开合(阖),不可方物。要归于清谈挥麈,无一毫作态,乃为佳耳。然微之称此二句,本意则是取其说理,又便其不拘检,与己意合,非知此诗之境者。何以知之?以其五言知之。盖五言亦有此一境,而元、白全未梦及也,以其知此二句

---

① 《湘绮楼诗文集》,第533页。
② 《湘绮楼诗文集》,第535—536页。
③ (唐)殷璠:《河岳英灵集》,《唐人选唐诗》(十种),上海:上海古籍出版社,1958年版,第72页。
④ (清)黄景仁著,李国章标点:《两当轩集》,上海:上海古籍出版社,1983年版,第483页。
⑤ (清)贺贻孙:《诗筏》,郭绍虞等编选《清诗话续编》,上海:上海古籍出版社,1983年版,第185页。

之妙,故歌行颇跌宕舒卷。①

王闿运用"泥沙俱下"四字来评价李颀诗句,即谓其诗歌有气势、气概和力度,也就是"跌宕舒卷",纵横开阖之意。骋笔写诗时又无一作态,自然老成,无杜甫诗拉杂之弊,中唐之后的诗歌更无法与之比拟。李颀《杂兴》除了气势万夫莫当之外,其诗意之含蓄也是王闿运极力推崇的原因之一,"此李东川杂兴诗,歌行之极轨也。其余名篇,了然易见,唯此不易知也"②。"文显而易见,诗隐而不知"③,这一点其学生杨钧有更为详细的阐释:"唐之名家,各逞其技,其可概括歌行作法者,则为李东川之《杂兴》,李峤之《汾阴行》,郭元振之《古剑篇》,宋之问之《放白鹇篇》,王昌龄之《行路难》诸作,其中尤以《杂兴》为至难学,元微之所谓泥沙俱下者。读者试思,'青青兰艾'四句,愈推愈远,愈远愈大,与题似相干,似不相干。作者既不知从何处而来,学者更不知如何下手,元微之《望云骓歌》'长安二月花垂草'笔法,完全由此得来。李杜之诗,已极排纂之能,仍不能如《杂兴》之波澜壮阔也。卢仝、刘叉亦能如此,更加恢怪,神鬼皆惊,诗胆大于天矣。故能熟读所举数篇,歌行自有门径,宋明诸家无知此者,秘法本难传也"④。《杂兴》乃最为难学,因其所用之句出入神妙,难以知其诗歌创作之笔法,运句之来历。正如王闿运所批:"前叙后论自创一格,元微之所谓泥沙俱下,非神于歌行者莫能为之。"⑤李颀《杂兴》的成就不是拥有高超的技艺就可以达到。王闿运曾数次模拟该诗,"余生平数四拟之,唯《回马岭柏树歌》稍似"⑥。这里把李颀的《杂兴》和王闿运的《回马岭柏树歌》一同列出。

  沉沉牛渚矶,旧说多灵怪。行人夜秉生犀烛,洞照洪深辟滂湃。乘车驾马往复旋,赤绂朱冠何伟然。波惊海若潜幽石,龙抱胡髯卧黑泉。水滨丈人曾有语,物或恶之当害汝。武昌妖梦果为灾,百代英威埋鬼府。青青兰艾本殊香,察见泉鱼固不祥。济水自清河自浊,周公大圣接舆狂。千年魑魅逢华表,九日茱萸作佩囊。善恶死生齐一贯,只应斗酒任苍苍。(李颀《杂兴》)⑦

---

① 《湘绮楼诗文集》,第535—536页。
② 《湘绮楼诗文集》,第2163页。
③ 《湘绮楼诗文集》,第2380页。
④ 《草堂之灵》,第29页。
⑤ 《王闿运手批唐诗选》,第767页。
⑥ 《湘绮楼诗文集》,第2163页。
⑦ (唐)李颀著,隋秀玲校注:《李颀集校注》,郑州:河南人民出版社,2007年版,第69—70页。

第四章　王闿运论唐诗

　　泰山兮巃嵷，下宜柏兮上宜松。松是仙人家，柏作神鬼宫。秦皇昔日无仙才，欲攀松树望蓬莱。飘风骤雨不能下，独立徘徊一松下。后来封禅凡几君，时君无德况群臣。霍家都尉死山顶，汉武匆匆旋玉轮。自此群臣陪法架，行到松前尽回马。南看十里柏阴阴，肃肃泠泠无妄心。乘兴去后此阴在，士女时来听玉琴。我昔南行桂阳道，参天翠柏如云扫。株株自谓梁栋材，千年枉向荒山老。岂知此山百万株，云间各有神明扶。八十七君屡兴废，明堂梁栋皆丘墟。从臣同来见此柏，亦言名字垂金石。当时解笑秦、汉君，今日几人如李、霍？龙藏麟见古今殊，大圣栖栖非小儒。颍水牵牛渭投钓，阿衡负鼎闵怀珠。社栎十围欺匠石，卞珪三刖困泥途。日暮长风送归客，且从松子访盈虚。（王闿运《回马岭柏树歌》）①

　　王闿运评析李颀的《杂兴》这首诗歌特色有两处：一是"青青兰艾本殊香"句，他认为此句与题无干，在诗中也显得极突兀，但有辟易万人之气概，这种做法盛唐以后则无；二是"济水自清河自浊"两句，也是将不相干语从容说来，有千里黄河与泥沙俱下之势。虽然这两句看上去皆与题无干，其实都是作者在说明本意。②李颀诗歌借鬼怪来喻小人猖獗当道，忠贞之人志则不得伸而亡，故而放言豁达，善恶生死一道，应该斗酒任世间之苍茫。全诗由鬼怪而咏史，由咏史而讽今，由讽今而放任，有慷慨使气、浑然一气之风。王闿运《回马岭柏树歌》是借松柏而咏史，由咏史而讽今，由讽今而逍遥。从诗歌规模来言，较之李颀有骋才之嫌，铺叙更加层叠回荡。"龙藏麟见古今殊"以下几句亦从容转题，用典；"社栎十围欺匠石，卞珪三刖困泥途"两句极具讽刺意味。杨钧曾评价云："湘绮之《回马岭柏树歌》，全学《杂兴》，亦盛唐诗中之佳者。"③王闿运对自己喜爱的诗歌极尽赞美之词，并身体力行进行模拟，且能与原作相媲美，这应该就是他以复古自居并认为较之明七子复古更高一筹的理由吧。

　　盛唐其他诗人如高适、岑参、王维、李白、杜甫等也在王闿运的肯定之中，但相比较而言，高适、岑参、王维沿初唐之体，唱和赠答送别，物事起兴，篇末致意，含蕴乃显，并没有新的开拓。但到了李白、杜甫则完全不一样，李白创长篇之体，铺张扬厉，杜甫推波助澜，诗体更加恢宏，"杜甫歌行自称鲍、庾，加以时事，大作波澜，咫尺万里，非虚夸矣"④；杜甫之诗自鲍照和庾信出，驰笔骋

---

① 《湘绮楼诗文集》，第2163页。
② 《湘绮楼诗文集》，第2162页。
③ 《草堂之灵》，第29页。
④ 《湘绮楼诗文集》，第533页。

才,波澜跌宕,咫尺有万里之势,王闿运对杜甫的七言歌行极尽赞美之词。

王闿运对中唐诗人韩愈和白居易皆有不满,他曾以很形象的比喻指出韩愈、白居易之优劣。韩愈如一彪形大汉,击打着乐器,大声喧叫,口不离忠君爱国;白居易则如一目盲女子,纤指调弦,朱唇微启,轻声慢语演绎传奇。两位表演者从外表来说一硬一柔,一丑一美,声音一叫嚣一曼声,内容一正一俗,但孰优孰劣则自然分明。"白居易歌行纯似弹词,焦仲卿妻诗所滥觞也。"①以弹词为诗,但重实求通俗,虽如盲女口说传奇,但视觉听觉上还是有值得欣赏的地方。中唐韩愈以文为诗,以议论为诗,以丑为诗,以奇为诗,诗歌重奇尚怪,开宋代诗歌之先,而且用韵多变化也非王闿运所喜。在批点韩愈《陆浑山火和皇甫湜用其韵》云:"专事押韵,以诧童稚,非诗法矣。"②韩愈极力张扬自己的个性,意欲进行文学革新,其诗歌风格和王闿运所主张的诗歌风格相距甚远。不过,中唐诗人卢仝和刘叉等人得到了王闿运的大力肯定,认为他们的七言歌行无韩之粗犷而多恢奇,"卢仝、刘叉得汉谣之恢奇"③,可以和李、杜诗歌抗衡,远胜韩愈、张籍之诗作。比如王闿运批卢仝《月食诗》云:"横恣出奇,不可有二之作。笔势才情俱能驱驾,非退之所可拟也,只是笔有余妍乃能及此。"④王闿运可以接受卢仝之恢奇但无法接受韩愈之粗犷,显然有先人后诗之嫌。

王闿运对晚唐诗歌评价较低,认为郑嵎、陆龟蒙诗歌过于质朴沉闷且纤巧庸俗,而李商隐则又过于隐晦不流畅,叙事抒情长篇则语言又过于烦琐。不过相比较而言,李商隐和李贺等能传承张若虚诗歌柔美之境和绮丽之词。但不足是一个多涩句炼词,一个过于纤仄绮丽,只不过为宫体之一端而已。

三、七言歌行的创作

王闿运七言歌行直接以"拟"命题的模拟唐诗之作有《拟李太白诗体》《拟杜子美岁宴行》《闻笛,雨夜,仿王昌龄箜篌引》等。试看王闿运的《拟杜子美岁宴行》和杜甫的《岁宴行》。

王闿运《拟杜子美岁晏行》

我行湘水一千里,荒村鼓角吹悲风。黄蒿连天白日晚,长吟坐叹谁与同。
鸱鸣绕树不敢怪,此地新血膏原红。危邦再陷苦搜掠,力战不得回元工。

---

① 《湘绮楼诗文集》,第 2108 页。
② 《王闿运手批唐诗选》,第 1016 页。
③ 《湘绮楼诗文集》,第 534 页。
④ 《王闿运手批唐诗选》,第 989 页。

五载军储夺农食，黄犊尽卖间阎空。近闻元戎颇蹙额，鞭挞罢病资军供。
今年岁熟乃天意，宁知米贱徒伤农。利臣见小竞锥末，改铸圜法聊相蒙。
官钱好恶不足问，但见铅锡和红铜。成之往往杂沙土，此意将使富者穷。
大官束手议调燮，仰屋私叹嗟皇穹。国家成败在民命，盗贼何足伤神功。
未知复有盛时策，况值强虏鸣雕弓。此曲哀怨有深意，仰天长望南飞鸿。

杜甫《岁晏行》①

岁云暮矣多北风，潇湘洞庭白雪中。渔父天寒网罟冻，莫徭射雁鸣桑弓。
去年米贵阙军食，今年米贱大伤农。高马达官厌酒肉，此辈杼柚茅茨空。
楚人重鱼不重鸟，汝休枉杀南飞鸿。况闻处处鬻男女，割慈忍爱还租庸。
往日用钱捉私铸，今许铅锡和青铜。刻泥为之最易得，好恶不合长相蒙。
万国城头吹画角，此曲哀怨何时终。

　　王闿运的《拟杜子美岁晏行》一诗前有小序："甲寅冬，客游江、汉，朔风告寒，零雨间洒。夜诵工部此作，伤其时与今日若前后合符，拟为一篇，即同其韵。亦将以宣意达情，示之采风者。"②王闿运和杜甫所处皆为乱世，故诵杜诗有同病相怜的戚戚之感，赋而为诗，期望也能成为反映社会现实和民情民意的资料文献。

王昌龄《箜篌引》七言歌行③

卢溪郡南夜泊舟，夜闻两岸羌戎讴。其时月黑猿啾啾，微雨沾衣令人愁。
有一迁客登高楼，不言不寐弹箜篌。弹作蓟门桑叶秋，风沙飒飒青冢头。
将军铁骢汗血流，深入匈奴战未休。黄旗一点兵马收，乱杀胡人积如丘。
疮病驱来配边州，仍披漠北羔羊裘。颜色饥枯掩面羞，眼眶泪滴深两眸。
思还本乡食牦牛，欲语不得指咽喉。或有强壮能咿嚘，意说被他边将仇。
五世属藩汉主留，碧毛毡帐河曲游，橐驼五万部落稠，敕赐飞凤金兜鍪。
为君百战如过筹，静扫阴山无鸟投。家藏铁券特承优，黄金千斤不称求。
九族分离作楚囚。深溪寂寞弦苦幽，草木悲感声飕飗。仆本东山为国忧，
明光殿前论九畴。簏读兵书尽冥搜，为君掌上施权谋。洞晓山川无与俦，
紫宸诏发远怀柔。摇笔飞霜如夺钩，鬼神不得知其由。怜爱苍生比蚍蜉，
朔河屯兵须渐抽。尽遣降来拜御沟，便令海内休戈矛。何用班超定远侯，
史臣书之得已不？

王闿运《闻笛，雨夜，仿王昌龄箜篌引》④

春寒二月天连阴，零雨经昼愁淫淫。严风入户声相侵，端然坐叹无开襟。

---

① （唐）杜甫著，高仁标点：《杜甫全集》，上海：上海古籍出版社，1996年版，第114—115页。
② 《湘绮楼诗文集》，第1651—1652页。
③ （唐）王昌龄著，胡问涛、罗琴校注：《王昌龄集编年校注》，成都：巴蜀书社，2000年版，第170—171页。
④ 《湘绮楼诗文集》，第1195—1196页。

其实夜黑云森森，不知何人思惛惛，登楼吹作横笛音。客有能为出塞吟，
抗声和唱如锵金。或言虏骑窥郊林，将军勇决终所钦。昨来旌旗拂明参，
意说破贼如射禽。部曲招要忽至今，扬徽避影遗敌擒。天子虚伫赞不箴，
近闻夺节免其任，选贤贡才搜宝琛。在昔自贵同玗琳，朝廷重寄臣所忱。
车驱马驰更骎骎，锦甲新赐貂裘纴。代者何人持一心，画一守辙方何、参。
强锋突骑来相寻，貔狼坐拥登高岑。就看落日光朱绶，亦有雄剑韬霜镡。
囊锥不出犹悬针。高、张调苦不能喑。草木悲啸天沉沉。却旋起舞心崎嵚，
咽声欲断夜欲深。念我平昔相量斟，少年过影嗟乾浔。往昔初阳岁辛壬，
意气相当朋盍簪。当时酒酣零露湛，春风澹荡啼桑鵀。仙箫怡悦来浮鳝，
珊瑚宝玦翡翠衾。邯郸侠游情所歆，百叩朗应如鸣砧。疾风一瞥如飞霖，
近者千里怀江浔。况有幽感哀人琴，使我郁郁随枯蝉。紫宸诏发清祥祲，
思为作歌歌溉鬵。百灵窥廉坐呿吟，三更急响闻淋淋，金石可裂天可谌。
何为不语空浮沉，为君危涕不可禁。

    王昌龄的诗歌以悲凉沉郁之笔，把箜篌的音调具象化，描写了一位少数民族的将领由叱咤疆场屡建奇功到最后因疮病配发至边塞，日食不饱、有家不能归，曾经的辉煌描写越丰富，越能反衬出其失意之后的悲惨，让人扼腕叹息。王闿运的诗歌有悲风阴雨和黑云压顶，但用激扬的笛声打破沉闷，笔锋转到战场、天子、将士和贤才，上如不明实情，所用非人，只能任由外敌侵扰，而英雄良才不得其用，空有一腔报国之心、御敌之想，只能发悲切之长叹。王闿运两首模拟之诗皆为鸿篇巨制，写出当时晚清社会之状、小人当道、良才不得重用、战争屡屡不胜的状况。七言歌行较之其他诗歌可以承载更多的内容和思想，可以放开笔进行描摹、铺叙、起承转合、情景交融和抑扬顿挫，当然也更考验个人的诗歌功底。王闿运的摹写已经是一种自觉且独立的创作行为。

第三节　论唐近体诗

    王闿运的复古之所以主汉魏六朝主要是就五言古诗而言，近体诗是兴于齐梁，成熟于唐朝，并于唐朝达到诗歌的巅峰。王闿运对唐近体诗不甚用意，但为了指导后学者，其对唐代近体诗进行了论述和批点。

一、唐五言律诗

    律诗发展于唐朝，虽诗有规有矩，但标准之中有发展、有变化。"至于律体，兴自唐代，亦有变化寓于绳尺。"[①]王闿运湘本选七言律诗两百多首，五言律诗七

[①]《王闿运未刊手书册页》，第34页。

百多首，五言律诗在湘本中是被置于五言古诗之后，七言歌行之前。王闿运认为五言是学诗者要首先研习的一种诗体，所以他把所有五言体式的诗歌都放置在七言之前，突出五言的重要性。湘本所选五言律诗数量在15首及以上的诗人见表4-3。

表4-3 《王闿运手批唐诗选》所选唐五言律诗在15首及以上的诗人

诗人	杜甫	王维	刘长卿	孟浩然	张九龄	岑参	姚合	李白	高适	王勃
诗歌数量	94	41	36	30	27	22	16	16	15	15

从上表可以看出杜甫诗歌选录最多，其次是王维。这两位诗人也分别代表了唐代五言律诗的两种风格，"杜五言律克尽其变，而华秀未若王维，则五律亦分两派矣"①。以杜甫为代表的诗风沉郁顿挫，风格多样；以王维为代表的五言律诗则高华秀丽，两者各有千秋。但相比较而言杜甫成就最高，所以王闿运提出"五律当以杜为骨，泽以诸家"②。学律诗当学杜甫，学其诗歌的结构、用韵、遣词造句等具体的内容。"自齐梁新体兴而五言律诗自为一种，要以超逸取致，杜少陵乃有沉着顿挫、前后照应之法。"③齐梁以来的诗以超逸风格为主流，但到了杜甫则以顿挫照应之法开了变化之先，故学五言律诗必须以杜甫的诗歌为核心。不过仅就个人喜好而言，王闿运还是倾向于王维，王维诗歌风格中的"华秀"是一种自然清秀又不失富贵的诗风，这一诗风正是王闿运的偏好，即诗歌中有雍容之局度而无酸涩之味，酸涩味即陶渊明诗中时有的乞讨之意和叹老嗟卑之句。所以，他以自己诗歌是否趋向王维作为评判高下的标准，"余之佳者似王维，未能逼肖"④，以至于王闿运的学生谭延闿在和朋友书信来往时亦云："五律则摩诘、少陵为两派，可就所近学之（湘绮学王，白香学杜）。"⑤王闿运对极力学习杜甫五言律诗的邓辅纶的评价也传递出他对杜甫五言律诗的态度，"余五律不拘一家，自谓变化，而邓弥之乃云不过平稳。邓五律专学杜而看去实胜我，专博之异也。杜所以成家者，所存诗多而题目平易，咏景物多，恰近人情，故流俗喜传之，易于见好矣"⑥。王闿运认为杜甫律诗以数量多和题目平易近人而胜出。总的来说，从湘本所选诗歌数量来看，杜甫诗歌数量远在王维之上；从诗歌风格来说，王维诗歌

---

① 《湘绮楼诗文集》，第2218页。
② 《王闿运未刊手书册页》，第34页。
③ 《湘绮楼诗文集》，第2274页。
④ 《湘绮楼诗文集》，第2378页。
⑤ 谭延闿：《谭组庵论诗书手札》，上海：中华书局，1937年版，影印本。
⑥ 《湘绮楼诗文集》，第2274页。

秀逸，杜甫诗歌顿挫；从诗歌气质来说，王维诗歌富贵清净，杜甫诗歌则沉郁厚重。杜甫诗歌虽然较之王维多样化，抒写更有气魄和力度。但是从"华秀"这种风格上来说，王维诗歌非杜甫所及；如果从诗歌风格的多样化和诗歌底蕴承载的厚重来说，杜甫的地位则独一无二。

就唐诗评语来看，王闿运对刘长卿也评价较高："工妙便是小派，与杜诗对看，杜不如刘佳句之多也。唐诗至此方讲锤炼，所谓四十贤人无一入屠沽。"①王闿运批点了王维律诗5首、刘长卿律诗1首、杜甫律诗12首。

王维《送张五諲归宣城》

五湖千万里，况复五湖西。渔浦南陵郭，人家春谷溪。
欲归江淼淼，未到草萋萋。忆想兰林（陵）镇，可宜猿更啼。

批语是："一字一珠。"

刘长卿《酬张夏别后道中见寄》

离群方岁晏，谪宦在天涯。暮雪同行少，寒潮欲上迟。
海鸥知吏傲，沙鹤见人衰。只畏生秋草，西归亦未期。

批语是："佳句络绎。"②这两首诗歌虽然意境不尽相同，前者有盛世之音，后者则露衰世之象。但两者在抒写时皆和缓典雅，有含蕴不尽之古风况味，前者字贵如珠，浑然天成，后者是佳句连篇，含蕴幽秀。但是，在批评杜甫诗歌时则是摘句式的评判，且指出其独特之处，如评价杜甫《春望》的"国破山河在，城春草木深"二句云："此等悲壮句杜所独擅。"③杜甫和王维、刘长卿之诗歌从用字写意及风格上来说大不相同，前者极具张力，顿挫跌宕之致，后者则用字雅致，意境宽和。王闿运对杜甫悲壮狂恣之诗风并不排斥，故主张五言律诗"以杜为骨"，兼学诸家，认同杜甫诗歌中的厚重和力度。比如王闿运曾模仿杜甫之《春夜喜雨》，试比较两者之作。

杜甫《春夜喜雨》

好雨知时节，当春乃发生。随风潜入夜，润物细无声。
野径云俱黑，江船火独明。晓看红湿处，花重锦官城。

---

① 《王闿运手批唐诗选》，第460页。
② 《王闿运手批唐诗选》，第406、461页。
③ 《王闿运手批唐诗选》，第425页。

第四章　王闿运论唐诗

王闿运仿杜甫《春夜喜雨》
时雨知时节，前溪夜浪生。楼中一灯影，窗外五更声。
倚枕寒常在，披衣夜向明。深山独岑寂，无梦到辽城。①

　　杜甫之诗用字较重，景中寓哲理，理多于情，而王闿运之诗着笔较轻，情景交融。如果用画来勾勒两诗，前者画面中有红色、黑色、白色，色调鲜明，意境明朗，后者则多暗色调，意境凄美幽寂，更近于王维诗风。王闿运模拟唐诗数首，如直接以"仿"为名的诗歌《昔昔盐诗，仿赵嘏作二十首》，这里选录二首。

叶叶关春思，青青恨已齐。香盈上山径，烟开半路溪。
新荑未忍摘，旧约复成啼。看余蘅薄步，芳泽惜空携。(《蘼芜叶复齐》)
十五佩明珰，曾弹陌上桑。柔条复婀娜，愁思满流光。
蚕饥泪眼瘦，叶嫩紫褥香。行人莫相看，别后损红妆。(《采桑秦氏女》)

　　这些诗歌从用语到意境都有极浓厚古风之韵味，因为赵嘏原作就是仿古诗《昔昔盐》。王闿运的《春分日和龙高平秋日县居诗，仿姚合体》诗歌则和仿赵嘏作不尽相同，这里选录王闿运仿姚合体两首。

十日城中雨，陂唐一夜蛙。柳如新解带，蜂似旧分衙。
逐路晴光散，依田土屋斜。桃源非世外，只隔一重花。(其一)
夜久风敲户，诗成月到楼。茶香忆龙井，花影拂貂裘。
尘世山边是，归心望里休。岂能真梦觉，闲咏作闲愁。(其二)②

　　纯然是唐诗意味，从用语到意境仍是一派清秀。姚合诗歌特点是"合诗以律体胜，刻意苦吟，工于点缀小景，搜求新意。"③王闿运仿作也以景为主，有苛求新意之嫌，不如仿杜甫《春夜喜雨》之作。不过从这些仿作可以看出王闿运五言律诗之倾向。重初盛唐，有薄中晚唐之嫌。但李商隐诗歌例外，湘本选其五言律诗11首，居于第15位，虽然没有对所选诗歌进行评点。不过在评点简文帝萧纲的诗歌时则两次提及。

---

① 《湘绮楼日记》记载民国三年（1914年）正月十日："子初立春，雨，忆杜诗'好雨知时节'，检杜集再过不得，亦依韵作一篇。"第3285页。

② 《湘绮楼诗文集》，第1370页。

③ 《同声月刊》，第二卷，第十号，第49页。

俨道温李于先路矣。向来选家，不知此体是别立一派，概云齐梁绮丽，而或又私赏李商隐诸君，附会为学杜学李，亦可笑也。（评萧纲《艳歌篇》，《同声月刊》第一卷第七号）

李商隐《落花》："高阁客竟去"，一起人惊其超妙，正从此偷得。（评萧纲《咏蛱蝶》，《同声月刊》第一卷第七号）[1]

王闿运对简文帝诗歌评价极高，如："简文诗秀冠八代，开律诗家无数法门。挹其余韵。足令尘骨欲仙。"[2]（《同声月刊》第一卷第七号）在简文帝的诗歌中，王闿运看到的是李商隐的影子，其实也间接地肯定李商隐的诗歌地位和诗歌特色。

唐五言律诗，王闿运偏重王维、杜甫和刘长卿，对中晚唐律诗评价不多，偶有一次提及"中晚虽惮精极思，各有其趣，未可为外人道也。故不必致力，而其选声配色之方，诗家之所同，又不待言矣。"[3]指出中晚唐五言律诗虽然人工构思过重，但各有各的旨趣，也有可取之处。

二、唐七言律诗

湘本所选七言律诗有8首以上的诗人有9位，分别是杜甫、李商隐、刘长卿、许浑、王维、陆龟蒙、刘禹锡、李嘉佑、温庭筠。所选晚唐诗人数量位居首位，其中李商隐诗歌数量仅次于杜甫居于第二位，但在王闿运的评论中七言律诗成就最高的仍是王维。

七律以王维为高，加之驰骋。明丽犹易，挺拔难言。[4]

至七律则杜亦不佳，王乃笼罩一切。[5]

王维七言律诗有"明丽"之特色，又兼"挺拔"之优点，可以涵盖一切。王闿运选批了王维5首诗歌，皆肯定之语。比如批王维诗歌"云里帝城双凤阙，雨中春树万人家"云："七律以此一联为高华美丽，不可模拟。"批《酬郭给事》："秀逸"，而对选诗数量最多的杜甫诗歌评价则褒贬参半，如批《送郑十八虔贬台州司户伤其临老陷贼之故阙为面别情见于诗》云："沈痛以气胜"，又批《野人送朱樱》云："此杜诗惯技，每以此出新奇。"批《夜》："对句无根，双杵是何物？"又批《晓发公安》云："删去五六作三韵尤佳。"王闿运对杜诗是用挑剔的眼光，而对王维则是欣赏的态度。除此之外，王闿运对刘长卿诗歌也评价甚高，

---

[1] 《同声月刊》，第一卷，第七号，第9页。
[2] 《同声月刊》，第一卷，第七号，第8页。
[3] 《湘绮楼诗文集》，第2274页。
[4] 《王闿运未刊手书册页》，第34页。
[5] 《湘绮楼诗文集》，第2378页。

如评价刘长卿《自夏口至鹦鹉州夕望岳阳寄元中丞》："有手挥五弦目送飞鸿之意。"又批《送宇文迁明府赴洪州张观察追摄丰城令》："飘摇远逸"，又批《使次安陆寄友人》："情景俱到，律诗上乘"①等，王闿运共批了刘长卿5首诗歌，批语皆赞赏的语气。

晚唐诗人王闿运独推挹李商隐，不过对其七言律诗的评价有褒有贬。

> 七律亦出于齐梁，而变化转动反局促而不能骋。唯李义山颇能町畦，驰骋自如，乘车于鼠穴，亦自可乐，殊不足登大雅之堂也。②

褒的是李商隐七言律诗能运笔自如，自成一家，贬的是诗歌气度较小，多凄丽哀怨之意，少富丽宽厚之致，不足登大雅之堂。也许是因为时代使然，尽管王闿运不太认同李商隐诗歌中的哀怨气质，但心模手写之，以至于其七言律诗有李商隐之风，"近人学义山得神者，惟湘绮"③。钱仲联也云："湖外诗人七律学玉溪者，王湘绮偶为之而极工。"④比如其所写《重悼帅芳》：

> 初月无端入玉棂，露天如白又如青。
> 不成眉样依明镜，遥想啼痕染素馨。
> 自是长愁甘解脱，未应多慧误娉婷。
> 文姬死后知音少，吟尽伤心只自听。⑤

颇有李商隐诗歌的凄丽之美，又其《泰安岱祠》：

> 三重门阁敞晴晖，碧殿丹墀对翠微。
> 路入仙坛孤影静，气通天坐百灵归。
> 秦碑古藓青成字，汉柏神风绿晕衣。
> 祠令奉高严祀久，不同诸岳倚崖扉。⑥

词藻雅致与义山诗风相近，只不过较之义山古诗之韵味更浓。比如，其他学者对王闿运的评价是："诗才尤牢罩一世，各体皆高绝。而七言近体则早岁尤擅长者。"对王闿运的《重悼师芳》《泰安岱祠》《斗姥宫尼院》《雪霁登玉皇顶》等诗歌的评价是："雅健雄深，颇似陈卧子，有明七子之声调而去其庸肤；此其所以不

---

① 《王闿运手批唐诗选》，第1164—1194页。
② 《湘绮楼诗文集》，第2218—2219页。
③ 《谭组庵论诗书手札》。
④ 《梦苕庵论集》，第349页。
⑤ 《湘绮楼诗文集》，第1683页。
⑥ 《湘绮楼诗文集》，第1692页

可及也。"①又如其《小泠峡》诗云:

> 曲岸回洲树有无,秋边戍鼓报荒芜。
> 江平人静月摇桨,露下天青星似珠。
> 独睡沙鸥元自梦,双飞云雁不相呼。
> 小泠夹口今三宿,但觉忘情胜佛图。②

大弨先生为王湘绮先生诞生百年纪念小言文中曾评价此诗:"《湘绮楼诗集》有兼录七言律者,虽非先生所自喜,然如小泠峡口诸诗亦绝唱也。"③诗风较之李商隐意境开阔,气势不凡。不过也有对王闿运七言律诗之作持批评的态度:"湘绮先生五言古诗及歌行,诚有过人之处,七律则未成体,且多毛病。即脍炙人口之《游仙》诗中,'尘暗素书长自读,月明乌鹊定何依'一联而论,素书既为尘暗,其非长读无疑。'月明乌鹊'一句,单看自然成文,若以两句比看,则尘可以暗素书,月不能明乌鹊也。是之谓不律。但此种毛病,前人亦复甚多。许浑《再游姑苏玉芝观》诗云:'月过碧窗今夜酒,雨昏红壁去年书。'诗非不佳,但"昏"字可接'书'字,'过'字则不能接'酒'字也。余尝以湘绮不善作七律诗问曾重伯,重伯亦不能答。"④用王闿运评价李白诗歌中不合理内容的评价方式来评价王闿运,颇有意思。作为王闿运的弟子之一的杨钧此番评论也颇得其要害,正如王闿运自己所说的才子非正轨也,学其诗歌不必论理。

三、七言绝句

王闿运对七言绝句的论述主要集中在《夜雪集序》和《论七言绝句法答陈完夫问》两篇文章中,此外还有影印本中的批语。王闿运认为七言绝句始于《诗经》之前的歌谣时代,"七绝则上继皇古,下开词曲"。又言:"七言绝句,和乐皆五句,盖仿于淋池招商,其平仄相间,唯作者四句则始于汤惠休《秋思引》。"但七言绝句真正兴盛起来则是在唐代,"自是以后,盛于唐代,有美必臻,别为一体"⑤。王闿运批谢朓《铜雀怨》云:"王维诸人绝句,皆出于此,或婉或健,或逸或深,尽其妙矣。"⑥以王维为代表的诗人绝句虽出于谢朓但皆高于谢朓,成就远非六朝所比。湘本选七言绝句近六百首诗,所选诗人诗歌数量居于前十位的见表4-4。

---

① 钱基博:《现代中国文学史》,长沙:岳麓书社,1986年版,第49—50页。
② 《湘绮楼诗文集》,第1682页。
③ 王森然:《近代二十家评传》,北京:书目文献出版社,1987年版,第10页。
④ 《草堂之灵》,第10页。
⑤ 《湘绮楼诗文集》,第2219、2101页。
⑥ 《同声月刊》,第一卷,第七号,第8页。

表 4-4 《王闿运手批唐诗选》中所选诗歌数量居于前十位的诗人①

诗人	王昌龄	刘禹锡	李白	元稹	白居易	刘长卿	杜甫	王维	韩翃	王建
选诗数量	41	31	23	24	17	16	14	13	10	10

王闿运所选诗歌数量居于前十位的诗人和《唐诗品汇》《唐诗别裁集》《唐诗正声》三种唐诗选本选诗数量较多的诗人相比，最大的不同是对李商隐和杜牧诗歌选录太少，而对元稹诗歌选录甚多，有重中唐轻晚唐之意。王闿运最为推崇的是王昌龄，他认为王昌龄的七言绝句能兼众人之长，"王少伯足兼之，不必以时代限。王阮亭、袁简斋皆可开口，然不足以言诗"②。不过此说已为公论，如高棅在《唐诗品汇》中把王昌龄置于正宗一列，王夫之亦认为"七言绝句，唯王江宁能无疵颣"③。沈德潜认为王昌龄七言绝句是"深情幽怨，意旨微茫，令人测之无端，玩之无尽，谓之唐人骚语可"④。从内容、主旨、风格三个方面给予王昌龄七言绝句较高的评价。王闿运之论承前人之说，但也有自己深刻的体会，《湘绮楼说诗》中有一段诗论："'琵琶起舞欢新声，总是关山旧别情。撩乱边愁听不尽，高高秋月照长城。'此篇声调高响，明七子皆为之，而不餍人意者，彼浮响也。此何以不浮？则以'新'、'旧'二字相起，意味无穷。杜子美《听猿》、《奉使》亦以虚实相起，彼则笨伯，此乃逸才。"⑤又评王昌龄《从军行》"烽火城西百尺楼"一首是"高响是绝句正格"⑥。

王闿运从声调、气势两方面来评价七言绝句，其所认同的仍然是以盛唐为规范，以高响为正宗，超逸无雕琢之迹，咫尺有千里之势，羚羊挂角，不着痕迹，乃为最高境界。比如，他评价李颀《寄韩鹏》"为政心闲物自闲，朝看飞鸟暮飞还。寄书河上神明宰，羡尔城头姑射山。"诗云："此篇超绝，为绝句上乘，所谓'羚羊挂角，不著一字'者也。欲知其超，但看太白诗'问余何事栖碧山'一首，乃世所谓仙才者。与此相比，觉李诗有意作态，不免村气。李选字皆妍丽，此则拉

---

① 这里要特别指出的是，该表格没有把宫体诗和游仙诗考虑进去。在七言绝句一卷中，王闿运特意另辟一卷，选录了王建宫体诗73首，王涯宫体诗14首，曹唐游仙诗49首。如果把这三位诗人的诗歌数量考虑进去的话，则王建、曹唐要居于榜首。
② 《湘绮楼诗文集》，第2219页。
③ 《清诗话》，第19页。
④ 《唐诗别裁集》，第263页。
⑤ 《湘绮楼诗文集》，第2101—2102页。
⑥ 《王闿运手批唐诗选》，第1271页。

杂，如'神明宰'等字，雅俗相远。而俗者反雅，雅者反俗，何耶？"①又评刘方平《代春怨》"朝日残莺伴妾啼，开帘只见草萋萋。庭前似有东风入，杨柳千条尽向西。"一首云："此篇超妙似'姑射山'，意味如'旧别情'。亦以'东'、'西'二字相起，非独人不觉，作者亦不自知也。其如何得此，如何下转语，亦不能名言，但恰如人意。"②又在批语中言："无意自工，亦七绝上乘。"③可见王闿运推崇的仍然是含蕴不尽、浑然天成的诗歌风格，而七言绝句是最难到达这种最高境界的一种诗体，"工之至难，一字未安，全章皆顿。余初学为诗，即惮之，故集中无一篇。间有所感，寄兴偶吟，旋忘之矣。既过强仕，阅世学道，上说下教，意所不能达者，辄作一绝句，等之牌官小说，取悟俗听。其词存日记中，暇一披吟，颇有可采，乃令儿子录之。仲章夭逝，代功弗能撰也，托契后生，其可悲乎。因发愤自录，仅得百首。齐河道上一篇，出处之所以决也，必存之，以示子姓为典故，故以冠首。并采诗中字题，为《夜雪集》云。知我者，览之亦可以知源流有自，不敢妄作。拾所芟弃，或犹愈近代之享敝帚者尔"④。七言绝句难做，初不为之，后阅世历久，渐能下笔，但他对此种诗体创作不够自信。杨钧曾记载云："余年十四五岁时，偶成七绝，呈之湘绮。湘绮批'绝句难作，费功夫，无大成，可勿存稿，聊作以自娱戏则可'等语。少年无学之时，即以勿轻存稿为诫，盖恐传之后世，有玷平生，湘绮之爱我至矣。自是以后，遂不轻作绝句，专读古诗而已。绝句难做，湘绮言之已详。全诗仅二十八字，一字无力，既不成高响。既不能有斧凿痕以现警牙，又不能过于流畅以涉滑调，意不新颖，更无诗可看，故此小构，实难于巨制。湘绮门下皆惮为之，即可以知世人之动成七绝者，非湘绮宗派也。"⑤即使这样，王闿运自己还是尝试了创作不少的绝句，其《湘绮楼诗文集》中共有七言绝句两百多首，如其《晚步又一村》。

夕照微阴似欲霜，井梧池柳报凄凉。
莫言城里秋寒晚，一夜西风万木黄。⑥

毕竟有深厚的诗歌功底，他的诗作颇有晚唐七言绝句之风。
在唐代诗歌中，王闿运对五言绝句用力最少。湘本中五言绝句和五言排律合

---

① 《湘绮楼诗文集》，第2101页。这段话在《湘绮楼诗文集》的第547—548页中略有不同。
② 《湘绮楼诗文集》，第2101页。
③ 《王闿运手批唐诗选》，第1311页。
④ 《湘绮楼诗文集》，第2101页。
⑤ 《草堂之灵》，第135页。
⑥ 《湘绮楼诗文集》，第1740页。

为一卷，称为"杂五言诗"，一共选了87位诗人两百多首诗歌。该卷是唯一没有被王闿运批点的诗歌，其中五言绝句不足一百首，是湘本中选诗最少的一种诗体。五言绝句亦是王闿运创作最少的一种诗体，其《湘绮楼诗文集》中只存数首。

  总之，王闿运对唐诗的论述重在古体诗，其次是律诗，最后是绝句。古体诗中五言古诗的论述重在探源溯流，在梳理发展脉络中以六朝诗法评唐五言古诗，加以优劣高下之品评，同时彰显王闿运自己的诗歌倾向，其中刘希夷、王维、李白、杜甫等诗歌成就较高。唐七言歌行虽承六朝而来，但诗歌的艺术成就则胜于六朝，诗歌风格趋于多样化，其中以张若虚、杜甫、李颀等七言歌行的成就最高。中唐诗歌虽然贬抑韩愈，但对于有韩愈之风的卢仝、刘叉、孟郊等诗歌则极尽赞美之词。至于近体诗王闿运用笔不多，但站在唐诗的角度，把唐五言律诗划分为杜甫的沉郁诗风和王维的秀远诗风。七言律诗评价最高的是王维、杜甫和刘长卿，虽然对李商隐评价略低，但王闿运所创作的七言律诗诗风则更接近李商隐。七言绝句王闿运最喜欢的还是超逸飘然焕然一新的诗歌风格，其中王昌龄被给予最高的评价，认为他能兼众人之长，五言绝句王闿运则甚少提及。不管是古体还是近体，王闿运喜欢的都是典雅秀远、自然飘逸、高响明丽的诗风，故王维、刘长卿、张若虚、刘禹锡等是他极力推崇的诗人。

第五章　王闿运诗歌艺术源流史观

年轻时的王闿运跟随邓辅纶不主唐宋近体诗，中年以后则对唐诗倾注了较多的精力。他的《论唐诗诸家源流答陈完夫问》《论七言歌行流品答完夫问》两篇文章梳理了从歌谣时代至唐代古体诗的发展流变；他的选本《八代诗选》和《唐诗选》，从诗歌体式变化的角度打通了从六朝至唐近体诗歌的发展历程，通过诗歌的批点也梳理了由唐启宋的过程。总之，从汉魏六朝至唐宋，王闿运打通的不仅仅是一条诗歌创作的发展史，也打通了一条以艺术为标准的诗学途径，这是一条不以儒家思想为主导的追求诗歌自然美学底蕴之路。

第一节　诗歌源头的界定：否定《诗经》为诗歌之源

中国诗歌史上，文人多半把诗歌推源至《诗经》，视其为诗歌的主要源头。但王闿运否定《诗经》为诗歌之源头："明以来论诗者，动称《三百篇》，非其类也。"[1]他把《诗经》排除在其所建构的诗歌源头体系之外的理由如下。

> 近人论作诗，皆托源三百篇，此巨谬也。诗有六仪，今之诗乃兴体耳，与风、雅分途，亦不同貌。
> 若其温柔言诗者，动引三百篇，此大误也。诗有六仪，谓六体也。风、雅陈诗之正，颂者，陈诗之变，风如今章疏告示，颂即赞耳。今之诗乃古之兴。虞廷喜起，箕子麦秀，各从其志，托之讴吟，所以自持，无于人事；间以示人，实则自陈耳。若用以代章疏告示，则嫌其隐情庾词，无从捉摸。轺车制废，谁为搜采？而论者欲以比古经，岂不谬哉？[2]

首先是《诗经》连章往复的句式属于文而不属于诗歌。王闿运认为《诗经》中的"风""雅"如"章疏告示"，是国家发表言论、传达命令之文，"颂"则是颂赞之文，其中重章叠句、回环往复的写作方法有文之气，在古代都应该属于实用之文，非诗歌之体。

---

[1]《湘绮楼诗文集》，第 2325 页。
[2]《湘绮楼诗文集》，第 2376—2377 页。

见于正经者有《喜起》之歌，传于琴操者有微子伯夷之咏。皆随事兴感，微言写情，不烦律管，自标欢怨。人情所不容已，则乐之用，非三百篇之类也。三百篇连章往复，有文之心。①

诗歌乃"吟咏性情"，以自吟自唱抒发自己内心之喜怒哀乐。《诗经》的写作方法和触物感兴、自标欢怨的诗歌之体有很大的不同。

其次是《诗经》以四言为主，王闿运认为四言和汉后诗歌绝不相干，以此否定了四言诗的地位，同时也就否定了《诗经》的诗歌源头地位。

切记，太白四言之说，四言与诗绝不相干。

太白四言如独漉篇，其靡殆甚，岂古法乎？无亦大言欺人，托于三百篇，而不知五言出于唐、虞时，在三百篇千年前乎？汉人四言乃是箴铭一类有韵之文耳，非诗也。嵇康四言则诚妙矣，然是从五言出。盖五言之靡者也。②

汉代四言乃如铭箴之有韵之文，而嵇康四言则另当别论，因其四言源自五言。五言乃为诗体正宗，以至于王闿运说诗歌"至汉则大开法门，演其章句，参以比赋之体，乃成一篇。离合回互，起承转结，作者斐然，互相师化。经数万人之才智，数千年之陶冶，分五、七、长、短、古、律，遂成六体，而四言、六言不预焉，绝无词意可通风、雅"。③横亘在《诗经》和后世文人之间的主要是四言体例，以至于主张诗学《诗经》的陈衍也说："学诗当由《三百篇》，无可异辞者也。但古义深奥，且四言诗，后世罕为，则《三百篇》又非能径学矣。"④其实王闿运对《诗经》也给予非常高的评价，并多次从艺术角度进行评点，只是仅就诗歌体式来说，《诗经》是被他排斥在诗歌发展史之外的。⑤

最后是《诗经》以教谏为本，与诗歌"兴"体不同。"古之诗以正得失，今

---

① 《王闿运未刊手书册页》，第33页。
② 《湘绮楼诗文集》，第366、2273、2325—2326页。
③ 《湘绮楼诗文集》，第2376页。
④ 《陈衍诗论合集》，第1030页。
⑤ 王闿运把《诗经》排斥在其诗学范畴之外，是根据"为己"的标准。实际上王闿运非常欣赏《诗经》的艺术成就，他曾对《诗经》中的一些诗歌从艺术角度进行评点。《年谱》第247页曾载光绪三十一年（1905年）九月："于舟中讲诗，因及作诗之法，将三百篇中遣词命意略为评出，以示与汉魏六朝消息相通，于经学词章不致遂成两撅。"王闿运学生王简也云："《诗经》评语虽系先生晚年课孙随笔之批示，然于古今诗文派别，胎息奥义，已抉出麐遗。"见《湘绮楼诗文集》第2375页。王闿运自己也说："五七言虽与《风》、《雅》异体，而蕴藉大同。熟读经什，归于温厚。"《王闿运未刊手书册页》，第34页。

之诗以养性情,虽仍诗名,其用异矣。故余尝以汉后至今,诗即乐也,亦足感人动天,而其本不同。古以教谏为本,专为人作;今以托兴为本,乃为己作,史迁论诗,以为贤人君子不得志之所为,即汉后诗矣。"①王闿运多次强调诗歌是触物感兴,以达难言之隐,是为了抒发己情,专为"己作",非为他人而作。《诗经》因为有很鲜明的诗歌教化的目的,故不属于"今之诗"的范畴。

> 诗有六义,其四为兴。兴者,因事发端,托物寓意,随时成咏。始于虞廷"喜"、"起"及琴操诸篇,四五七言无定,而不分篇章,异于风、雅,亦以自发情性,与人无干,虽足以讽上化下,而非为人作,或亦写情赋景,要取自适,与风、雅绝异,与骚、赋同名。②

上述文字明确说明诗歌是君子贤人抒发个人情感的"兴"体,目的是"养性情"。即使有些诗歌能起到教化的政治作用,也非有意为之。基于此王闿运把诗歌上溯至唐虞时代的《喜起》《麦秀》等古歌谣。

> 苏、李以前,则卿云、麦秀、畋豫、猗兰是其先行;至汉则大开法门,演其章句,参以比赋之体,乃成一篇。③

其实《诗经》中的"风"当属民间歌谣,而王闿运之所以持反对的意见,是因为这些诗歌经过专人加工,以进行教化,失去了诗歌原有"兴"的特质,打上了较浓厚的政治色彩。唐虞时代的歌谣虽然真实性并不能完全肯定,但这些歌谣完全是诗人自己内心感情的流露,歌谣本身还保持着原生态的质朴。正如王闿运所云:"虞廷《喜起》,萁子《麦秀》,各从其志,托之讴吟,所以自持,无于人事;间以示人,实则自陈耳。"④"自陈""自标",即这些诗歌创作的出发点完全是自我内心情感的需要,诗歌是否有关教化是诗成之后自然的生发和呈现出来的倾向,而非先有为他人的思想然后才有诗歌。简言之就是反对诗歌的功利性。正如后世学者所云:"诗人头脑中先已存在'伤人伦之废,哀刑政之苛,吟咏情性,以风其上'等理念,然后寻找某种物象加以暗示隐喻,这种物象便成为理念的'意象比譬'。严格说来,这是违背诗的审美创造规律的,不过是思想的形象化、概念的图式化。"⑤这一段话可以视为王闿运诗歌理念的现代阐释。

---

① 《湘绮楼诗文集》,第 2328 页。
② 《湘绮楼诗文集》,第 2325 页。
③ 《湘绮楼诗文集》,第 2377 页。
④ 《湘绮楼诗文集》,第 2376 页。
⑤ 萧华荣:《中国诗学思想史》,上海:华东师范大学出版社,1996 年版,第 70—71 页。

王闿运认为上古歌谣触物兴怀、微言写意，以比兴之体写独我之心，在那个时代完全是一种较为自然的状态。如，"《史记》：箕子朝周。过故殷墟，感宫室毁坏生禾黍，萁子伤之，欲哭则不可，欲泣为其近妇人，乃作麦秀之诗以歌之：麦秀渐渐兮，禾黍油油！彼狡童兮，不与我好兮！"①《麦秀》仅以四句为之，但哀伤之情尽显。《琴歌》云："列女传。齐人杞梁殖袭莒，战死。其妻哭于城下，七日而城崩。故《琴操》云：殖死，其妻援琴作歌曰：乐莫乐兮新相知。悲莫悲兮生别离。"②语言简洁质朴、不假雕饰而意韵则丰，触物起兴，长歌当哭，无意为诗而有诗。《卿云歌》虽是帝王之作，也有天然的雍容宽厚之感。王闿运多次强调并肯定这些上古歌谣的价值，并不是为了否定《诗经》的地位，而是要为他追求诗歌艺术风格寻找合理的正统理由，并为其诗歌史的开端定位于汉魏做准备。上古歌谣毕竟还是诗歌雏形，诗歌真正意义上成为一种范式，成为诗人自觉抒发感情的一种方式则是从汉诗开始。

> 上古之诗，即喜起、麦秀之篇。具有章法，唯见枚、苏，皆在汉武之世。则学古必学汉也。汉初有诗，即分两派：枚、苏宽和，李陵清劲。自后五言莫能外之。③

王闿运诗学思想的核心是"为己"，这也是一种"文学的自觉"。上古诗歌是文学自觉的混沌和萌芽状态，到了汉代，贤人君子不得志则发言为诗，以相对固定的诗歌体例，托兴为本，抒发己情，可谓是诗歌创作的发生时期。

第二节 重塑六朝诗歌的历史地位

汉魏诗歌在诗歌史上的经典地位毋庸置疑，尤其是《古诗十九首》"一字千金"的价值被大家一致认同。王闿运深知这一点，他并没有过多强调汉诗的价值，只是提出汉诗乃是真正的"为己"之作的兴体，也就是诗歌真正的开始。他通过对汉诗"宽和"和"清劲"两种风格的界定，把诗歌之源确定在汉代署名枚乘、苏武和李陵的五言古诗，然后开始着力重建六朝尤其是齐梁诗歌的地位。

王闿运承袭明七子，以复古自居，但又对明七子的复古非常不满，故其之所

---

① （清）沈德潜：《古诗源》，北京：中华书局，1963年版，第4页。
② 《古诗源》，第18页。
③ 《湘绮楼诗文集》，第2218页。

以复古就是要改变"自明以来,优孟衣冠之诮,流谬三百年"①的状态。光绪十五年(1889 年)的日记云:"及近岁,闿运稍与武冈二邓探风人之旨,竟七子之业,海内知者不复以复古为病。"②他认为明七子并没有彻底完成复古事业,以至于受人诟病,所以他的复古是要把明七子的复古事业进行到底,改变世人对复古的态度。

>余与诸同志倡学晋宋诗,颇比七子多说几句,即骎骎入古矣。③

明七子主张古体诗须学汉魏,近体诗则只能学盛唐。王闿运等人所倡导的诗学对象主要是五言古诗,并且是强调晋、宋的五言古诗,因为汉魏诗的数量和题材都比较少,很难为后学者提供充分的诗学空间,所以需由汉魏延伸至六朝,"作诗必先学五言,五言必读汉诗。而汉诗甚少,题目种类亦少,无可揣摩处,故必学魏、晋也。诗法备于魏、晋,宋、齐但扩充之,陈、隋则开新派矣"④。魏、晋诗法充分,宋、齐诗歌则进一步丰富和充实,至陈、隋诗歌开始出新,这是一个连续发展的完整阶段,缺一不可。虽然明七子也诗学二谢,但在一定程度上排斥六朝诗,如何景明认为"晋逮六朝,作者益盛,而风益衰。其志流,其政倾,其俗放,靡靡乎不可止也"⑤,所以特别强调"古作必从汉魏求之"⑥。明代其他趋向复古者也多排斥六朝诗歌尤其齐梁诗歌,如樊鹏云:"诗自删后,汉魏古诗为近。汉魏后,六朝滋盛,然风斯靡矣。"⑦总之,在明代复古者看来,魏诗都远远不及汉诗,更无论晋宋和齐梁。

绮靡是六朝诗歌最大的特点,尤其是齐梁宫体诗着意于女性闺阁,尤为后世以儒家思想为主的文人所反对。但王闿运对六朝诗歌则从纯艺术层面给予较高的评价。

>齐以后诗,渐有画家超逸之意,多取远神,意淡而色腴,后人便以为齐梁艳体,盖徒见其脂粉等字,谓为薄弱,不知其不及古处,皆是过求新妙。取神遗迹,便入空悟一派。古人所以独绝者,无心求妙也。后

---

① 《湘绮楼诗文集》,第 2217 页。
② 《湘绮楼日记》,第 1556 页。
③ 《清王湘绮先生闿运年谱》,第 281 页。
④ 《湘绮楼诗文集》,第 2273 页。
⑤ (明)何景明:《影印文渊阁四库全书》,台北:台湾商务印书馆,1983 年版,第 1267 册,卷 34,第 301 页。
⑥ 《大复集》,第 302 页。
⑦ 陈伯海主编,张寅彭、黄刚编撰:唐代论评类编(增订本),上海:上海古籍出版社,2015 年版,第 403 页。

人至并齐梁妙处，亦不能知，何况魏晋。嗟乎！不知其妙，而言其不妙，何其有胆而无目至于此也。①

上述这段话应该是替齐梁诗歌发出的最强有力的辩解，王闿运认为诗歌最高的境界在无心求妙而能妙，齐梁诗歌略逊于汉魏诗歌的地方是对诗歌"新妙"的刻意追求，但又因为着意追求反而有画家超逸之境界，即通过文字的传神运意达到了画家通过着色敷彩精心勾勒描摹出的意境超然飘逸的画面。当然，王闿运也注意到齐梁诗歌对情色的过分露骨之描写，故坦言："齐梁人无论何事，必入闺阁语，亦一大病。既作艳语，又好典故，遂使罗敷登三危，上九折，亦可笑也。"②闺阁描写中还不时点缀一些典故，有点不伦不类，就像做了有违儒家风范的事情还不忘吟咏几句儒家经典诗句一样。

但王闿运摒弃儒家成见，认为齐梁之诗虽有浮靡雕琢之痕，仍不失为委婉的言情比兴之作，符合古诗雅正的传统。

> 晋浮靡，用为谈资，故入以玄理。宋、齐、梁游宴，藻绘山川；梁、陈巧思，寓言闺阃，皆言情之作。情不可放，言不可肆，婉而多思，寓情于文，虽理不充周，犹可讽诵。③

六朝山水诗模山范水，景物中寓玄理；宫体诗刻意于闺阁宫闱，色貌描摹之中含情韵，不管是理多还是色重，皆是言情之作。"情"是诗歌的灵魂，虽有浮靡、雕琢之弊病，因是言情之作，故仍属于正统诗歌的范畴。

> 近代儒生，深讳绮靡，乃区分奇偶，轻诋六朝，不解缘情之言，疑为淫哇之语。④

> 靡靡之音，自能开发心思，为学者所不废也。周官教礼，不屏野舞缦乐。人心既正，要必有闲情逸致，游思别趣。如徒端坐正襟，茅塞其心以为诚，正此迂儒枯禅之所为，岂知道哉？学者患不灵，不患不蠢，荡佚之衷，又不待学。⑤

王闿运注重诗人内心的情感，强调个人触物感兴之后的情感自然流露，并强

---

① 《同声月刊》，第一卷，第六号，第34页。
② 《同声月刊》，第一卷，第七号，第12页。
③ 《湘绮楼诗文集》，第2219页。
④ 《湘绮楼诗文集》，第2220页。
⑤ 《湘绮楼诗文集》，第2110页。

调人应该有闲情逸致、游思别趣,而不应该如腐儒以礼束情、如枯禅以虚无泯灭人欲等屏除个人内心的欲望和情感。故重视个人内在自我的齐梁诗歌即使有靡靡之音也有其价值,不应被排斥否定。

> 爰及齐梁,因有宫体,游览咏物,悉入闺情。盖取其妍丽,始能绵逸。论者不晓其旨,辄以佻仄讥之,此不究而妄言也。①

陆机提出"诗缘情而绮靡"之说后,后人就对此争论不休。人因物兴景触而发,而自然万物又充满了色彩,入诗自然也要有色泽,要有色泽自然就要重辞采。正如刘勰所云:"诗人感物,联类不穷,流连万象之际,沉吟视听之区。写气图貌,既随物以宛转;属采附声,亦与心而徘徊。"②又言"物以情观,故词必巧丽"③。言以传情,情因景生,故而词丽语艳亦属正常。但在儒家思想占主流的社会,大多数文人强调诗歌应"发乎情,止乎礼",虽然重情但更强调儒家礼义之规范。陆机的"诗缘情而绮靡"强调诗言情但也重视诗歌之绮丽的美学特征,从理论上肯定了不囿于儒家思想的诗歌艺术审美特质,使诗歌摆脱了功利目的。后人对陆机"诗缘情而绮靡"论点的反对也正基于此。④如沈德潜云:"《文赋》云:'诗缘情而绮靡。'殊非诗人之旨。"⑤所谓"诗人之旨"即温柔敦厚,克己复礼,重视诗歌的社会功用,反对诗歌的浮艳之风。

对王闿运影响较大的王夫之从近体诗层面认定六朝诗歌高于唐诗,他在《古诗评选》"五言近体"一卷中云:"悲夫!六代之作,世称浮艳,乃取唐音与之颉颃,则唐益卑矣。卑其所高而高其所卑,韩退之始之,而宋人成之也。"⑥又云:"梁、陈于古诗则失故而郑,于近体则始化而雅。"⑦梁、陈古诗"失故而郑",但近体诗则"化而雅"。王闿运对此的看法如下。

> 所谓郑声,与持志之说全反,可以谓之靡然非淫也。精神怫郁时,正得此一振之,终耳诵之则驰矣。⑧

---

① 《王闿运未刊手书册页》,第33页。
② 周振甫著:《文心雕龙今译》,北京:中华书局,1986年版,第415页。
③ 《文心雕龙今译》,第81页。
④ 《中国诗学思想史》,第67页。
⑤ 《古诗源》,第156页。
⑥ (清)王夫之:《古诗评选》,《船山全书》,长沙:岳麓书社,1952年版,第830页。
⑦ 《唐诗评选》,第80页。
⑧ 《湘绮楼诗文集》,第2378页。

"持志"重在涵养性情追求志气之高尚,"郑声"则倾向于放驰人的私情欲念,易走向"靡"但非"淫",是绮丽而非低俗,此类诗歌在情绪低落时读之可以令人振奋。不过不能过于沉湎于此类诗歌,偶尔为之,如生活调味剂,能让生活增色。王闿运虽然能突破儒家礼义的规范,重视个人内心的真实境界,但他要求用五言来涵养内敛性情,这也说明其思想的复杂性。他以纵横之术游说曾国藩,以逍遥自由之心游离于政治纷争之外。他晚年接受称帝的袁世凯之邀到北京出任国史馆馆长时,把"新华门"称为"新莽门"以暗讽袁世凯称帝,和女佣周妈不避嫌疑、形影不离、从容出入公众视野,这都足以看出王闿运的思想和性格,不拘小节,注重个人内在的真性情,但诗歌创作则强调有度有界限,这种界限表现在诗歌上即主自然委婉的诗风。

总之,六朝诗歌比较注重感官视觉,诗歌流于绮丽的外在艺术形式,缺少在儒家看来止乎礼的温柔敦厚。王闿运因为重视诗歌中的自我释放及诗歌外在的美学层面,给予齐梁诗歌以较高的诗学地位,故"在清代诗学思想史上,完全从纯粹美感特征上论诗的,主要有王夫之、王士祯以及晚清的刘熙载、王国维等数人而已"[1]。这句话里还应该加上王闿运。王夫之追求诗歌缓声曼引的音乐美和情景交融的意境美;王士祯则以主神韵而著称,注重诗歌的内在幽妙意蕴;而王闿运不仅仅注重诗歌浑然天成的内涵,还在意诗歌的形式美。故他毫不避讳自己对绮丽之语的喜爱,"余少为诗词,好作绮语"[2]。稍长则以绮丽为创作的目标,"绮虽不能,是吾志也"[3]。

王闿运言:"诗涉情韵议论,空妙超远,究有神而无色,必得藻采发之,乃有鲜新之光。故专学陶、阮诗,必至枯澹。"[4]诗歌再灵动超妙也须"藻采"使之生色,而所谓"藻采"就是诗歌语言的优美。王闿运偏爱绮丽之语,还以"湘绮楼"来命名自己的书房,对绮语的追求有时候连自己都觉得有点过分,"泊东瓜脑,榜人落水,衣裤尽湿,盖余学道而好作绮语,故以此相警也,明当戒之"[5]。

总而言之,王闿运从视觉上追求诗歌的审美特征,从诗歌内在的性情抒发上追求诗歌之真实动人,正是通过这两方面肯定了六朝诗歌的成就和地位,从而建立从汉魏到六朝的诗学体系,也为打通六朝至唐的环节做准备。

---

[1] 《中国诗学思想史》,第 330 页。
[2] 《湘绮楼诗文集》,第 2329 页。
[3] 《湘绮楼日记》,第 1516 页。
[4] 《湘绮楼诗文集》,第 2165 页。
[5] 《湘绮楼诗文集》,第 2134 页。

第三节 六朝走向唐代的艺术之路

王闿运从艺术的角度来审视六朝诗歌,认为其诗词藻华丽、意境如画,浓淡之中意象渺然,从而肯定六朝诗歌的艺术地位和成就。沿着六朝顺流而下,六朝至唐,自然而然,王闿运选择了一条以风格和形式为标准的艺术之路。

一、通过诗歌批语梳理六朝对唐诗的影响

《八代诗选》中的诸多批语除了指出诗歌风格、特点之外,还从两方面来论述六朝和唐诗的关系。首先是指出八代诗歌中开唐诗之先的诗歌。

> 原非清劲,此乃宽和,开初唐人法门。(批刘铄《拟孟冬寒气至》,《同声月刊》第一卷第六号)
>
> 新逸俊永,初唐之祖,非晚唐诸人所能拍肩者。(批谢朓《入朝曲》,《同声月刊》第一卷第七号)
>
> 是仰卧圹中光景,此开中唐派。(批陆机《挽歌》第三首"侧听阴沟涌"二句,《同声月刊》第一卷第五号)
>
> 开唐人神韵一派。(批萧衍《雍台》,《同声月刊》第一卷第六号)

这些诗歌或为唐诗歌之祖,或开初唐诗歌之法门,或为中唐诗歌之先,又或启唐诗神韵一派,具体而言:

> 杜子美赋物律诗,全学此,此正可为律祖,不足为古祖。(批鲍照《咏双燕》,《同声月刊》第一卷第六号)
>
> 简文诗秀冠八代。开律诗家无数法门。挹其余韵。足令尘骨欲仙。(总评萧纲诗,《同声月刊》第一卷第七号)
>
> 纤丽。"天际"二句绝高。唐人如王李高岑,皆摹之入律。(批谢朓《之宣城郡出新林浦向板桥》,《同声月刊》第一卷第六号)
>
> 王维诸人绝句,皆出于此,或婉或健,或逸或深,尽其妙矣。(批谢朓《铜雀怨》,《同声月刊》第一卷七号)
>
> 作边塞诗,用十二分力量,是唐人所祖。(批鲍照《代出自蓟北门行》,《同声月刊》第一卷第六号)①

---

① 《同声月刊》,第一卷,第五号,第33页;第六号,第27、32、33、35、36页;第七号,第8页。

第五章　王闿运诗歌艺术源流史观

这些批语不仅具体到八代诗歌对唐代诗人的影响，也特别指出对唐近体诗的开启意义，有时候还具体到不同题材的诗歌。王闿运对诗承的探究太过深入，以至于平时的言谈也会论及这一点，如"宴湘绮于上海之愚园，一时在坐（座）者皆名士，论及《文选》，湘绮云：'明远、元晖已开唐初律体'。"①通过具体的诗歌以明确六朝对唐诗产生的影响，从而使得维系六朝和唐的不可割裂的纽带表现得更为具体而非概括含混。

其次是指出六朝诗歌中近唐诗之风的诗歌。

> 诗境颇似唐人。（批帛道猷《陵峰采药触兴为诗》，《同声月刊》第一卷第五号）
> 已近唐。不失其秀，由其笔不流也。（批谢朓《冬绪羁怀示萧咨议虞田曹刘江二常侍》，《同声月刊》第一卷第六号）
> 陆原诗清澈，刘和诗凝重。二作相较，陆尤迫唐。（批陆倕《以诗代书别后寄赠京邑僚友》，《同声月刊》第一卷第六号）②

上述的这些诗歌和唐诗已经可以浑然一体，进入你中有我、我中有你的模糊过渡界面。虽然初、盛到中唐诗人都没有停止对六朝诗歌尤其是齐梁诗歌的批判，如陈子昂标举汉魏风骨，反对齐梁之风，李白也言"梁、陈以来，艳薄斯极，沈休文又尚以声律，将复古道，非我而谁与！"③其他如元稹等亦持批判的态度④。他们都认为六朝尤其是齐梁之诗留连山水声色之间，温柔敦厚之风尽失，儒家礼义之教皆无，诗歌乏风骨之致。虽然他们对齐梁诗歌极尽批判之能事，但唐诗尤其是初盛唐诗歌无疑受齐梁诗歌影响最大，虽然少了宫闱描写，但诗歌的艺术风格则是相同的，"一般文学史和文学批评史往往将唐与六朝特别是齐梁对立起来，其实二者的对立与相悖是次要方面，二者在艺术精神上的承续却是主要方面。质言之，盛唐乃是魏晋六朝诗学追求的顶峰"⑤。这一点在王闿运的唐诗批点中也屡屡可见。

总之，王闿运在对六朝及唐诗进行评点时，明确了两者之间的流变和传承关

---

① 沈其光：《瓶粟斋诗话》，张寅彭主编《民国诗话丛编》，第555页。
② 《同声月刊》，一卷，第五号，第46页；第六号，第35、40页。
③ （唐）孟棨：《本事诗》，上海：上海古籍出版社，1991年版，第17页。
④ "宋齐之间，教失根本，士以简慢歙习舒徐相尚，文章以风容色泽放旷精清为高，盖吟写性灵流连光景之文也，意格力无取焉。"见元稹《元氏长庆集·唐故工部员外郎杜君墓志铭》，《四库唐人文集丛刊》，上海：上海古籍出版社，1994版，第277页。
⑤ 《中国诗学思想史》，第105页。

系。其中齐梁诗是维系汉魏至唐的必然环节,虽然唐人对齐梁诗歌极尽否定之力,但艺术风格一脉相承。

二、通过对齐梁"新体诗"的界定来打通六朝和唐

王闿运不仅仅通过批语来梳理汉魏至唐这样的诗学过程,同时也通过诗体的发展来打通他的诗学史观。最鲜明的一点是《八代诗选》中把齐梁诗歌列为"新体诗"。可以这么说,批语主要是从古体诗的角度打通六朝至唐宋[①],而《八代诗选》选编齐梁诗歌为"新体诗",不仅说明此乃古体诗向近体诗过渡的一种特殊诗体,也是齐梁诗歌向唐律诗过渡的一种诗体。以"新体诗"来命名齐梁诗歌,使这种非纯古体又非成熟的律体有了一个比较恰当的称呼,最为重要的是这种诗体开启了唐律诗的时代,也顺理成章打通了六朝至唐这样的环节。故后世学者对王闿运"新体诗"的提出给予了较高评价。

> 六朝诗的最后一段落是新体诗。什么叫做"新体诗"?王闿运《八代诗选》卷十二至十四,专选自齐至隋百余年中微有格律的作品,名曰"新体诗"。在他以前二百余年,王夫之撰《古诗评选》,其中第三卷名曰"小诗",第六卷名曰"近体",为闿运的先驱。"小诗"为绝句的前身,"近体"为律诗的前身,而"新体"二字实足以概括之,故我们不用王夫之的名称。夫之远溯至汉、晋人诗,其实这种新的体裁实至永明诗人提倡后,始有固定的地位,故以托始于齐为较妥。[②]
>
> 他沿袭《玉台新咏》的做法,在一个选本中主要按作家编年的标准以外,又另立一种分体的标准。"新体诗"之名从此开始被沿用,成为古体诗与近体诗之间的一种过渡形式。[③]

虽然王夫之较早之前已经意识到齐梁诗歌的与众不同之处,并用"近体"和"小诗"来命名,但这两个名字不足以体现齐梁诗歌的特殊之处。新体诗是一种律诗早期尚未成熟的诗歌形式,是一种古体诗向近体诗过渡的诗歌形式,称之为律诗或古诗都欠准确。"新体诗"较为恰当地表明此种诗体的特殊地位和特点。

> 唐律体从齐梁诗出。齐梁间只言四声,尚未成律体诗也。王氏分别古体、新体为二。以示新体诗为唐律诗之祖耳,判别甚细。齐梁诗,为

---

① 虽然其中也有提及六朝诗歌在近体诗体系中对唐诗人的影响,但最为重要的是对古体诗的关注。
② 陆侃如、冯沅君:《中国诗史》,北京:人民文学出版社,1983年版,第382页。
③ 曹道衡、沈玉成编著:《南北朝文学史》,北京:人民文学出版社,1991年版,第136页。

汉魏诗渡入唐宋之阶，犹之骚赋，为《三百篇》渡入汉魏之阶，不可不知也。①

夏敬观的这段话对王闿运"新体诗"的进一步说明更为清晰，不过还有一点需要特别指出，那就是王闿运并没有把所有律体形式的齐梁诗都归为"新体诗"，如他评王融《法乐词》："六诗俱是律体，然其佳句，非全入唐派，故仍选为古体。"②他把虽有律体形式但无唐诗意味的诗歌仍归为古体。可见王闿运所选的"新体诗"是有较为鲜明唐诗特点的律体诗歌，是六朝向唐宋诗歌过渡最直接的证据。这一点也非常有力地说明王闿运清晰的诗歌史的构建意识。

三、通过论说之文明确六朝和唐代诗歌的源脉

王闿运诗歌史的意识还表现在他多篇论述诗歌流变的文章中，从《论唐诗诸家源流答陈完夫问》《论汉唐诗家流派答唐凤廷问》《论七言歌行流品答完夫问》等文的题目就可以看出其对诗歌史的梳理意识。其他文章如《论诗示黄镠》《论作诗之法》也有关于诗歌发展流变的论述。试看《论作诗之法》中一段文字：

> 要之，只苏、李两派。苏诗宽和，枚乘、曹植、陆机宗之；李诗清劲，刘桢、左思、阮籍宗之。曹操、蔡琰则李之别派。潘岳、颜延之，苏之支流。陶、谢俱出自阮，陶诗真率，谢诗超艳，自是以外皆小名家矣。山水雕绘，未若宫体，故自宋后，散为有句无章之作，虽似极靡而实兴体，是古之式也。唐、宋既兴，陈、张复起，融合苏、李，以为五言。李、杜继之，与王、孟竞爽。有唐名家乃有储、高、岑、韦、孟郊，诸作皆不失古法。宋之问、刘希夷道其法门，王维、王昌龄、高、岑开其堂奥，李颀兼乎众妙，李、杜极其变态。阎朝隐、顾况、卢仝、刘叉推荡排阖，韩愈之所美也。二李（商隐、贺）、温岐、段成式雕章琢句，樊宗师之所美也。元微之赋望云骓，纵横往来，神似子美，故非乐天之所及。张、王乐府效法香山，亦雅于新丰、上阳诸篇乎？退之专尚诘诎，则近乎戏矣。宋人披昌，其流弊也。③

这段文字主要梳理五言古诗和七言歌行两种诗体的发展脉络。从苏武和李陵各自开启一道五言古诗的诗风始，其后诗歌多是沿袭这两条风格之路向前发展。

---

① 《八代诗评》，《同声月刊》，第一卷，第六号，第34页。
② 《八代诗评》，《同声月刊》，第一卷，第六号，第34页。
③ 《湘绮楼诗文集》，第2326页。

不过这两条脉络并非直线发展，而是有分支有交叉。魏晋以后原来的两条线变为四条，四条中还有一些小的经络，如陶渊明、谢灵运诗学由阮籍发展成为另外一条脉络。诗歌发展至唐代，六朝这些脉络经由陈子昂和张九龄汇为一条，这一条又发展成为两支：一支是王维、孟浩然，诗风清新委婉，另一支是李白、杜甫一派衍为长篇，极笔骋才。初盛唐诗人的诗歌尚有较为鲜明的古诗之风，诗歌含蕴有致，语言清新雅丽，颇得古诗之趣。中唐以后，风格大变，这种变化在杜甫已经有所显露，而韩愈诗学杜甫，更扩而大之。韩愈之外，其他诗人如卢仝、刘叉是得汉谣之"恢奇"；孟郊诗风瘦刻，为赵壹、程晓一派，虽然走的也是六朝之路，但皆属于旁支斜流，没有沿袭上文中王闿运所梳理的从苏武、李陵到六朝的主流发展之迹。

　　唐七言歌行则是承曹植、曹丕而来，经初唐宋之问、刘希夷，到王维、王昌龄等人打开了七言歌行更大的创作空间，其后李、杜极尽所能，中唐顾况、卢仝等则进一步开阖纵横。当然七言歌行在唐代是多样化的，用简单的一条线索也难以把唐七言歌行的发展勾画出来，故王闿运梳理出七言歌行的发展主线之后又勾勒出其他发展支流，"始扩于鲍照、王筠诸人，直通元、白、卢仝、刘叉、温、李、皮、陆，而李东川兼有其妙。王、杨、卢、骆以齐梁排偶法为七言，又一派也"，并具体就唐代诗人的创作特点进行推源，"如卢仝、顾况，是骚赋之流；居易、仲初，则焦（仲卿妻）、冯（羽林郎）之体，并李、杜分三派，而李东川能兼之"，又言："张若虚春江花月，用西洲格调，孤篇横绝，竟为大家。李贺、商隐挹其鲜润，宋词、元诗盖其支流，宫体之巨澜也。杜甫歌行自称鲍、庾，加以时事，大作波澜，咫尺万里，非虚夸矣"[1]等。虽然王闿运对唐七言歌行史的梳理前后有不一致的地方，但整体来说可以归纳为以《离骚》为源，以曹丕、鲍照、汉乐府民歌为七言歌行的开始。发展至初唐为两派：一派是初唐四杰，沿袭六朝之风，用排偶之法；另一派是张若虚、刘希夷用西洲格调，风艳绝伦，有南朝民歌之情调。盛唐承初唐而来亦分两派，一派是王维、高适、岑参等人，使歌行创作空间扩而大之；另一派是李白、杜甫，鸿篇巨制，极尽歌行之能事。中晚唐诗人则各有所承，诗风诗法皆备，或袭骚赋之体，如卢仝、刘叉等纵横开阖；或沿乐府之风，如白居易、元稹等人以新体乐府写时事，语浅意切；或承初唐之风，如李商隐、温庭筠等人雕章琢句，绮丽之中寓哀婉。总之，这是一条互相关联又错综复杂的诗歌发展之路，但皆在六朝至唐的发展脉络之上。王闿运之所以如此深入且具体地对古体诗歌发展史进行梳理，是基于最佳的学诗过程，"从八代入手者，可

---

[1] 《湘绮楼诗文集》，第 2108、2218、2273 页。

以及唐。从唐入手者，多宜俗赏，而失古音。本朝王士祯专学唐者也。而终无一似，以其气骨不充也"①。所以他关于诗歌流变的文章主要是就学生的问题进行的论述，为他们廓清诗歌的发展脉络，从而可以有主有次地进行阅读、学习和研究。

总之，王闿运在梳理从汉魏六朝至唐诗歌流变过程中，不管是五言古诗还是七言歌行，他始终把关注的焦点放在诗歌的创作方法和艺术风格上，从六朝至晚唐，其中的承继、发展、变化和流派等都清晰地勾勒出来，为后学者提供了非常详尽的引导说明。

第四节　唐宋诗歌一体观

主汉魏六朝或三唐者多半对宋诗不屑一顾。如李东阳云："唐人不言诗法，诗法多出宋，而宋人于诗无所得。所谓法者，不过一字一句，对偶雕琢之工，而天真兴致，则未可与道。其高者失之捕风捉影，而卑者坐于粘皮带骨，至于江西诗派极矣。"②并提出唐以后书不读这样的论断。王夫之亦云："太白胸中浩渺之致，汉人皆有之，特以微言点出，包举自宏。太白乐府歌行，则倾囊而出耳。如射者引弓极满，或即发矢，或迟审久之，能忍不能忍，其力之大小可知已。要至于太白止矣。一失而为白乐天，本无浩渺之才，如决池水，旋踵而涸。再失而为苏子瞻，萎花败叶，随流而漾，胸次局促，乱节狂兴，所必然也。"③王夫之有《古诗评选》《唐诗评选》和《明诗评选》，唯独把宋诗略去。李东阳等明七子是站在主性情一面反对宋诗的主理不主意，王夫之则是以汉魏六朝诗歌的艺术审美视角反对宋诗。总之皆是以汉魏六朝、盛唐诗歌的标准去衡量宋诗。王闿运和明七子、王夫之一样，不仅不喜欢宋诗，对宋学也一并不接受，用他自己的话说是："闿运平昔不攻宋学，以不相为谋之道，惩辨生末学之言，凡所著述，未涉唐后。"④不过在唐诗范畴里，王闿运还是理智地承认唐宋诗歌是一脉相承、密不可分。

直书己意，始于唐人，宋贤继之，遂成倾泻。

唐人好变，以骚为雅，直指时事，多在歌行，览之无余，文犹足艳。

韩、白不达，放驰其词。下逮宋人，遂成俳曲。

---

① （清）王闿运：《湘绮楼论唐诗》，郭绍虞编《中国近代文论选》，北京：人民文学出版社，1959年版，第337页。

② 《历代诗话续编》，第1371页。

③ 《清诗话》，第10页。

④ 《湘绮楼诗文集》，第796页。

> 退之专尚诘诎，则近乎戏矣。宋人披昌，其流弊也。
>
> 韩愈入议论矣，苦无才思，不足运动，又往往凑韵，取妍钓奇。其品益卑，骎骎乎苏、黄矣。①

上述几段文字虽然是批判的语气，但也从两方面说明唐宋诗歌的关系：首先是站在唐诗的角度来说明唐宋一体。王闿运在批评宋诗时，皆先以唐诗开端，即唐诗开直书己怀之风，而宋诗承唐诗而来，只不过更加放纵自己的情感而已。宋诗如"俳曲"，即"为人"而作，而非"为己"之作。诗歌有驰骋其词放纵感情之弊，缺乏古诗中婉而多思的意味，不过这都和唐诗脱不了干系。王闿运用"逮""披昌""继之"等词把唐诗和宋诗归为一体。古诗至唐一大变，而宋诗在唐诗的基础上进一步有所变化，所以说在古诗的体系中唐宋诗歌是一体。王闿运评价后七子的诗："七子重将古调弹，潜搀唐、宋合苏、韩。"②说明在古体诗的体系中，汉魏六朝为一个系统，而唐宋又为一个系统，当然这两个系统又无法截然分开。其次是对诗歌中议论的接受。宋诗承韩愈而来，以议论为诗，以文为诗。明代复古诗派即以"宋人主理"来概括宋诗之特征，并作为他们反对宋诗的理由。③王闿运虽然也提出"诗不论理，亦不载道"之论，但他对诗歌中有议论、说理、用典并不反对，偶尔还表现出对宋型诗风的接受和认可。如他批点以下几首诗歌。

> 有议论方不似明七子。（批杨庄《夏日闲居》）
>
> 夜游奇语，非苦思不到，复出以自然，斯为佳句，山水一联入理语亦妙。（批杨庄《暮宿朱亭乘月复至空泠滩作》）
>
> 抱负不凡，说理沉著。④（批杨庄《励志诗》）
>
> 无意中发出大议论，笔情酣畅。（批刘禹锡《西山兰若试茶歌》）
>
> 叫花腔亦创格，不害为切至，然卑之甚。纯用议论亦是新体。⑤（批杜甫《又呈吴郎》）

王闿运对自己创作的诗歌也时有议论。如他评析自己的诗歌《入彭蠡望庐山作》"轻舟纵巨壑，独载神风高。孤行无四邻，窅然丧尘劳。晴日光皎皎，庐山不可照。……"时云：

---

① 《湘绮楼诗文集》，第2161、2219—2220、2327页。
② 《湘绮楼诗文集》第2157页。
③ 参见《明代复古派唐诗论研究》，第56页。
④ 杨庄：《湘潭杨叔姬诗文词录》，1940年，铅印本，诗录，第2、6、7页。
⑤ 《王闿运手批唐诗选》，第1090、1179页。

第五章　王闿运诗歌艺术源流史观

俗人论诗，以为不可入经义训诂，此语发自梁简文、刘彦和。又云不可入议论，则明七子惩韩、苏、黄、陆之敝而有此说，是歧经史文词而裂之也。或不遵其言，又腐冗叫嚣，而不成章。余幼时守格律甚严，矩步绳趋，尺寸不敢失。及后贯彻，乃能屈刀为镜，点铁成金。①

明七子因为不喜欢宋诗，也不喜欢诗入议论，王闿运并不然，他最初谨守格律，后来则如江西诗派一样点铁成金，脱胎换骨，当自己在诗歌中运用了宋诗的诗法时反而有欣赏自得之意。

王闿运唐宋一体的观点有一个变化的过程。光绪二十三年（1897年）写成的《论读书门径》一文云："读经而不知孔书之伪，览子而不知家语之诬。文蔑八代，诗通唐、宋，注混郑、王，学称朱、陆，虽复博闻强记，丽句清词，不登大雅之堂，有愧兔园之册。"②"文蔑八代，诗通唐宋"之语明显是反对诗歌唐宋一体。但他晚年在《论诗示黄镠》一文中又言："论文而分班、马，论诗而区唐、宋，非知言也。"反对把唐宋诗歌分开。这两处前后截然相反的说法，应该是王闿运因时间的不同，在不同境况下对待宋诗的两难境地：一方面是要持守自己的诗学主张，以求能抗衡宗宋诗风；另一方面对宋诗又难以完全割舍。学者吴淑钿曾认为王闿运之"唐以前诗不能伪为，宋以后诗大都易似"③的含义是："意谓中国诗歌中，唐宋诗同属一个单位，象征诗歌形式发展的重要时期，故他反对诗分唐宋……湘绮在宗宋的诗学潮流里提出汉魏六朝的典范，也是基于对当时风气的不满。"④当复古的使命或者影响已经足够，又或者无需再旗帜鲜明地标榜自己的诗学理念，重新阅读或者反思诗歌，承认唐宋一体，也就进入不再动辄非此即彼的自由境界。

其实王闿运一直以相对理智的态度对待宋诗，所以他并不认同明七子关于唐以后书不读的观点，他自己一直也在研读宋诗。比如《日记》载光绪四年（1878年）六月十九日"闲检宋、元诗"，六月二十日"检钞宋、元诗"，这样一个"检"和"钞"的过程其实就是一个有所选择的认同。他在光绪三十二年（1906年）五月十一日的日记云："看山谷诗，虽乱道，他手尚不及也。"⑤批判之中有肯定。

王闿运的《唐诗选》还选录了一些开宋诗之风的诗歌，并在评点唐诗时，特别指出这一诗学传承的现象。

---

① 《湘绮楼诗文集》，第541页。
② 《湘绮楼诗文集》，第521页。
③ 《湘绮楼诗文集》，第2273页。
④ 吴淑钿：《〈湘绮楼说诗〉的理论体系》，《汕头大学学报》，1996年第5期，第57页。
⑤ 《湘绮楼日记》，第669、2749页。

> 此等开宋派。(批韩愈《病鸱》)
> 全开宋派,却是晚唐名家之祖,不许苏、陆拟议也。(批张志和《渔父》)
> 纯开宋派,恐是宋人诗误入。(批高适《重阳》)
> 宋派。(批李嘉祐《承恩量移宰江邑临鄱江怅然之作》)①

这些批语也说明王闿运在选录唐诗时并不避讳启宋诗之风的诗歌,一方面是选本标准多样化的体现,另一方面也是选本对诗歌史的关注。在晚清以宋学、宋诗为主的学术氛围中,对这种学术氛围的抗争和反思恰恰又会在无形之中使得这种主流的诗学氛围影响更深。王闿运《日记》载光绪三十二年(1906年)十四日,"余好以理穷人,亦宋学也"。又如湖湘诗人邓绎诗学杜甫,但对由杜至韩所形成的以文为诗亦有自己的见解,"以文为诗者始于屈原之《离骚》,而杜韩之诗歌继之"②。把杜韩诗歌以文为诗的传统推源之屈原的《离骚》,从而给予以杜韩为代表的诗风以正统的地位,从另一层面肯定了宋代诗歌。王闿运生在宗宋为主流的风尚中,他和宗宋诗派中一些诗人如莫友芝、曾国藩等都有很紧密的联系,这在无形中都会影响他对宋诗的认识。但当时诗学宋诗亦有很多的流弊,如章太炎所云:"曾国藩自以为功,诵法江西诸家,矜其奇诡,天下鹜逐,古诗多诘诎不可诵,近体乃与杯珓谶辞相等,江湖之士艳而称之,以为至美,盖自商颂以来,歌诗失纪,未有如今日者也。"③在这样的背景下,王闿运倡导诗学汉魏六朝,力图革宋诗派学宋之弊,回归雅正的诗学正统,有一定的目的和意义。

王闿运还把开宋诗之风的韩愈放在古诗发展脉络的评价体系中,突出强调韩愈对六朝诗歌的沿袭,如他批应璩《百一诗》:"韩愈屡效之,但觉笔强。此篇佳在结局无多著语。"批张华《轻薄篇》云:"诗兼敷叙者,盖如赋中用难字堆饾,自是古法。观子建诸长篇可知。后来韩愈则拗而失度,李贺等则涩而伤气,均不可以此例之。"又批潘岳《河阳县作》(第一首)云:"飙韵开韩愈一派。"④等等。这些批语都直接说明了一个事实,即韩愈诗歌是从古诗而来,只不过承继少而变化多,那么诗学韩愈而来的宋代诗歌自然也和六朝诗歌有无法割裂的关系。至此从汉魏、六朝至唐、宋诗歌的道路也就基本打通,只不过相对而言,从汉魏至盛唐诗歌之路风景优美,而从杜甫到中晚唐再到宋诗这样的诗歌之路风景变化多端,乏幽秀自然之风,多佶聱恢诡之态。

---

① 《王闿运手批唐诗选》,第211、1168、1171、1187页。
② (清)邓绎:《藻川堂谭艺》,清光绪年间,刻本,上海图书馆藏,第10页。
③ 章太炎:《国故论衡》,上海:上海古籍出版社,2006年版,第74页。
④ 《同声月刊》,第一卷,第三号,第26页;第五号,第30、36页。

综上所述，王闿运打通了一条由汉魏、六朝至唐宋的诗歌之路，这是一条以艺术审美特征为标准的诗歌历程。为此，《诗经》被排除在诗歌体系之外，齐梁诗歌则被给予较高的诗学地位。具体而言，诗歌始于苏武、李陵五言古诗的"宽和"与"清劲"。"宽和"中寓朴直、温厚和典雅，"清劲"中有新奇、超妙和雄健，其后诗歌风格虽然不一，但大致不出其外。诗至齐梁趋于绮丽，是古体诗向新体诗、六朝诗向唐诗过渡的桥梁，在文学史上占有极其重要的地位。王闿运通过肯定齐梁诗歌的艺术特色以确定其正统的诗学地位，从而把六朝诗歌和唐诗紧密联系在一起。然后又通过选录开宋诗之风或已有宋诗之风的诗歌沟通了唐宋，并肯定韩愈在开启宋诗诗风上所具有的重要意义。另外他还给予韩门弟子卢仝、孟郊等以极高的诗学地位，可以看出，在一定程度上，王闿运对韩愈诗风是持接受的态度，对唐宋一体也是肯定的观点。

第六章　王闿运和晚清诸派唐诗学

随着晚清内忧外患局面的恶化和加重,更多文人开始反思救国救亡的良策良药,治经诵诗等书斋行为从个人的社会优势渐渐呈现出和社会的格格不入。如时人李兴锐所言:"当天下无事之时,四海晏然,虽有拨乱反正之才,几若无以自试,故但得一二辈章句之儒,拱手而谈性命,埋头而治文辞,未尝不可以黼黻隆平,今则非其时矣。外侮凭陵,儳然不可以终日,而士大夫犹持闭关自守之旧学,于中外形势瞢无所知,岂足以临敌制变!"①但毕竟是延续上千年的传统文化,也一直是士人安身立命的精神支柱,虽然于时事无补,但还可以从中寻求历史经验教训,寻求心理精神安慰,又或寄托个人思想等。仅就唐诗而言,大家对唐诗的阅读、接受和批评也一直在进行,虽然大家各取所需,但其根本不外是偏重诗歌的艺术审美或是偏重精神内涵,抑或两者兼具,王闿运显然更偏重审美体验。

第一节　王闿运和"湘中五子"

一、"湘中五子"

晚清汉魏六朝诗派的早期主要成员是咸丰年间的"湘中五子"②,即邓辅纶、邓绎、龙汝霖、李寿蓉和王闿运,他们在城南书院朝夕唱和诗歌,名声渐达湖外,影响深远。关于"湘中五子"王闿运和钱基博等著作中都有明确的提及,后人也有诸多研究,总的来说,"湘中五子"的诗学情况主要有三点。

首先,"湘中五子"的核心人物是邓辅纶。他以创作五言古诗为重,也因为这种非常鲜明的诗歌创作倾向,其他如王闿运、龙汝霖等诗文唱和者也把五言古诗作为创作的重心,由此五言古诗在当时的湖南长沙成为一种创作风气。

其次,"湘中五子"的诗学目的是要和当时的宗宋诗风相抗衡。之所以自标为"湘中五子",是要别于何绍基、魏源、李霞仙、邹叔绩等"湖南六名士"。这六位名士皆以学问名天下,其中何绍基是"宋诗派"的代表人物,魏源也倾向于

---

① 朱有王献主编:《中国近代学制史料》第一辑(下册),上海:华东师范大学出版社,1986年版,第125页。
② 龙汝霖(1822—1881年)字泂生,号皞臣,长沙攸县人;李寿蓉(1826—1894年)字篁仙,书斋号天影庵,长沙人;邓辅纶(1828—1893年),字弥之,湖南武冈人;邓绎(1831—1897年)字保之,又字辛眉,和邓辅纶为兄弟。

宋诗，他们都算得上是"湘中五子"的前辈。不过邓辅纶、王闿运并没有沿袭已有的传统，而是不作唐宋以后近体诗，有消除宗宋诗风影响的清醒意识。

最后，"湘中五子"有明确的诗学主张，以潘、陆、谢、鲍等为诗学对象，以五言古诗为终极目标，故他们早期诗歌多汉魏五言古诗模拟之作。邓辅纶的《拟陶渊明咏贫士》《拟鲍照松柏篇》《拟阮籍咏怀》《拟刘琨扶风歌》《拟从军行诗》等，其"所著《白香亭诗集》，全学选体，多拟古之作"。龙汝霖的诗歌也是"亦胎息魏晋"①。以至于郭嵩焘在一篇序文中写道："湘中五子，结诗社于长沙，追踪曹阮二谢，以蕲复古。"②他们承明七子复古而来，但不满明七子的复古，故力图改变明七子之后屡受诟病的"复古"诗学，"自明后论诗率戒模仿，辛眉独谓七子格调雅正，由急于得名，未极思耳。自学唐而进之至于魏晋，风骨既树，文彩（采）弥彰，及后大成，遂令当世不敢以拟古为病"③。

虽然王闿运和邓绎等人皆以复古为己任，但两者的态度不尽相同，如王闿运把明七子复古的失败归结于不以模拟汉魏六朝诗歌为重，而是诗必盛唐；邓绎云："明人拟古，辞意俱同，雕龙不成，遂至画虎，宜其为钟谭之所窃笑欤"④认为明七子过于执着于辞意具同的弊端，两者的分歧判然有别。之后随着人生轨迹的不同，在诗学道路上王闿运和"湘中五子"中其他几位诗人渐行渐远。究其原因主要有身份经历和性格思想的不同。

"五子"中除了王闿运其他几位皆出身显赫家庭，并都有为官的经历。龙汝霖是兰溪令璠之曾孙，泉州府判思见之孙，其父龙友夔是当时湘中名儒，道光甲辰岁贡生。龙汝霖少性情端正，虽家道中落但颇自励。曾公车七试未果，但通博儒雅，曾被权臣肃顺延请为家庭教师。咸丰十年（1860年）山西高平知县，奉公廉洁，吏治有方。⑤李寿蓉母亲为宁乡王文清之曾孙女，王文清为明清以来湖南"四王"之一，家学丰厚。李寿蓉咸丰元年举人，咸丰六年进士，为户部主事。⑥邓辅纶父亲邓仁堃十六岁为秀才，道光乙丑充选贡，官至江西按察使兼布政使。邓辅纶十三岁中秀才，十五为廪生，曾为中书内阁，以诗著称。后领军随征，积功擢浙江道尹，因事罢归，遂不复出。邓绎是邓辅纶之弟，后以孝廉游左宗棠幕，积功授浙江知府。王闿运祖父王之骏虽然也为秀才，但以医术出名。父亲王士璠

---

① 曾卓，丁保赤点校：《湘雅摭残》，长沙：岳麓书社，1988年版，第232、236页。
② 《湘雅摭残》，第234页。
③ 《湘绮楼诗文集》，第2160页。
④ 《藻川堂谭艺》，唐虞篇，第5—6页。
⑤ 《湘绮楼诗文集》，第444—445页。
⑥ 《湘绮楼诗文集》，第385页。

弃儒从商，后在王闿运六岁时病亡。不论家境、家学和地位王闿运都不能和其他诸位相提并论，这一点应该也是导致王闿运放达的原因之一。"王湘绮先生起自孤童，未冠之时，即与贵人游，恐人侮辱，乃自标置，抗论直词，无所推让，于是狂名大起……湘绮出世太早，不能不于贵人之前增高孤童身份，故以学人而得狂名，又境使然也。湘绮一生，不受人侮，成名之后，亦不通融……湘绮入世，貌似逍遥，实则处处留心，丝毫不苟，非今日穷人所能梦见者也。"①王闿运弟子的这段原因剖析不无道理，生长环境和性格特点，决定了他的与众不同。

　　王闿运积极入世之心其实和其他四位一样，只是应试不中，游幕不合，加上一直努力以六朝名士之风要求自己，故在为官一事上并不渴求。他曾劝龙汝霖早点功成身退，"闿运固谏，以为盛名难居，宜遂高隐。君素过听，家事必咨，及乐治民，不从所谏"②。后龙汝霖因政绩卓异而遭妒，委权于偏瘠小县安远，后又调往闽地铅山县，终因瘴疾而归，不久因病而亡。这和王闿运在肃顺府虽然深受赏识但当意识到肃顺权重震主、祸端潜藏后便借口毅然归退有天渊之别。龙汝霖他们的才气原本都不亚于甚至都远高于王闿运，但因为积极于仕途，对诗文创作不甚留意。比如郭嵩焘评价龙汝霖"君诗古今体皆五书，而文独长于记事，楚以南固多奇杰非常之材，而文学犹暗弗彰。自顷二十年，人文蔚兴，日新月异，实君与壬秋、弥之诸君发其端，而君颇独以吏事自效"③。张舜徽也感叹曰："汝霖一行作吏，此事便废。故坚白斋遂不能与湘绮楼并驱争光。"④李寿蓉本人也是"词客才名官后减"⑤。邓辅纶和邓绎的创作主要是在邓辅纶被革职之后，"湘中五子既散处，而皞臣以知县分山西，有循称。弥之由中书叙浙江道员，省城不守，坐革职归，与弟保之读书家居，诗益沉雄。保之读万卷书，著并言数十万言，政学无所不通"⑥。王闿运虽然也曾游走于官宦之间，但他大部分时间是以闲居教书为主。尤其同治四年（1865年）以后的十几年隐居生涯，让他有时间也有精力进行诗文的创作，在学问上日臻成熟。从现在所存留的诗文集子来看，五人之中，只有王闿运著述最丰，成就影响最大。可以说五人中，唯王闿运把一生的大部分时间用在书院教书和诗文著述，也因为学生众多，一定程度上也为其诗学思想的传播打下很好的基础。尤其是曾国藩、何绍基等文坛老宿先后去世之后，在诗坛

---

① 《草堂之灵》，第290—291页。
② 《湘绮楼诗文集》，第445页。
③ （清）郭嵩焘著，杨坚点校：《郭嵩焘诗文集》，长沙：岳麓书社，1984年版，第70—71页。
④ 张舜徽：《清人文集别录》，武汉：华中师范大学出版社，2004年版，第508页。
⑤ 《湘绮楼诗文集》，第387页。
⑥ 《湘绮楼诗文集》，第386—387页。

名声显赫者主要就是王闿运。

"五子"中，王闿运表现得较为另类的另一个重要原因是他特殊的思想。"年十有五明训诂，二十而通章句，二十四而言礼。考三代之制度，详品物之体用。二十八而达春秋微言，张公羊，申何学，遂通诸经。"①虽然王闿运多被视为儒家大师，在《清史稿》中被置于"儒林"一列，但"王氏说经，好逞臆见"②，趺弛好大言的王闿运对自己的评价是"闿运少喜标置，不乐土风"③，并且明确表示"性不喜儒"④，平时乃"能以逍遥通世法"⑤，思想近杂家、纵横家、道家。《年谱》的说法更为清晰：

盖邓丈晚近好儒，府君则兼包九流，道广大也。⑥

随着年龄和社会阅历的增加，彼此的思想观念的分歧也越来越明显，王闿运和二邓思想的分歧在《日记》中也有记载。

二邓不复如少时同志，乃与李少泉无异，尚不及张香涛，则可怪也。（《日记》光绪十七年八月七日，公元1891年）

保之云吾两人不得为朋友，未有劝善规过之益。然则保之盖可以为孝达之友，而吾诚负之也。以其匆匆将去，未欲多论，以开纷竞，当与书讲明之。（《日记》光绪十七年十二月七日，公元1891年）⑦

邓绎和王闿运已经到了道不同不相为谋的地步，连朋友的情分都不愿再继续下去，足见两人之间分歧之大。他们的这种思想分歧早在同治年间已经显露出来："览辛眉《井言》，上下古今，多取少弃，志为博通之儒，盖宪章《志林》《日知录》而作，颇好程、朱，近王船山。然余于船山薄其隘，而不欲深非《井言》，则以船山已成之书自为一家，听其生灭可也。辛眉之学无师，而亦屡变，会当有精通时，此时不可与争也。王、邓皆豪杰之士，一则为宋后义理所锢，一则为宋后议论所淆，要之两人诚宋后通儒，与马贵与、顾亭林伯仲乎。"⑧又称邓绎为"号为纯儒，

---

① 汪辟疆：《王闿运传》，国史馆馆刊，1949年2月，第2卷第1期。
② 《清人笔记条辨》，第333页。
③ 《湘绮楼诗文集》，第297页。
④ 《湘绮楼日记》，第1516页。
⑤ 《草堂之灵》，第61页。
⑥ 《清王湘绮先生闿运年谱》，第164页。
⑦ 《湘绮楼日记》，第1729、1758页。
⑧ 《湘绮楼日记》，第135—136页。

博通古今者矣"①。但言语之中，亦可见王闿运对二邓学术的不认同。②王闿运始终以逍遥态度处事，他也努力在这方面提高自己的涵养。

> 世说云：外虽虚静，内实侠动。余少时见而一惊，以此自省，始托于庄子以自救。消摇游（逍遥游）以下之视天，如天之视下，大哉妙哉！有如是之消人悁悒，发人深省者乎！应世之道，用行舍藏，未有干世者也。其世愈乱，其心愈治。凡假悲愤以自炫自澜者，中无所得耳。圣道至儒家而始隘。儒家皆狷介之人，其先主敬，主存诚，以自绳削，不胜其苦，乃溢而思富贵，中者立功名，高者言行道。所如不合，则遂废弃，毕生营营，终无乐时。岂学道以自苦乎？
> 余生平所得力，而无往不消摇者。③

王闿运认为能真正行儒家之道的是极少数的人，大部分儒生都有功名之心，他们之所以能不胜人生之苦主敬存诚乃是求富贵功名。他写自己在曾国藩幕府时的情况："少年气盛，颇不然之。在曾军，人皆衣布，余独衣帛，晚饭干菜，余独食肉，以为节行不在此也。"完全是六朝作风，是否有标榜之意又是另话，敢于如此招摇行事也足见其内心的坚定和态度。他直言："若宋子京在书院食粥，是为后日笙歌地步，则耐苦者亦为伪儒。要之自立当自无求始。能自立而后立人，是学者第一要义。"④纯儒和伪儒界限微妙，能始终如一持守儒家理念的绝非易事，更多人是想借此达到个人的目的。也正是基于此，王闿运反对儒学而是追求走庄子和六朝的逍遥之风，把《世说新语》作为医治俗气的良方，"取世说授黄孙，欲医其俗"。平时言行举止也尽力做到内外如一。这样的思想和从小饱读诗书在比较传统的家风中长大的邓辅纶等人自然有了很大的差距，以至于光绪二十年（1894年）正月廿七日王闿运感叹道："得辛眉书，荒唐胆大，吾道益孤矣。"⑤王闿运和被他视为良师益友的二邓距离越走越远，其感叹不无落寞和孤独。

总之，"五子"之中，王闿运是最为特异的文人，他思想驳杂，有纵横之风，庄子气质，行为处事放旷不羁；一生大半时间在书院教书育人，诗文创作；有比较系统的诗学理论和丰富的论诗资料。

---

① （清）王闿运：《邓郎中墓志铭》，《碑传集补》，《近代中国史料丛刊》第100辑，卷五十一，第2813页。
② 这一点从王闿运晚年入室弟子陈兆奎在《王志序》中所言："马、郑失于破碎，程、朱病于空疏"得以引证，王闿运对程朱理学是持批判的态度，而邓绎则好程朱之学。
③ 《湘绮楼诗文集》，第518—519页。
④ 《湘绮楼诗文集》，第509页。
⑤ 《湘绮楼日记》，第2674、1910页。

二、王闿运和"二邓"的诗学差异

"五子"中对王闿运帮助最大的是邓绎,"王闿运幼时读村塾中,绎闻人诵其诗,有'月落梦无痕'之句,喜曰:'此妙才也。'即往访定交。闿运固贫,绎资之,使学于名师,又逢人誉荐之,由是闿运学益进,声名大昌"①。可以说邓绎对王闿运有知遇之恩,因邓绎的资助和荐誉,王闿运有机会就学名师并结交了更多的名流,名气大震。在诗歌创作方面对王闿运影响最大的则是邓辅纶,以至于晚年王闿运还说:"邓弥之,吾所师也。自知才力不逮,恒以为歉。"②但两人性格相去甚远,"湘绮纵横有大略,而计事谋生皆疏阔,辅纶则精干缜密,每行事必预计其程序,壮而兼为商,遂致温饱,然慷慨能急人急"。又言:"湘绮遍研群学,辅纶唯及文史。"③王闿运群阅众书,广吸百纳,思想近杂家;而邓辅纶精练审慎,精于文史,有淳厚的儒家思想。但因出身、性格和人生经历的不同,他们的诗歌观从开始的一致复古渐渐分道扬镳④。

王闿运认为诗歌不能为别人而作,因为一旦有为人的想法,就会有好名的目的,好名自然就难以谨守自己的内心。

> 文学一道也,必自不为人始,不为人则不好名,不好名则自有恒。有恒次于君子,而内圣外王之学始此,《论语》言政学宗旨实在于是,余乃推之文词耳。⑤

> 诗者,持也。持其所得,而谨其易失。其功无可懈者,虽七十从心,仍如十五志学,故为治心之要。自齐梁以来,鲜能如此,其为诗不过欲得名耳。杜子美诗圣,乃其宗旨在以死惊人,岂诗义哉!⑥

"为人"则好名,好名则无恒,无恒则难以治心,不能治心自然就难以达到内圣外王的最高境界。

---

① (清)朱克敬:《儒林附记》,《儒林琐记·雨窗消意录》,长沙:岳麓书社,1983年版,第66页。
② 《湘绮楼诗文集》,第2380页。
③ 沃丘仲子:《近代名人小传》,北京:中国书店,1988年版,第47页。
④ 这里主要就王闿运和邓绎做比较,因为邓辅纶没有理论著作留世。邓绎的思想很大程度上可以代表邓辅纶,因为邓辅纶革职后,邓绎和邓辅纶一起居家读书,思想想必多有相近之处,比如两人在对待杜甫的态度上就非常一致,并且两人在诗歌、古文和词上的成就不相上下。
⑤ 《清王湘绮先生闿运年谱》,第184页。
⑥ 《湘绮楼诗文集》,第539页。

> 自文以载道之说起。而文成俳优，何也？欲人之称好也。八股目名
> 虽自后起，观退之所作，下笔便有千古之意。愈自矜慎，愈求人知。夫
> 俳优所以贱者，欲悦人以求知耳，奈何文人亦求知耶？①

王闿运之所以不认同文以载道，也是因为这个说法预先设置了为他人创作的目的，不免就会失去诗歌乃个人性情自然流露的特点，所以他强调"诗不论理，亦非载道"②。而邓绎的思想则完全不同。

> 余自髫稚始好文辞，而交游多英俊苍皓，相与讴吟，久积成帙；弱
> 冠以来颇自悔其雕琢之勤，而思为宏简之学，以周世用；壮岁益淘汰结
> 习，每期为诗不过十许篇，亦会栖遁邛园而寂寂少欢，驰逐军旅而卒卒
> 鲜暇，无诗人良友相往复以发其所蕴结，故为之不能多也。岁在丙寅丁
> 外艰，归自闽粤，屏居郊外，慕昔贤著述之事，矻矻不能休，十余年不
> 少怠，意在修明学术，裨补当世而已。③

自幼喜欢诗文的邓绎成年之后反思其创作的诗歌，调整创作的目的"以周世用"，隐居之后仍然"意在修明学术，裨补当世而已"，换言之也就是"文以载道"，希望自己的著述能为世用。即使有抑扬感情之作，也和羲文、孔子的儒家之道不相违背。由此可见邓绎在诗歌创作时对自我情感的约束，趋向忧国忧民的现实书写，这应该也是王闿运称其为"纯儒"的原因之一。

因对诗歌功用认识的不同，对诗歌中"情"的认识也有差异。不同于王闿运的"为己"思想，邓绎强调诗歌最终是出于忠孝之心，这也是导致他们对六朝诗歌的态度迥异的原因所在。和王闿运对六朝靡靡之音和绮靡之风的接受不同，邓绎在《藻川堂谭艺·唐虞篇》中引用杜甫诗句来说明诗歌最高境界是"飞腾"和"风骨"，引用了魏诗"高文一何绮"和李白的诗句说明建安以来所谓好的诗歌不过就是"绮"而已。邓绎追求诗歌"风骨"，重视诗歌教化功用，所以他对远离儒家礼义思想的重在抒发个人性情的六朝诗歌持否定的态度，"魏晋之朝，经术废坏，崇奖浮华，阮瞻之流，始论无鬼，已为宋代张、程滥觞"④。从中也就不难理解邓绎最后不想和王闿运做朋友的原因。

---

① 《湘绮楼诗文集》，第 507 页。
② 《湘绮楼诗文集》，第 2377 页。
③ 《藻川堂诗集选》，清光绪年间，刻本，藻川堂东游诗序，第 1 页。
④ 《藻川堂谭艺》，唐虞篇，第 6、31 页。

三、王闿运和二邓的唐诗学差异

王闿运和邓辅纶、邓绎因为核心诗学思想的不同，导致他们在唐诗接受方面也表现出不同的倾向。前者以王维为诗学对象，后者则嗜好杜甫。

> 余五律不拘一家，自谓变化，而邓弥之乃云不过平稳。邓五律专学杜而看去实胜我，专博之异也。
>
> 邓之佳者似杜，可乱真；余之佳者似王维，未能逼肖。①

夏敬观曾对两个人的诗学做了比较："邓先生祖陶祢杜，王先生则沈潜汉魏，矫世风尚，论诗微抑陶。"②邓辅纶诗出杜甫且深笃于杜甫，如许振祎在《邓弥之同年诗集序》云："咸丰二年，余客京师，与同年武冈邓君弥之友善，君方为内阁中书，以诗雄，年少才畯，间顾实深守杜法，语多幽愤沈郁。"③以至于王闿运评价邓辅纶诗歌时亦云："颜、谢风华少陵骨，始知韩愈是村翁。"④但王闿运对待杜甫诗歌的态度则是游离的。他虽曾于同治十年（1871年）写《题杜像》两首："内府传真迹，湘祠祀昔贤。文章曹植后，图画剑南先。旧静千官影，今归尺五天。平生忧国意，凄恻曲江边。"又："清高遗像在，无命作宗臣。失路依藩府，留诗觅替人。迟回度陇日，秀发使韶春。相对同忧乐，宁关宠辱身。"⑤诗歌中有对杜甫的缅怀和敬意，也有同是天涯沦落人的惺惺相惜，但在公开的诗学理论中王闿运表现出来的则是裁抑杜甫。他贬抑杜甫表现在两方面：一是对杜甫"语不惊人死不休"创作宗旨的反对。

> 杜子美诗圣，乃其宗旨在以死惊人，岂诗义哉！要之闻道犹易，成文甚难。必道理充周，则诗文自古。此又似易而愈难，非人生易言之境也。
>
> 故诗与诸文不同，必求动人者。动人而何以免俳优之贱？以其处于至尊至贵而无夭冶之心也。以人求之，唐以前人尚不徇人，宋以后人知者稀矣。杜子美语必惊人，便有徇人之意。而所谓惊人者，只是如陶、谢。⑥

---

① 《湘绮楼诗文集》，第2274、2378页。
② 夏敬观：《褒碧斋集序》，陈锐《褒碧斋集》，1930年，铅印本，第1页。
③ 许振祎：《邓弥之同年诗集序》，见邓辅纶《白香亭诗集》，东河督署校刊，清光绪十八年（1892年）版。
④ 《湘绮楼诗文集》，第2158页。
⑤ 《湘绮楼诗文集》，第1763—1764页。
⑥ 《湘绮楼诗文集》，第2219、2272页。

王闿运认为诗歌乃是为了"治心",不需"夭冶",反对在创作诗歌时先有强烈的用世之心。无意惊人乃惊人,无意成名而得名,这样的诗歌才算得上真正好的诗歌。然而杜甫先有要"动人"之心在,之所以能"成家"乃是因为诗歌数量多且题目平易,且诗歌写景居多,容易触动读者。

贬抑杜甫的另外一个原因是针对杜甫五言诗歌而言,认为其诗歌筋骨太露。何谓"筋骨",王夫之对此有论述:"邵诗已入西晋窠臼。此作平缓,不为擢筋露骨之容,似欲开陶令之先。"①从音乐的角度可以理解为:"乐府动人,尤在音响。故曼声缓引,无取劲促。"②即音调婉转、舒缓、悠扬,而非繁音促弦,其实也就是温柔敦厚之音。王夫之评阮籍《咏怀》的解释更清晰:"缓引夷犹,直至篇终乃令意见,故以导人听而警之不烦。古人文字无不如此。后世矜急褊浅,于是而有'开门见山'之邪说,驱天下以入鄙倍。"③总结来说所谓的"擢筋露骨"其实就是感情毫无节制的喷涌式抒发,想法、情绪的表达过于直白,没有婉而有致的意蕴,如王闿运评论陈梅根的诗是:"而格调迥超,不露筋骨。"④又认为鲍照诗歌品度卑下是因为其诗"气急色浓","气急色浓"和王夫之的"矜急褊浅"意思相近。因为诗"主性情必有格律,不容驰骋放肆,雕饰更无论矣"⑤。格律就是为了让诗歌中感情的抒发内敛且自然,而杜甫诗歌太过沉重也过于直白,所以王闿运评价杜甫诗歌会用"讲大话""叫花腔"的字眼。"讲大话"有赚人瞩目之嫌,诗歌之含蕴不尽的艺术特征也就荡然无存;而所谓"乞丐语"在王闿运看来乃是"陶皆宽和,格调卑耳。有乞丐语,非廊庙人也。乡曲人自命圣贤,便易流入乞丐,不可不知"⑥。杜甫地位不高,却总欲以圣贤自命,为民忧为国忧;家产不丰,妻妾馁寒,以此自我嗟叹,忧国又忧己,诗中不时有自怜又欲人怜之象。这一点王夫之也早有论述,且批判之力更重,如:"陶公'饥来驱我去',误堕其中。杜陵不审,鼓其余波。嗣后啼饥号寒,望门求索之子,奉为羔雉,至陈昂、宋登春而丑秽极矣。学诗者,一染此数家之习,白练受污,终不可复白,尚戒之哉!"⑦他的《唐诗评选》选录杜甫较为温柔的诗歌19首,但在评点的时候仍时不时对其大加批评,如评《遣兴四首》:"结撰不淫,只如此寄哀已足。何用'人少虎狼多'、

---

① (清)王夫之:《古诗评选》,卷四评何劭《赠张华》,第692页。
② 《古诗评选》,卷一,评谢惠连《前缓声歌》,第528页。
③ 《古诗评选》,卷四,评阮籍《咏怀》,第683页。
④ 《湘绮楼诗文集》,第364页。
⑤ 《湘绮楼诗文集》,第2328页。
⑥ 《同声月刊》,第一卷,第五号,第41页。
⑦ 《清诗话》,第21页。

'痴女饥咬我'、'呻吟更流血'而后为悲哉？且彼诸恶惊语，又岂能出此圈缋邪？"又："杜陵败笔有'李瑱死歧阳'、'来瑱赐自尽'、'朱门酒肉臭，路有冻死骨'一种诗，为宋人谩骂之祖，定是风雅一厄。"①在这一点上，王闿运和王夫之观点非常一致，他们都是以艺术审美的眼光来评判杜甫。

邓绎和其他多数喜爱杜甫的诗人一样，对杜甫诗歌给予极高的评价，如多次提到杜甫之诗是"集大成"。

> 集大成如杜甫氏，每以屈、宋、齐、梁并称而不敢循流俗。（唐虞篇）
> 杜甫氏之为诗集《楚》《骚》、汉魏诗人之大成。（日月篇）
> 诗至唐而愈盛，有集大成之杜氏以恢之也。（日月篇）
> 杜甫之为诗也，近之集大成也。（唐虞篇）
> 至唐杜甫氏而后集《诗》《骚》之大成。（唐虞篇）②

严羽的《沧浪诗话》曾提及杜甫诗歌的"集大成"乃"少陵诗，宪章汉魏而取材于六朝。至其自得之妙，则前辈所谓集大成者也"③，即集汉魏和六朝诗歌，而邓绎笔下的"集大成"不仅仅只是融汉魏六朝。

> 杜甫氏之为诗集《楚》《骚》汉魏诗人之大成，而奄有六朝之胜，探原《三百》大而化之。
> 至唐杜甫氏而后集《诗》《骚》之大成，其诗曰："斯文忧患馀，圣哲垂象系"，盖亦能洞见六艺之本原，与李白之"希圣如有立，绝笔于获麟"同一怀抱。
> 杜少陵之为诗，合商、周、楚、汉之四盛而为五，遂奄有乎魏晋六朝兼大小正变之诸体而成辞，又淹贯乎春秋三史，可不谓之羽卫六艺而包沦百家者乎？
> 韩昌黎有杜之骨而无其韵，李玉溪有杜之巧而无其雅，白香山有杜之真而无其大，李昌谷有杜之怪而无其雄，元遗山有杜之气而无其才，吴梅村有杜之俊而无其雄，其他具体者已鲜矣。④

---

① 《唐诗评选》，第58、60页。
② 《藻川堂谭艺》，第4—9、21—22页。
③ （宋）严羽：《沧浪诗话》，《历代诗话》，第697页。
④ 《藻川堂谭艺》，日月篇，第8页；唐虞篇，第22、31页；比兴篇，第6页。

杜甫诗融合了《诗经》《楚辞》《春秋》、汉魏、六朝等诸家经典，达到了前所未有的高度。他不仅能熔铸前人之长，意象不离古人之辞，而且诗有渊源可寻，有风雅可推，诗歌即使有些不足，也瑕不掩瑜，"少陵为诗凌云健笔气横九州。初不屑为飘渺附俗之辞，而辄称道齐梁不置，亦有时为新句侧媚轻纤而不损风骨，太白、龙标诸人不能及也"。不过真正让邓绎叹服的是杜甫诗歌中折射出来的儒家正统思想："杜甫氏出，然后直追风雅正变而宏其体，奄有汉魏六朝而肆其词，又裁之以精识，约之以正义，而隐与诸经相表里，人之所谓别趣别才者，亦尝龙见鸟澜而露其万古云霄之一爪鳞一羽毛也。观其自为诗曰：'即看屈宋宜方驾，恐与齐梁作后尘'，则其寸心千古惨澹经营者绝非沈、宋、高、岑之所能拟议也。而其虚受广纳、思集众长之宏量亦岂后贤之所可攀跻而仿佛者乎？"杜甫诗高在不仅仅有风雅之变体、汉魏之丽词，更为重要的是"隐以诸经相表里"。

>杜诗则兼包雅颂，出入正变风诗，无所不有，葩而能正，丽而能则，故能探正则之心，忠爱缠绵与《骚》相比，其所以深禅诗教而能升孔子之堂者，尤在于神明春秋之意，盖史迁后一人而已。①

杜甫诗歌"探正则之心""深禅诗教"，深得儒家之根本，邓绎在其著作《藻川堂谭艺》中对此论述颇多，且极尽赞赏之词。邓绎把杜甫的诗歌置于和《诗经》《离骚》《春秋》等经典著作同等的地位。"杜诗有道，吟观杜诗者亦有道，雄奇博大者其表之明，沉郁顿挫者其里之曲，挥霍浏亮者其神之动，盘纡回薄者其趣之幽，知此者不惟可与言杜诗，而亦可与言风、雅、《离骚》之妙也已。"②杜诗兼古诗、经史之长，故能理解杜诗自然也就可以理解经史。

王闿运从艺术角度来品评诗歌，而邓绎则以教化为标准取诗。所以一个学王维、李商隐为多，一个则以杜甫为诗学对象。一个从艺术的角度对杜甫诗贬多于褒，而一个因为强调诗歌教化的功用，所对以诗写史的杜甫诗歌给予了极高的肯定。正因如此，杜甫在王闿运和邓绎笔下呈现出两种截然不同的形象：一个是擢露筋骨，好大言，又时有叹老嗟卑之语，表现出来的是有点卑涩的不得意的书生形象；一个是兼容天下，笔触老健，深为世忧的孔子再生形象。从中也可以看出两个人思想意识差别之大。居官失败之后的邓绎选择归隐治学，他对杜甫的喜爱

---

① 《藻川堂谭艺》，唐虞篇，第6、23、31页。
② 《藻川堂谭艺》，比兴篇，第25页。

随着深入的阅读和研究与日俱增,诗歌中深厚的现实关怀最能契合关心时事却又无能为力的心情,故而他在著述中一而再再而三用饱含激情的语言肯定和赞美杜甫诗歌及其诗歌精神;而王闿运在逍遥的路上越走越远,时事虽乱、生活虽艰,但依然无法阻挡他对诗歌语言美和意境美的追求。

第二节　王闿运和宗宋诗人

伴随王闿运成长的是由姚鼐开启,后由何绍基、曾国藩等发扬光大的宗宋诗风,王闿运年轻时的老师熊雨胪①也有较为鲜明的宗宋倾向,"雨胪之于诗,盖其天才,自汉魏乐府六朝唐宋人之作,无不贯串"②。诗歌有宗古的一面,也有学宋一面。如后人评价其《梅霖生招同人宴集陶然亭》其二云:"此则拗折生新,嗣响山谷。"③熊雨胪和当时的宗宋诗人何绍基为同时人,其有《与何子贞书》云:"乙未阁下举南闱第一,少牧举京兆第二。"④在这样的背景下,成名之后的王闿运和当时的宗宋诗人也很多直接的交集。《年谱》载咸丰十年(1860年)他和何绍基、莫友芝有同游之乐,诗文酒会之趣。和莫友芝尤为交好,两人的诗集中都有关于彼此的诗歌唱和,如莫友芝有诗《郭筠仙、龙皞臣、邓弥之、王壬秋订余同出都连夕集尹杏农寓话别,赵沅卿、李眉生皆至,呈主人及诸君子》⑤,对王闿运评价亦高:"莫友芝先生尝书'独立千载谁与友,自成一家始逼真'联语,赠王湘绮先生。"⑥王闿运有诗《寄莫五丈友芝》云:"山居易徂岁,索处难为年。江东与君别,蚀月二七圆。"⑦莫子偲去世,王闿运有《莫子偲丈挽诗二十韵》云:"岂惟失师友,西南宝遂殚。"⑧视长己二十多岁的莫友芝为老师和朋友。不过对王闿运影响最大的是曾国藩,两人都有丰富的诗学思想,可以从中一探王闿运和宗宋诗人的诗学旨趣的异同。

---

①　熊雨胪,字书年,名少牧,道光乙未(1835年)京闱举人,官蓝山教谕,辞赋科举为一时之冠,著有《读书延年堂集》。
②　(清)孙鼎臣:《读书延年堂诗钞序》,熊少牧《读书延年堂诗钞》,咸丰七年(1857年)三月,刊于长沙。
③　《湘雅摭残》,第211页。
④　(清)熊少牧:《读书延年堂文钞》,同治五年(1866年)夏,洞泉草堂刊,卷五,第22页。
⑤　(清)莫友芝:《邵亭遗诗》,清光绪年间,刻本,卷六。
⑥　《草堂之灵》,第305页。
⑦　《湘绮楼诗文集》,第1380页。
⑧　《湘绮楼诗文集》,第1418页。

一、王闿运和曾国藩诗学思想的异同

王闿运曾跟随年长于己二十一岁的同为湖南人的曾国藩十九年[①]，以至于日本学者青木正儿云："在他的幕僚中聚集了众多的人才。其中如学者俞樾、莫友芝、戴望，文人吴敏树、张裕钊、吴汝纶、黎庶昌、王闿运，都是非常有名的人物，均擅长诗文。文人中，王闿运是以骈文著称，其他皆为古文家。他们成为曾氏的羽翼而形成了一派。"[②]曾、王二人诗集中都有诗歌唱和之作，如曾国藩有《酬王壬秋徐州见赠之作》诗云："汉宋互嘲讥，馀炎更相煽。迟君绍微言，毫芒辨素绚。高揭姬孔情，洪曦消积霰。湖湘增景光，老怀已忻忻。"[③]认为王闿运为湖湘增添了不少的色彩。王闿运的《发祁门杂诗二十二首，寄曾总督国藩，兼呈同行诸君子》诗云："已作三年客，秋登万里台。异乡惊落叶，斜日过空槐。雾湿旌旗敛，烟昏鼓吹开。独惭携短剑，真为看山来。"[④]表达了自己空有满腔浩志无处可以施展之意。

曾国藩承继桐城派大力倡导诗学宋诗，尤重杜诗和韩愈文风，"熟读书：《易经》、《诗经》、《史记》、《明史》、《屈子》、《庄子》、杜诗、韩文"[⑤]，他位高权重，影响深远，被公认是变晚清诗风的关键人物。然而，王闿运撰文赋诗皆以八代为标的，遂成为汉魏六朝诗派的中坚力量，反对唐宋文风，尤不满韩愈之文，"八家之名始于八比，其所宗者韩也。其实乃起承转合之法耳，固无足论也。退之自命起衰，首倡复古，心摹子云，口诵马迁，终身为之，乃无一似"[⑥]。曾国藩尊乾嘉之学，诗法西江，王闿运作为后起之秀并没有追随曾国藩，而是"别树一帜，解经则主简括大义，不务繁征博引，文尚建安、典午，意在骈散未分。诗拟六代，兼涉初唐，湘蜀之士多宗之，壁垒几为一变"[⑦]。任何处于相同传统诗歌背景下的两种不同的思想不会永远是两条平行线，必然有交叉的地方。曾国藩虽然倡导学宋，但其宗宋只不过是把黄庭坚等宋代诗歌的地位提升到重要的诗学地位，在学唐或学八代之外又为世人指出了一些可以学习模仿的对象而已，其内在的思想

[①] "往从曾文正军府十九年，得见其京师日记，及军中在旁见其排日所记。京师讲学时多自刻责，词甚严苦，余不以为然，尝进说曰：学须诱进，何乃自诽沮。公亦许为知言。"王闿运：《曾文正公日记序》，《湘绮楼诗文集》，第393页。

[②] [日]青木正儿著，杨铁婴译：《清代文学评论史》，北京：中国社会科学出版社，1988年版，第187页。

[③] （清）曾国藩：《曾国藩全集·诗文》，长沙：岳麓书社，1986年版，第37页。

[④] 《湘绮楼诗文集》，第1317—1318页。

[⑤] （清）曾国藩：《曾国藩全集·家书》，长沙：岳麓书社，1985年版，第83页。

[⑥] 《湘绮楼诗文集》，第540页。

[⑦] 徐世昌：《晚清簃诗汇》，北京：中国书店出版社，1988年，第四册，卷199页，第69页。

或者说具体的诗学实践并不能简单的仅以宗宋概之；王闿运虽然不主宋诗，但究其原因，只不过是为了反拨当时的诗学现状，革除诗学积弊，其对宋诗并没有给予全盘否定。总之，撇开他们公开发表的诗学言论，通过细读他们相对接近日常真实状态的日记、家书等文字，可以发现他们的思想主张和创作实践有时候并非完全吻合，他们的诗学不仅仅只是存在差异，在诗学方法、《文选》的接受和唐宋诗歌的态度上也有很多共同点。

（一）诗学方法

在创作步骤、创作方法和创作心态等三方面王闿运和曾国藩所持论点相近。首先都强调诗歌创作中模拟的合理性与重要性，这一点其实前人多有论述，王闿运和曾国藩所言也不出前人所言，论点基本一致。如曾国藩言：

> 即韩、欧、曾、苏诸巨公之文，亦皆有所摹拟，以成体段。尔以后作文作诗赋，均宜心有摹仿，而后间架可立，其收效较速，其取径较便。①

上述这段文字出自曾国藩写给其子曾纪泽的一封信，拿文学大家来举例说明诗文摹拟的必要性，并直截了当地指出这是一种最为方便快捷的诗学方法，以此教导其子在诗文创作时要心存摹仿。

> 尔欲作五古七古，须熟读五古七古各数十篇。先之以高声朗诵，以昌其气；继之以密咏恬吟，以玩其味。二者并进，使古人之声调，拂拂然若与我之喉舌相习，则下笔为诗时，必有句调凑赴腕下。②

不仅要字琢句摹，还从声调入手，高声诵读以袭其气，默思涵咏以悉其味。王闿运也有这样的论调。

> 欲己有作，必先有蓄。名篇佳制，手披口吟，非沉浸于中，必不能炳著于外。故余尽法古人之美，一一而仿之，熔铸而出之。③

这句话和曾国藩的"密咏恬吟"意思基本相同。"取古人成作，处处临摹，如仿书然，一字一句必求其似。"学习诗歌和练习书法一样，是从临帖也就是摹仿开始。只有临摹到一定的水平方能融会贯穿，"诗则有家数，易模拟，其难亦在于

---

① 《曾国藩全集·家书》，第469页。
② 《曾国藩全集·家书》，第418页。
③ 《湘绮楼诗文集》，第2183页。

变化。于全篇模拟中，能自运一两句，久之可一两联，又久之可一两行，则自成家数矣"①。摹仿、揣摩、练习，久而久之，诗歌创作就水到渠成、自然成熟，自成一家。曾国藩和王闿运关于诗歌创作方法的言论都是说给初学者或后学者，前者是写给家人，后者是写给学生。

其次是创作特点，王闿运和曾国藩都强调诗歌创作主旨的表达要含蓄，气的传达要委婉，也就是儒家所主倡的温柔敦厚的特点。

> 故贵以词掩意，托物起兴，使吾志曲隐而自达，闻者激昂而思赴。其所不及设施，而可见施行，幽窈旷明，抗心远俗之致，亦于是达焉。非可快意骋词，自状其偏颇，以供世人之喜怒也。（王闿运语）
> 诗者，持也。持其志，无暴其气；掩其情，无露其词。（王闿运语）②
> 大抵作字及作诗古文，胸中须有一段奇气盘结于中，而达之笔墨者却须遏抑掩蔽，不令过露，乃为深致。（曾国藩语）③

王闿运的"以词掩意"和曾国藩的"遏抑掩蔽"都强调创作时时情感的表达不能太直白，而要曲折含蓄。

最后是创作心态，都反对创作时心存求知见好之意。

> 若存丝毫求知见好之心则真气漓泄，无足观矣。不特技艺为然，即道德、事功，亦须将求知见好之心洗涤净尽，乃有合处。（曾国藩语）④
> 文学一道也，必自不为人始。不为人则必不好名，不好名乃自有恒。（王闿运语）⑤

诗歌创作心态要自然，要有感而发，不能心存功名利禄，王闿运论述古歌谣的话"皆随事兴感，微言写情，不烦律管，自标欢怨"⑥，比较形象地传达出他们对诗歌创作时心态要自然的态度。

虽然两人关于诗歌创作方法上有比较相似的观点和认识，但具体到两人创作的诗歌，风格却大不同，这和诗学对象选择的不同有关。曾国藩主宋并上溯至韩愈，除了追求他们诗歌中的国家现实关怀思想，同时亦是自觉地以他们为典范来

---

① 《湘绮楼诗文集》，第538—539页。
② 《湘绮楼诗文集》，第2219、2327页。
③ （清）曾国藩《曾国藩全集·日记》，长沙：岳麓书社，1987年版，第661页。
④ 《曾国藩全集·日记》，第661—662页。
⑤ 《湘绮楼诗文集》，第507页。
⑥ 《王闿运未刊手书册页》，第33页。

去除当时文坛宗盛唐的影响,是一种图革新求变化的意识,唯"变化"为重;王闿运则主汉魏六朝诗歌,重在回归传统诗歌的典雅温柔的诗风,并以此来涵养自我性情,改变世风不古的现实,所以追求风格意境都趋于八代诗歌,独以"模拟"为能。究其根本,都离不开对前代诗歌的模仿和学习,如王闿运"沈酣于汉、魏、六朝者至深,杂之古人集中,直莫能辨正"①,而曾国藩则是"七律亦最喜杜诗,而苦不能步趋"②,渴望七言律诗能追随效仿杜甫诗歌。

(二)对《文选》的接受

《文选》的地位和价值是传统文人的共识,自然而然也是大多数文人诗学的主要对象之一。王闿运和曾国藩也都肯定汉魏六朝诗歌的经典地位,并皆以《文选》为重要的诗学对象,且都曾对汉魏六朝诗歌进行选录和评点。

王闿运是汉魏六朝诗派的中坚力量,奉《文选》为圭臬,如陈衍云:"弥之诗全学《选》体,多拟古之作。湘潭王壬秋以为一时罕有其匹,盖与之笙磬同音也。"③《文选》在王闿运诗学中占据极其重要的地位,以至于他判断一个诗人诗歌成就的高低时多是看其对《文选》的模拟程度。比如他认为明七子诗歌之所以成就不高乃是因为和《文选》中的诗歌风格并一不致,"近人卤(鲁)莽,谬许明七子为优孟,以杨诚斋、陆务观配苏、黄,不知七子全不能《文选》,杨、陆之未足成家数也。"④不过相比之下,曾国藩对《文选》的喜爱更为鲜明,他不止一次提及自己的嗜好之一就是读《文选》,他在写给儿子的信中说:"尔明春将胡刻《文选》细看一遍,一则含英咀华,可医尔笔下枯涩之弊;一则吾熟读此书,可常常教尔也。"⑤王闿运选录了《八代诗选》,自加评论,曾国藩则有魏晋六朝《六家诗选》。

> 吾乡曾文正公深悯焉,因取子建、嗣宗、渊明、康乐、明远、元晖六家诗别编为一帙,间加评注,详博精审,能补向来注家所未及,非其精神与诸作者相凭依,乌能具此神解。⑥

两人之所以选录和评点汉魏六朝诗歌的目的也是一致的,曾国藩是为了"以

---

① 《陈衍诗论合集》,第886页。
② 《曾国藩全集·家书》,第66页。
③ 《陈衍诗论合集》,第885页。
④ 《湘绮楼诗文集》,第2273页。
⑤ 《曾国藩全集·家书》,第451页。
⑥ (清)杨彝珍:《三十家诗钞序》,《移芝室文集》,清光绪二十一年(1895年)版,刻本,卷二,第38页。

追复元古而得风雅之正"①；王闿运也是"要以截断众流，归之淳雅，使词无鄙倍，学有本根"②。总之，在五言古诗的范畴里，《文选》是他们的共同选择。

但是，因为对诗歌功用看法的不同，他们还是有很大的分歧，曾国藩选诗评诗的终极目的乃是为了"辅世翼教之旨"，即要实现诗歌的教化功用，故其精审拣选的六家为"扶植诗教，至为宏益"③者；而王闿运持守诗歌的言情功用以艺术审美的眼光对《文选》全盘接受，故其《八代诗选》的选诗范围相当宽泛，几乎囊括了当时各种诗歌样式。

（三）对唐宋诗歌的批评

仅就初盛唐诗歌而言，王闿运和曾国藩的态度一致，他们分歧的关键点在韩愈和宋诗。后世学者通常都以宗韩和非韩、主宋诗和非宋诗来界定他们的不同，其实细究可以发现两人都认同韩愈对宋代诗歌的开启，只不过一个是正面的高度肯定，同时亦肯定宋诗的地位。作为反对派王闿运则是以否定的态度批判韩愈为宋诗风的始作俑者，同时对宋诗有所贬抑，可以说两者是殊途同归。毕竟经过唐宋以后数代文人的批评探讨，关于唐宋诗歌之优劣的褒贬文字足够丰富且透彻，故后人是贬还是褒也只是仁者见仁智者见智的事情。

王闿运生活在以宗宋为主流的诗学氛围里，越是想要祛除这种学术氛围对自己的影响，也就更容易反思这种现实，而这种反思恰恰又会于无形中使得这种主流的诗学氛围影响更深，所以，就形成了在批判中又给予理性的分析和判断。更何况宋诗还是有自己的特点和成就，难以一概否定。特别是和宗宋诗派的代表者又位高权重的曾国藩有十数年的交情，即使有意识地要消除曾国藩对他影响，但那种朝夕相处、学术切磋、潜移默化之中的影响是无法避免的。当然，这其中应该也有湖南前辈王夫之的影响。王闿运曾在为崇祀王夫之而建的船山书院任教二十多年"而余应聘掌教亦二十五年矣"。还曾于同治八年（1869年）"检王船山遗书，校其目录，舛误者数处。……于湖南得为风气之先耳"。曾国藩则"夙喜顾学，以疆斋多新说，甚为称扬。其弟国荃亦喜诵之，犹以未尽刻为憾。会兵兴，湘潭刻板散失，而国荃克江南，文正总督两江。国荃出二万金，开局江陵，尽搜船山遗书，除有避忌者，悉刻之，于是王学大行"④，王闿运参与校对工作，曾国藩

---

① 《移芝室文集》，卷三，第39页。
② 《湘绮楼诗文集》，第98页。
③ 《移芝室文集》，卷三，第38—39页。
④ 《湘绮楼诗文集》，第394—395页。

和其弟曾国荃则对王夫之的遗书进行搜集、整理和刊刻，并将刊刻的《船山遗书》捐献给船山书院。可以说，王闿运和曾国藩都不遗余力为整理王夫之资料、传扬王夫之思想做出了很大努力。这种潜移默化的地域、文化的影响也成为他们共同的诗学背景。

不过，王闿运和曾国藩诗学思想中虽然有较多一致的地方，但两者主要是作为不同诗学流派的代表而著称，他们的不同一方面源于他们对当时已趋僵化的诗歌风气的突围，是避开主流另辟蹊径的选择，如曾国藩承袭桐城派倡导宗宋乃是为了一改当时盛行甚久的宗盛唐之风，而王闿运倡导宗汉魏六朝时宗宋之风亦渐露弊端。另一方面也和他们彼此不同的个性及社会地位有很大关系。曾国藩极为重视诗歌的气势和诗歌的教化功用，"曾文正以回天之手，未试诸功业，而先以诗教振一朝之坠绪"①，他之所以宗韩愈，更多的是要学习韩愈那种为天下而高歌的气概和气度，意欲力挽狂澜拯救国家于衰亡的豪迈自信、为国为民呼号一生的执着精神，"杜诗韩文所以能百世不朽者，彼自有知言、养气工夫。惟（唯）其知言，故常有一二见道语，谈及时事，亦甚识当世要务。（唯）其养气，故无纤薄之响"②，其宗宋不仅迎合了当时的社会背景，国家兴亡匹夫有责，而一生以教学为主行为处事颇有六朝之风的王闿运则崇尚诗歌的自然含蕴的美学境界和浑然天成的艺术风格，其宗汉魏六朝诗歌是意欲于喧嚣乱世中辟一处清净修身之法，故极力反对诗歌的"诗以载道"，追求的是非功利的纯艺术层面的诗歌理论。

二、同光体诗人对王闿运诗学的疏离

"同光体"是光绪、宣统年间兴起的承袭道光咸丰年间"宋诗派"而来的诗歌流派，代表诗人主要有陈三立、沈曾植、陈衍等。"同治年间（1862—1874），郑珍、莫友芝、曾国藩、何绍基等人先后去世，中期宋诗运动告一段落，但它的余响并未消歇。大约在光绪十年（1884）前后，诗坛上又出现了沈曾植、陈衍、陈三立、郑孝胥等一批年轻诗人，他们以宋诗正统自居，互相标榜，形成了一个新的流派，这就是后期宋诗派，俗称'同光体'。"③"同光体"依然是要改变明以来诗学盛唐的局面："同光体者，余与苏戡戏目同、光以来诗人不专宗盛唐者也。"④

---

① 金天羽：《答苏戡先生书》，《天放楼文言》，苏州文新印刷公司，1927年版，卷十，第8页。
② 《曾国藩全集·日记》，第159页。
③ 任访秋：《中国近代文学史》，开封：河南大学出版社，1988年版，第259页。
④ 陈衍：《石遗室诗话》，《陈衍诗论合集》，钱仲联编校，福州：福建人民出版社，1999年版，卷一，第6页。其实这个名字"同光体"是不确的，钱仲联在其《论"同光体"》曾有详细的论述，即他们主要活动在光绪以后，同治年间他们还没有进行诗歌唱和。

他们虽然是承继宋诗派而来，但难免不会受到当时诗坛巨擘也是前辈的王闿运的影响。同光体诗人或诗学之，或与之诗歌唱和，或极力批判之，总之都和王闿运有或多或少的交集。

关于"同光体"诗人陈三立诗学王闿运一事谭延闿曾有文字记载："陈散原，举世论其学黄山谷，然散原语我，少时实用湘绮之说，中年放笔，自成标格。友人争以山谷相推，其实未尝摹拟山谷一字也，吾深信此言。盖取法乎上，仅得乎中。"①对陈三立诗歌评价甚高的汪辟疆也有类似之语：

> 至陈散原先生，则万口推为今之苏黄也。其诗流布最广，工力最深，散原一集，有井水处多能诵之。盖散原早年习闻湘绮诗说，心窃慕之。颇欲力争汉魏，归于鲍谢，惟自揣所制，不及湘绮，乃改辙以事韩黄。②

陈正宏《新发现的陈三立早年诗稿及黄遵宪手书批语》一文也有力地证明这一点："诗稿卷二载有三首相关之作，即《六月三日湘绮翁招集碧湖消夏作呈同游》《王先生闿运招集碧湖诗社以弟丧未与补赋应教一首》《己丑岁二月入京阻风于洞庭作示同游王院长闿运瞿学士鸿禨孔庶常宪教》，三诗分别作于光绪十三、十四、十五年（1887—1889）。其中光绪十三年所撰《六月三日湘绮翁招集碧湖消夏作呈同游》云：'火云六月烧天赤，坐据匡床转愁疾。……'这样的诗，和《湘绮楼诗集》里光绪十二年前后的作品，无论风神抑或遣词造句方式，都是颇为相似的。"③由此可以肯定陈三立早期诗作深受王闿运的影响，后来极力疏离王闿运对其诗歌创作的影响，诗风渐变。

同光体的另外一位诗人沈曾植和王闿运也曾多次谋面，并有诗歌来往。沈曾植有《喜湘绮至沪》四首、《闻湘绮有行期，病阻未出，作诗洵之》等诗作，王闿运亦有《寄沈子培》一诗："数别娱园又五年，离心来往皖江边。鹓鸿得侣霄分路，乌鹊横桥月正弦。瓜果空庭山悄悄，蘼芜千里思绵绵。遥知拄笏清吟罢，怅望银河定不眠。"④沈曾植亦推重六朝，沈曾植的"三关说"以元嘉代替陈衍的"三元说"中的开元，把诗歌推源至六朝。虽然沈曾植和王闿运推源六朝的途径不同，王从诗歌艺术成就入手，而沈曾植则是从经学、禅理、山水诗等入手："吾尝谓诗有元祐、元和、元嘉三关。公于前二关均已通过，但着意通第三关，自有解脱月在。元嘉关如何通法？但将右军《兰亭诗》与康乐山水诗

---

① 《谭组庵论诗书手札》。
② 《汪辟疆文集》，第300页。
③ 陈正宏：《新发现的陈三立早年诗稿及黄遵宪手书批语》，《文学遗产》，2007年第2期，第111页。
④ 《湘绮楼诗文集》，第1851页。

打并一气读。"①沈曾植和王闿运在评价陶渊明方面异曲同工,沈曾植注重陶诗歌内在气质。如评《荣木》云:"志气愤迅。"②评陶诗《形影神》云"顿挫怫郁,力透纸背。"③一改前人对陶渊明诗歌淡雅素朴田园诗风的评价,更多的是关注陶渊明诗歌中沉郁顿挫的诗风。王闿运评《饮酒二十首》云:"此二十首,具见陶公峥嵘壮气。后人专以陶为冲凝,失之远矣。"又批第三首诗云:"大学问,大性情。"④两人皆能于陶渊明冲淡诗风之外欣赏其峥嵘顿挫的一面。

沈曾植对王闿运的《八代诗选》的接受经历了一个从否定到认同的过程,其《王壬秋选八代诗选跋》云:"客中无书,以四百钱置此,伪舛极多,不知其抄集时据何本?湘中无校刊学,近始有为之者。而后生争言世事,无复好古者承流接响矣,可为太息也。己亥大雪节后二日,五更微雨,不能成寐,起读支、谢诗数过,于诸文句颇渐领解。乃知选注之佳,向来讽味,只得其麟爪耳。"⑤可以说在汉魏六朝诗歌范畴,王闿运和宗宋诗人的旨意是相同的。

三、王闿运和宗宋诗人唐诗学思想的差异

宗宋诗人诗学目的是要破除沿袭甚久已有痼习的"诗必盛唐"的诗学局面。而要达到这样的目的,就要寻找一条能弥合唐宋之争的最佳途径,这个途径就是由苏、黄上溯至韩、杜。相对杜甫,韩愈是沟通这样一条线索至关重要的关键人物:"退之者,唐代文化学术史上承先启后、转旧为新关捩点之人物也。"⑥韩愈是文化学术转变的核心人物世无异议,所以纵观文学史上的唐宋之争,其实也就是韩愈之争。就晚清宗宋诗人来看,他们所倡导的由韩愈至宋这样诗学体系的理论支撑主要有三方面:一是杜韩并称,给予韩愈诗文以经典的地位;二是把由韩所开创的以文入诗、以议论入诗、以学问入诗作为"不俗"的诗歌主张的出发点;三是高度肯定时代衰落所体现在中唐至宋诗歌中的变风变雅。

(一)杜韩并称

宗宋诗派对韩愈地位的重新确立,最突出的一点,是突出强调韩愈和杜甫的

---

① 沈曾植:《澥湖遗老集序》,金蓉镜《澥湖遗老集》,1928年版,刻本。又见郭绍虞主编《中国历代文论选》,第四册,上海:上海古籍出版社,1980年版,第291页。
② 沈曾植撰,钱仲联辑:《海日楼札丛(外一种)》,上海:中华书局上海编辑所,1962年版,第275页。
③ 《海日楼札丛(外一种)》,第275页。
④ 《同声月刊》,第一卷,第43号。
⑤ 《海日楼札丛(外一种)》,海日楼题跋,第43—44页。
⑥ 陈寅恪:《金明馆丛稿初编》,上海:上海古籍出版社,2020年版,第336页。

同一诗学地位，使得"杜韩"并称代替明至清中叶"李杜"并称，成为这一时期诗学中一个重要且频繁出现的用词。如评价莫友芝诗云："探义山、黄、陈之奥，而融去犷晦，以自造杜韩之门庭者"①，评价郑珍诗："早年胎息眉山，终扶韩以归杜"②，"历前人所未历之境，状人所难状之状，学杜、韩而非摹仿杜、韩"③。而同光体诗人则是"诗至晚清同光以来，承道咸诸老蕲向杜韩，为变风变雅之后，益复变本加厉"④。"杜韩"成为宗宋诗人诗学中一个重要特征，这为宗宋诗人拓展他们的诗学理论，把宋诗和唐诗融合为一体寻找到的一个非常好的切入点。当然，宗宋诗人对韩愈的选择并没有只停留在"杜韩"并称的诗学层面，他们的主要目标是对宋诗风之开启有着比杜甫更为重要意义的韩愈，如曾国藩云：

> 宋兴既久，欧、苏、曾、王之徒，崇奉韩公，以为不迁之宗。适会其时，大儒迭起，相与上探邹鲁，研讨微言。群士慕效，类皆法韩氏之气体，以阐明性道。⑤

陈衍也云：

> 昌黎则尤多不转韵者（如《石鼓歌》、《山石》、《寒食日出游》、《赠张功曹》、《谒衡岳庙》、《赠崔评事》，其最著者）。开北宋诸大家之先路。⑥

韩愈的新诗风为宋代诗人开拓了新的创作领域和进一步发展的空间，所以宋代诗人对韩愈的选择除了归因于诗歌发展的规律，也可以视为是宋代诗人自己主动的选择。而晚清宗宋诗人对韩愈的选择则是源于通过韩愈上可溯至杜甫，下可至宋代的苏轼和黄庭坚。钱基博有一段话很好地道出了宗宋诗人选择韩愈的原因：

> 道光而后，何绍基、祁寯藻、魏源、曾国藩之徒出，益盛倡宋诗。而国藩地望最显，其诗自昌黎、山谷入杜，实衍桐城姚鼐一脉。鼐每诏人，谓："学诗，须先读昌黎，然后上溯杜公，下采东坡，于此三家，

---

① 黄统：《郘亭诗钞序》，莫友芝《郘亭诗钞》，同治五年江宁三山客舍修补本，第2页。
② 郑知同：《东洲草堂诗钞序》，何绍基《东洲草堂诗钞》，同治六年（1867年）版，长沙刻本。
③ 《陈衍诗论合集》，第882页。
④ 《陈衍诗论合集》，第1074页。
⑤ 《曾国藩全集·诗文》，第334页。
⑥ 《陈衍诗论合集》，第1034页。

得门径寻入，于中贯通变化，又系各人天分"。①

宗宋诗人学自桐城派出，强调学诗先学韩然后学杜并学苏，俨然也是将韩愈置于不可或缺的维系唐宋诗一体的核心地位。可以说，宋诗派强调"杜韩"并称不仅给予韩愈和杜甫一样的诗学地位，同时又通过韩愈启宋诗风这一世无异议的事实来重建唐宋一体的诗学体系，韩愈不仅是宗宋诗人建立自己诗学理论的重要切入点，也是消除唐宋诗歌优劣论的有力证据。具体地说，就是以传统的"知人论事"的方法，通过韩愈及其诗学，来肯定宋诗派的合理性。从某种意义上说，这是一种理论的建构，不仅推进了韩愈及中唐诗学的研究，也推进了唐宋一体论的演进。

（二）肯定韩愈的"学人之诗"

钱钟书曾说"同光而还，所谓'学人之诗'，风格都步趋昌黎"②。所谓的"学人之诗"其实就是要学有根底，如韩愈的以文入诗，以议论入诗，以学问入诗，以考据入诗，熔铸经史。宋诗派的郑珍在《跋韩诗符读书城南首》时就说道："竹垞先生评文章经训数联云：论读书必归到经术行义上，此昌黎学有根本处，最得其旨。"③又如陈衍评价祁寯藻的诗："祁春圃相国有《题馥饥亭集》诗及《自题馥饥亭图诗》并序，已见前第十一卷，证据精确，比例切当，所谓学人之诗也。而诗中带著（着）写景言情，则又诗人之诗矣。"④诗歌毕竟以抒情言志为重，故宋诗派诗人特别强调学人之言和诗人之言的合二为一，"文端学有根柢（底），与程春海侍郎为杜为韩为苏、黄，辅以曾文正、何子贞、郑子尹、莫子偲之伦，而后学人之言与诗人之言合也"⑤。早期的宗宋诗人学韩是为了学宋，同光以后的宗宋诗人则有了更多的反思，他们主张学人之言和诗人之言的合二为一，两者缺一不可，但其中尤以学有根底最为重要，性情可自深厚的经史考据之学问中出。而更深层次的原因正如学者所言："道咸以后的宋诗派作者，兼容汉宋，一来是风气转变，更符合清代统治者的政治用心。二来文人是就学问而论诗，目的在于诗歌的讨论，而非学问的讨论，故态度比较客观融和。考据与义理对他们来说，大抵是二而为一的两回事，而不是重叠的一回事。……观宋诗派诸诗人集中的选诗注诗，大多从知人论世，考据典实，发明义理，词义注解等方面著（着）笔，可

---

① 《现代中国文学史》，第35页。
② 钱钟书：《学人之诗》，《谈艺录》，北京：三联书店，2007年版，第462页。
③ （清）郑珍：《巢经巢文集》，上海：中华书局，1934年，卷五，第57页。
④ 《陈衍诗论合集》，第382页。
⑤ 《陈衍诗论合集》，第875页。

见他们非把做学问的工夫停在考据上,而是包括了思想的层次,表现人文精神,也符合此派诗论所依据的以人为本的文化观念。"①推重韩愈的以学问入诗其实仍然是为建构宗宋诗人的理论体系,在此基础之上强调诗歌中的现实主义精神,不仅符合时代也可以更有力推进诗学思想的影响力。而且宗宋诗人也身体力行把诗歌作为一种精神的文字的武器,故他们的诗歌如"年谱也,语录也,亦史料也。可以鼓人才,厚人道,正人纪。盖必如是,始可以为诗人,夫亦有所受之也"②。也就不足为奇。

(三)关于韩愈"变风变雅"之诗歌

随着晚清局势的逐步恶化,清政府文禁松弛,文人们从开始只谈"经济之学",慢慢"渐有敢言之精神耳"③。文人们强烈的社会责任感和忧患意识逐渐敢流露于诗文创作:

> 诗至晚清同、光以来,承道咸诸老蕲向杜韩为变风变雅之后,益复变本加厉,言情感事,往往以突兀凌厉之笔,抒哀痛逼切之辞。甚且嘻笑怒骂,无所于恤。④

这里提到杜韩的"变风变雅",其实也就是社会由盛变衰、政教颓坏在诗文中的反映,"雅变于上,风变于下,天下之变急。"⑤杜韩时期的唐朝经历安史之乱社会由盛至衰,而宋朝则一直遭受异族的侵扰,虽然晚清的艰难处境远甚于其他任何朝代,但身处其中的晚清文人诵读诗文,杜韩至宋的"无不感讽引谕,长言嗟叹"⑥的诗歌风格和精神无疑是最能契合他们当下的各种情绪。故他们诗学杜、韩、苏、黄,学习他们的佶屈聱牙、突兀凌厉,其实也就是现实主义的书写方式。如陈衍所说:"余生丁末造,论诗主变风变雅,以为诗者人心哀乐所由写宣。有真性情者,哀乐必过人。时而齑咨涕洟,若创巨痛深之在体也。时而忘忧忘食,履决踵,襟见肘,而歌声出金石,动天地也。"⑦这种作境界俨然就是杜甫的语不

---

① 吴淑钿:《近代宋诗派诗论研究》,台北:文津出版社,1996年版,第71页。
② 陈宝琛对郑孝胥诗歌的评价之语,见郑孝胥著,黄坤、杨晓波点校:《海藏楼诗集》,上海:上海古籍出版社,2013年版,第577页。
③ 《陈衍诗论合集》,第1087页。
④ 《陈衍诗论合集》,第1074页。
⑤ 《陈衍诗论合集》,第1082页。
⑥ 《陈衍诗论合集》,第1066页。
⑦ 《陈衍诗论合集》,第1077页。

惊人死不休，以儒家刚贞之气来抒写现实以"补察时弊"。以至于陈三立也说："余与太夷所得诗，激急抗烈，指斥无留遗。"①挥斥方遒、敢于直言，这是文人的担当，也是社会责任感的最直观表现。

总之，宗宋诗派倡导宋诗的目的是"不以盛唐为宗"，但要打破诗宗盛唐就得重建一个体系，于是中唐就被置于他们诗学的核心地位。这样不仅扭转了诗学盛唐的局面，同时也为他们倡学宋诗奠定了很好的理论基础。而要重建中唐地位上承杜甫下启宋风的韩愈则是不二人选。韩愈和杜甫一样拥有经典的诗学地位，其诗歌中以学问入诗的特点和感天地动鬼神的儒家精神气概也更切合宗宋诗人的需要。

对于韩愈，王闿运整体是持反对和否定的态度，其否定的理由也正是宋诗派肯定的地方，一是批评韩愈为宋诗开了一个很不好的头，导致之后诗风大变，至宋更是变本加厉；二是不喜韩愈诗歌以议论入诗，"韩愈入议论矣，苦无才思，不足运动，又往往凑韵，取妍钓奇，其品益卑，骎骎乎苏、黄矣。"②三是更不喜欢韩愈诗中过于强烈的儒家意识，如击打着缶高声宣呼忠君爱国，表达过于外露，过于强烈，缺少含蓄之致，令人生厌。宋诗派和王闿运之所以如此判然有别显然都是为了打破他们认为有弊端的诗学体系来建构自己的诗学理论，而在真正进行诗歌创作时并不会或者说很难如此界定清晰。

如王闿运不反对由学问而入诗："非积三四十年，不能尽知古人之工拙。以三四十年之工力治经学，道必有成。因道通诗，诗自工矣。"③只不过他一直强调治经而有道，有道而自然入诗，注重的仍然是诗歌的自然生发。正如王闿运儿子所云："府君之诗不用经典字而能以经义入诗，实古人未辟之境也。"④不反对诗歌"熔铸经史"，但熔铸的要不显山露水，含蓄有致，有助于诗歌美学特质的凸显。因为在王闿运看来诗歌的第一首要目标是艺术美，故他并不苛求要由学问入诗："若性好文采，乐于吟咏，则由诗悟入，亦自捷径，而非可强求也。"⑤也正因此，所以他所谓的学人和陈衍所谓的学人有一定的距离。王闿运以"学"统领一切："孔子又分学、道、立、权为四等，以广诱学者。余惟（唯）以一'学'字该圣王，以切箴学者。"⑥其所谓的"学"是摒除一切名利之心，然后恒一不变地有志于学，

---

① 陈三立：《苍虬阁诗序》，见《海藏楼诗集》，第576页。
② 《湘绮楼诗文集》，第2161页。
③ 《湘绮楼诗文集》，第2328页。
④ 《清王湘绮先生闿运年谱》，第148页。
⑤ 《湘绮楼诗文集》，第2329页。
⑥ 《湘绮楼诗文集》，第526页。

乃为学人："十五志学，七十从心。从心者，如其十五所志，得为学人也。"①

  好名非求达之谓。方志于仁，而自谓仁人；方厉于学，则自命学人。则其志外驰，而言必违心，宋人尤多此弊。故学圣愈以诬圣，自命愈高，而行愈卑。学人下同于文人，文人不逮于古人，皆自欲标置误之。②

  强调学人能自始至终心无旁骛不求名利地学习，如一有所习得便欣欣然称己为学人，自然就有得意之色，驰骋外露之气。这样的态度显然是指向宗宋诗人动辄以"学人"自取的做法。诗歌中之议论、说理、用典的前提皆是在抒发己情的基础上自然地化用，而非先有炫弄学问之心。其实陈衍也有过类似的言论。

  余尝语乙庵，君耽史学，吾亦喜考据，其实皆为人作计，无与己事。诗虽小道，然却是自己性情语言，且时时足以发明哲理。③

  他认为史学、考据都是为他人作嫁衣，而非"为己"之事，也主张诗歌是抒发自己的性情，又"苏戡少日，尝书韦诗后云：为己为人之歧趣，其微盖本于性情矣。性情之不似，虽貌其貌，神犹离也。"④细究他们的文字，虽然有截然相反的地方，但有更多不谋而合之处。对于被历代诸多文人条分缕析的至为透彻的韩愈，王闿运和宗宋诗派的争论和文学史上韩愈之争的焦点是一样的，即开启宋诗风、诗歌中强烈的用世之心，和以文为诗、以议论为诗、以丑为美的诗歌特征。主诗歌圆润流丽、自然清新诗风的文人树韩愈为批判的靶子，而主变风变雅诗歌精神内涵的文人对韩愈则极尽褒扬之力。王闿运和宗宋诗人对韩愈诗歌的不同态度是复古与反复古的核心分歧，亦是审美与教化不同诗歌功用理念的反映。

  宗宋诗派通过肯定韩愈来为他们诗学宋诗提供强有力的理论根据和合理性，从而打破盛唐独占的诗坛局面，使唐宋诗歌走向一体；另外一深层原因即从韩愈的人格出发，其变风变雅的诗歌乃是一个知识分子所应该有的责任和意识的体现。身处末世的宗宋诗派诗人多半曾身居要职，有强烈的为国立命的儒家意识。在清廷不振、内忧外患的社会现实中，他们希冀通过韩愈这位在当时为振国威而冒着生命危险呐喊的斗士来张扬自己的儒家气概，并唤醒士人对国家命运的关注和担忧，所以宗宋诗人乃是"以恪守儒行，扶持纲常做人，以读书积气，涵抱名理作

---

① 《湘绮楼诗文集》，第 523 页。
② 《湘绮楼诗文集》，第 506—507 页。
③ 《陈衍诗论合集》，第 900 页。
④ 《陈衍诗论合集》，第 23 页。

诗，正是宋诗派自立、不俗的基本出发点。"①

王闿运对否定韩愈的重要目的是要端正汉魏六朝诗歌的雅正体系，否定中唐的韩愈即否定了有别于汉魏六朝诗风的尚怪求奇、多论重理的宗宋之诗风。和宗宋诗人对韩愈人格及诗歌的褒扬不同，王闿运则是从韩愈的人格到诗歌进行批判。在纷乱的时势下，王闿运觉得人最应该做的是通过诗文以自治，以期达到内圣外王的最高境界。所以他主张诗学五言以涵养自己的性情，反对诗歌创作有惊人之意，动人之心，反对杜甫、韩愈等人诗歌中的叹怀嗟悲和为儒家摇旗击鼓，把诗歌作为救时补阙的政治目的和工具。所以他喜欢盛唐之前诗歌的雅正、婉至和绮丽的诗风，这些诗歌虽然也有对现实的关怀，但更多的是给人一种审美愉悦。也是基于此，王闿运对中唐以后如白居易求俗的诗歌也非常不满。虽然他的选本对白居易诗歌选录很多，但其所选标准是："白诗五言皆有韵无味之文，此所选者尽取近古雅者，非白本色。"②而曾国藩的意见和王闿运恰恰相反：

　　浅字与雅字相背，白香山诗务令老妪皆解，而细求之，皆雅饬而不失之率。吾尝谓奏疏能如白诗之浅，则远近易于传播，而君上亦易感动。③

所以曾国藩《十八家诗选》选录了白居易的五十首《新乐府》，不仅肯定其平易浅显的诗风，也体现出作为晚清大吏注重"救济人病，裨补时阙"的经世致用和诗教的作用。陈衍也云："而韩昌黎（愈，字退之）、白香山（居易，字乐天）两派，崛起中唐。白诗多近《风》，韩诗多近《雅》、《颂》。"④仅此一点也足以看出王闿运和宗宋诗人之间最根本的理念差异，即重诗歌艺术特质还是诗歌的精神内涵。重视前者不喜韩白诗歌的直白，重视诗歌教化功用的则极其推崇韩愈和白居易等诗歌中的现实主义和儒家精神。

第三节　王闿运与其他诸派

晚清文坛除了宗宋诗派，其他诗派如"唐宋调和派"张之洞、"不名一家"李慈铭和"中晚唐诗派"易顺鼎、樊增祥等和王闿运一样都意欲在宗宋诗风之外另辟一径，一定程度上和宗宋诗风形成抗衡局面。李慈铭、张之洞和王闿运年龄

---

① 刘增杰、关爱和主编：《中国近代文学思潮史》，上海：上海文艺出版社，2008年，上卷，第82页。
② 《王闿运手批唐诗选》，第264页。
③ 《曾国藩全集·诗文》，第533页。
④ 《陈衍诗论合集》，第1033页。

相仿，彼此都有来往。易、樊则为张之洞弟子但也都深受王闿运的影响，他们的唐诗学虽然不尽相同但彼此又有很多相通的地方。

一、王闿运和李慈铭

李慈铭（1829—1894年），字炁伯，号莼客，浙江会稽人，官山西道监察御史。李慈铭和王闿运曾两次谋面，但两人对彼此的文字记载迥然。王闿运对李慈铭不置可否之辞，只说自己能和李慈铭往来其间："浙人赵㧑叔、李莼客，内外兄弟也。游京互相诋，宾客能往来两人间者，唯潘伯寅、徐寿衡及余。"①话语之间是对两者关系的客观陈述，而李慈铭对王闿运并不认同："前日香涛言，近日称诗家，楚南王壬秋之幽奥，与予之明秀，一时殆无伦比。然明秀二字足尽予诗乎？盖予近与诸君倡和之作，皆仅取达意，不求高深而香涛又未尝见予集，故有是言也。若王君之诗，予见其数首，则粗有腔拍，古人糟魄（粕），尚未尽得者。其人予两晤之，喜妄言，盖一江湖唇吻之士。"②对王之诗歌极尽贬斥之力，甚至上升到人格攻击，认为王闿运就是一江湖能说会道之人，直白点说就是江湖骗子，所以张之洞把他的诗和王闿运相提并论，让他非常恼火。不仅如此，据说"以王闿运命所居曰湘绮，李慈铭名其堂曰越缦，隐示相抗。"③根据许慎《说文解字》可知："绮，文缯也"；"缦，缯无文也"④，"绮"是有花纹雕饰的彩帛，"缦"则是质朴无文的素帛。王闿运多次公开说自己喜欢绮丽诗风，所以用"湘绮"来命名所居之楼。李慈铭诗词并非质朴无文，他自己也曾言少时喜欢"绮词"，所以李慈铭的"越缦"被视为是针对王闿运。两个人性格处事有很大不同，如两人都有日记，一为《湘绮楼日记》，一为《越缦堂日记》，前者甚简，后者至繁；一个略举人事应酬日课情况，一个无事不记，"上自朝章国故，奏报邸钞，下涉声色征逐，人物评弹，亦细大不捐，雅俗并陈，可云猥杂，识者病之。"⑤从此一点足见两人行为处事的不同。

李慈铭不满当时宗宋诗风，亦不满以王闿运为代表的汉魏六朝之诗风："道光以后，名士动拟杜韩，槎牙率硬而诗日坏，咸丰以后名士动拟汉魏，肤浮填砌而诗益坏，道光名士苦于不读书而务虚名，咸丰名士病在读杂书而喜妄言。"⑥又：

---

① 《湘绮楼诗文集》，第2178页。
② （清）李慈铭著，蒋瑞藻编：《越缦堂诗话》，杭州：浙江古籍出版社，第37页。
③ 《星庐笔记》，第9页。
④ （汉）许慎：《说文解字》，北京：中华书局，1963年版，第273页。
⑤ 《清人笔记条辨》，第337页。
⑥ 《越缦堂诗话》，第38—39页。

"风云月露,堆砌虚实,则以为六朝;天地乾坤,佯狂痛哭,则以为老杜。杂填险字,生凑硬语,则以为韩孟。作者惟(唯)剿(抄)袭剽窃以为家数。观者惟(唯)知影响,比附以为评目。"①不满宗宋诗歌之瘦硬艰涩,亦不喜复古派绮丽模拟之作。但李慈铭又何尝能超越两派创造全新的诗风,正如张之洞所云,他的诗学倾向和王闿运还是非常接近:"其专为骚选盛唐,如湘绮、陶堂、白香、越缦、南海、余杭诸家,亦皆学术湛深,牢笼百氏,诗虽与宋殊途,要足与学相俪,则又两宋诸诗家所未逮也。"②易宗夔也把李慈铭和王闿运归为一类:"李莼客及章太炎之五言,韵古格高,欲追湘绮,皆属此宗。"③李慈铭早期以模拟汉魏三唐为重,中年以后为了消除宗宋和复古的影响,提出"不名一家"之说。不过其所用力最多的仍是唐诗,尤其是杜甫诗歌,他在自序中说:"其为诗也,溯汉迄今数千百家,源流正变、奇偶真伪、无不贯于胸中,亦无不最其长而学之,而所致力莫如杜。"④李慈铭的诗歌风格兼有杜韩学人之长,又追求诗歌意境之美:"有的工密柔丽,有的疏朗沉郁,同时也有一些以考据见长的所谓学人之诗。李慈铭的七律较见功力。他的一些感喟身世的作品,能以洗炼(练)的语言开拓出幽冷清绝的意境。"⑤整体而言,李慈铭诗风与王闿运为近:"但发为诗歌,则又辞旨安详,声希味永,题咏金石书画之作,稍稍同于复初斋,要不失为雅音也。"⑥诗歌不艰涩乖张,而是涵咏悠远、意境清幽,不失雅正之致。

不过,李慈铭和王闿运在进行诗歌批评时所持的标准有所不同。李慈铭和宗宋诗人一样是站在儒家思想的立场来评判诗歌,其《答沈晓湖书》中列了五十五位儒生后云:"焚香酹醴,平生严事,所谓读其书思其人也。"⑦其中文人有陶渊明、杜甫、韩愈、杜佑、欧阳修、司马光、苏轼、陆游等人。因为站在儒家道德的立场,故对有六朝浮靡诗风的诗歌极为不满。

> 飞卿亦有佳处,七绝尤警秀。惟(唯)其大旨在揉弄金粉,取悦闺襜,荡子艳词,胡为相拟。至于沈、宋,唐之罪人耳,倾邪侧媚,附体金壬,心术既殊,语言何择。故其为诗,大率沿靡六朝,依托四杰。浮

---

① 《越缦堂诗话》,第38页。
② 《汪辟疆文集》,第287页。
③ 易宗夔:《新世说》,上海:上海古籍书店,1982年版,卷二,第38页。
④ (清)李慈铭:《越缦堂文集》,台湾:文海出版社,1974年版,第65页。
⑤ 《中国近代文学史》,第275页。
⑥ 《汪辟疆文集》,第311页。
⑦ 《越缦堂文集》,第155页。

华糵积,略无真诣,间有一二雕琢巧语而已。①

对初唐沈、宋的评价由人品及诗,认为他们人格卑劣,诗歌虽偶有成章者亦不足道。对温、李近体评价虽不低,但不满他们诗歌中的绮靡之风,认为他们诗歌中艳词闺语较多,不能畅舒理气,又无风雅寄兴,这样的诗歌即便偶有佳句,亦不足取。其他唐代诗人:"孟浩然诗未能免俗;储光羲诗多龙虎铅汞之气,田园樵牧诸篇,又迂阔不切事情。杜甫八哀诗钝滞冗长,绝少剪裁;韩退之诗可选者多,不可选者少,去其不可者甚难;白乐天诗可选者少,不可选者多,存其可者亦难。"②主风雅,反艳词,不喜不切时事的闲情吟作,推重杜甫、韩愈。

李慈铭和王闿运对七言古诗的评价亦不尽相同,王闿运认同杜甫之诗歌成就,但对李颀七古评价最高,认为他能兼唐人之长而无其短。李慈铭则独推杜甫:"太白七古超秀之中自然雄厚,不善学之便坠尘障,故七古终以少陵为正宗,学此者当于精实中讨消息,超而不沈,东坡之病也;秀而不实,东川之弊也。"③视杜甫七言古诗为正宗,为诗学的最佳对象。

李慈铭不反对宋诗,但他会把唐诗作为一种衡量的标准。如评陆游《感愤》、《书愤》等五首诗:"皆全首浑成,气格高健,置之老杜集中,直无丑色。此外清新婉约者尚有数篇,然仅到得中晚唐人境界。"④以杜甫诗歌为诗歌的最高标准,宋诗多半仅到中晚唐诗歌之水平。如:"灯下戏钞宋人绝句。宋人此事,固多明什,东坡、石翁、放翁、白石四家,尤清远逼唐人,然仅到刘文房、韩君平止耳,求如龙标、太白、李十郎者,竟不可得。即晚唐许丁卯之隽永,李玉溪之幽炼,寒冬郎之浓至,亦皆不及。此固时为之耶?"⑤盛唐诗歌成就最高,其次中唐,最后是晚唐,宋诗水最高也就是刘长卿等的水平,唐宋诗歌之高下优劣判然。

仅就晚唐诗歌而言,王闿运对晚唐诗歌最为贬抑:"看晚唐诗,即不成话,掷去不复看。"⑥湘本所选晚唐诗人及诗歌数量都最少。对李商隐亦有微词,认为其诗气度较小。李慈铭虽然对晚唐亦略有不满,但对杜牧、李商隐和罗隐评价尚高。

牧之诗力求生新,亦讲古法,故晚唐诸名家中,尤为铮铮。⑦

---

① 《越缦堂诗话》,第37页。
② 《越缦堂诗话》,第12页。
③ 《越缦堂诗话》,第9页。
④ 《越缦堂诗话》,第29—30页。
⑤ 《越缦堂诗话》,第11页。
⑥ 《湘绮楼日记》,第2367页。
⑦ (清)李慈铭著,由云龙辑:《越缦堂读书记》,北京:商务印书馆,1959年版,第632页。

义山诗律雅炼（练），固不待言。

昭谏诗格虽未醇雅，然峭直可喜，晚唐中之铮铮者，文亦蕲然有气骨，如其诗与人也。①

和王闿运以古体为批评重心不同，李慈铭多就唐代近体诗进行批评，他曾对王士禛的《唐人万首绝句选》进行评点，选批了其中 69 位诗人五七言绝句 112 首，除了王之涣、李白、王维、王昌龄、杜甫等几位盛唐大家之外，中晚唐诗人占绝大多数。其批语和王闿运的批语风范颇为相似。如温庭筠《赠弹筝人》："'钿蝉金雁皆零落，一曲伊州泪万行'高调。"也有对王士禛选诗的质疑。如批杨凭《送客往荆州》云："此诗无理已极，词意亦不相属，不解何以入选。"②就批语来看，李慈铭也偏重诗歌的淡远、涵蕴、格高韵远的美学倾向。很多批语和王闿运感悟基本一致，如王闿运对王昌龄《从军行》的评价是："高响是绝句正格。"③李慈铭的评价是"高亮"。又如柳宗元《酬曹侍御》"春风无限潇湘意，欲采苹花不自由。"一联，李慈铭批："太有骚怨夷犹之意。"④王闿运评："责己恕人，庶可以怨。"⑤皆从诗歌旨意来评，有异曲同工之妙。

李慈铭和王闿运一样不喜欢语浅意直之作，比较欣赏自然、浑成、超妙的诗歌风格，故他认为盛唐高不可及之处是"自然入妙"。其所创作的诗歌也不骋才使气、不怪涩瘦硬，而是有着温柔敦厚之风、自然清新之特色。从这一点看，王、李二人还是有很多共同之处。

二、王闿运和张之洞

张之洞（1837—1909 年），字孝达，号香涛，又号壶公、刨冰，室名广雅堂。河北南皮人，又称张南皮。他对王闿运评价很高，他曾在《致潘伯寅》的信中提及："壬秋之诗则信精美矣"⑥，又有诗赠王闿运："王功多楚产，君独好文学。菀枯若转毂，一士翔寥廓。四学并甄综，六笔咸宏博。报罢意无闷，雅尚在述作。……"⑦

---

① 《越缦堂读书记》，第 633、635 页。
② （清）李慈铭：《越缦堂读书简端记》，天津：天津人民出版社，1980 年版，第 48 页。
③ 《王闿运手批唐诗选》，第 1271 页。
④ 《越缦堂读书简端记》，第 470、477 页。
⑤ 《湘绮楼诗文集》，第 2102 页。
⑥ （清）张之洞：《张文襄公书札》，《续修四库全书》，上海：上海古籍出版社，2002 年版，第 1561 册，第 428 页。
⑦ （清）张之洞，庞坚点校：《张之洞诗文集》，上海：上海古籍出版社，2008 年版，第 51 页。

又言："君去江干兰自芳，君诗荡气更回肠。欲从无奈湘潭水，我亦金门执戟郎。"①但张之洞的生活轨迹和王闿运毕竟有天渊之别，两人在诗学观上也有很大的不同。张之洞以儒家自许："余性鲁钝，不足以窥圣人之大道，学术惟（唯）与儒近。"②所以他论述诗歌亦是从儒家正统思想出发，反对六朝绮靡之风，亦反对诗学六朝，主张诗歌以学问为根底，这一点可能是受到宋诗派的影响。张之洞祖籍为河北人，但长于贵州，而贵州宋诗派诗人郑珍、莫友芝都和张之洞有交往。他曾在给莫友芝的诗中写道："蚤年高名动帝都，西南郑莫称两儒……涩体惯作孟郊语，瘦硬能为李潮书。"③郑、莫即郑珍和莫友芝，两人皆主张以学问入诗，同时非常重视诗歌中的儒家精神。不过张之洞并不力求宗宋，而是提出"宋意入唐格"，即用唐代诗歌的风格意境融合宋代诗歌的张力和精神。

就唐诗而言，张之洞比较推重杜甫，推重他诗歌中所体现出来的现实关怀。如他的《杜工部祠》云："凭仗诗篇垂宇宙，发挥忠爱在江湖。"④杜甫诗篇传诵千古，其诗歌中的一腔忠爱之心更是感人至深："岂是诗笔吐光焰，实惟忠笃通穹苍。"⑤与其说杜甫以诗名，不如说因其忧国忧民之心才使得他的诗歌光焰万丈。一生为官的张之洞曾任职江西巡抚、两广总督，他的内心有极强烈的用世之心和社会关怀。张之洞亦诗学白居易，曾有诗："亦有刑天精卫句，千秋独诵白家诗。"⑥又："诚感人心心乃归，君臣末世自乖离。岂知人感天方感，泪洒香山讽喻诗。"⑦对白居易的敬慕之情溢于言表。

张之洞取宋意入唐格，意在调和汉魏六朝诗派与宋诗派。他自己的诗歌风格趋于雍容雅致和清切宏丽。如钱仲联所说："无分唐宋，并咀英华。要以敷腴为宗，不以苦僻为尚。抱冰一老，领袖群贤，樊易承之，拓为宏丽，此一派也。"⑧胡先骕亦说张之洞："以诗领袖群英，颉颃湖湘、江西两派之首领王壬秋、陈伯严，而别开雍容雅缓之格局，此所以难能而足称也。"⑨"雍容雅缓"是一种中和之美，亦有一种局度宽厚之势。正如马亚中所评价："而唐宋调和派则调适于两种倾向（笔

---

① 《张之洞诗文集》，第 55 页。
② 《张之洞诗文集》，第 213 页。
③ 《张之洞诗文集》，第 17 页。
④ 《张之洞诗文集》，第 3 页。
⑤ 《张之洞诗文集》，第 93 页。
⑥ 《张之洞诗文集》，第 191 页。
⑦ 《张之洞诗文集》，第 186 页。
⑧ 《民国诗话丛编》，第六册，第 217 页。
⑨ 《张之洞诗文集》附录三，第 495 页。

者案：两种倾向即作者在上文提及的汉魏六朝诗派的'返璞归真'和同光体'由疏趋密'）之间，追求中和之美，以流畅自如，情彩生动，气势充沛为目标，在风格上接近唐诗。"①张之洞的"雍容雅缓"的诗风其实和王闿运的"宽和"一说比较接近，这应该也是张之洞对王闿运诗文评价较高的原因之一。张之洞诗歌也主要以五言古诗为重"公诗诸体自以五古为最佳"②，只不过王闿运注重诗歌的艺术审美，而张之洞则更为重视诗歌中对现实的关怀和呈现。

三、王闿运和易顺鼎、樊增祥③

易顺鼎（1858—1920 年），字实甫，又字中实，晚号哭庵，湖南龙阳人。樊增祥（1846—1931 年）字嘉父，号云门，别署樊山，又号天琴老人，湖北恩施人。樊增祥和易顺鼎被视为晚清"中晚唐诗派"的代表诗人，两人皆为张之洞弟子，"有兼采唐宋的一派，代表为张之洞，其门下有樊增祥、易顺鼎"④，又被视李慈铭一派，"其诗好艳体，富才情，以用事对仗为能，与易顺鼎齐名，在清末民初诗坛上颇有影响，人称'樊易'，一生多受张之洞识拔，而诗论实与李慈铭较近"⑤。也有学者视他们为湖湘诗派中的"别派"，"若夫樊易二家，在湖湘为别派，顾诗名反在湘派诸家之上"⑥，两人都和王闿运有深入的交往。

易顺鼎的父亲易笏山和王闿运交往甚密，王闿运在《日记》中记录了二人交往。易笏山曾为王闿运编撰的《尊经书院初集》写序⑦，其《函楼文钞》中有《答王壬秋》和《复王壬秋》两文⑧。易顺鼎早期师从王闿运，被王闿运视为"圣童"。易顺鼎早期诗学汉魏六朝诗歌，其光绪五年刊刻的《楚颂楼诗集》中有很多以"拟"为题的诗歌，如《拟行行重行行》《拟青青河畔草》《拟青青陵上柏》等诗，不过其诗学也是转益多师，不拘一家，尤以晚唐为重。陈衍评价易顺鼎学诗，"各卷诗，学谢、学杜、学韩、学元、白无所不学，无所不似，而以学晚唐为最佳"⑨，又

---

① 马亚中：《中国近代诗歌史》，台北：台湾学生书局，1992 年版，第 544 页。
② 《张之洞诗文集》附录三，第 497 页。
③ 樊易二人曾受到王闿运影响，且诗风和王闿运也较接近，本应置在王闿运影响下的诗歌接受一章，但因为樊易乃为张之洞、李慈铭之弟子，所以把他们放在张李之下。
④ 《梦苕庵论集》，第 179 页。
⑤ 黄霖：《近代文学批评史》，上海：上海古籍出版社，1993 年版，第 278 页。
⑥ 《汪辟疆文集》，第 295 页。
⑦ （清）易佩绅：《尊经书院课艺序》，易佩绅《函楼文钞》，清光绪二十年（1894 年）刻本，卷二，第 15 页。
⑧ 《函楼文钞》，两文分别写于同治十一年（1872 年）八月和光绪十一年（1885 年）七月，卷四，第 24-45 页。
⑨ 《陈衍诗论合集》，第 14 页。

言:"近于温、李者居多。"①易顺鼎的思想中兼有释道两家,在创作上受庄子、贾岛、李贺、李商隐、杜牧的影响,自言"诗骨僧时疑瘦岛,文心仙处爱蒙庄"②,诗歌于孟郊、李商隐为近。但他的诗歌风格多变,光绪三十四年(1908年)刊刻的《琴志楼游仙诗集》较之光绪五年(1879年)刊刻的《楚颂楼诗集》有了很明显的不同,后者多拟古之作,前者则已能出入汉魏六朝,并能出唐入宋,甚少有直接模拟之作。张之洞评价易顺鼎光绪十四年(1888年)至光绪十八年(1892年)创作的《庐山集》一卷云:"有数首颇似杜韩,亦或似苏,较作者以前诗境,益臻超诣,信手才过万人者矣。"③甚至有时候他的诗歌风格趋于王闿运,如陈三立评易顺鼎《归舟阻风遂游岳作》:"深秀类湘绮。"④易顺鼎创作甚丰,且文采较高,"实甫童年奇慧,世以怀麓目之。早负诗名,足迹几遍天下,所至成集,随地署名合编为《琴志楼集》,诗体屡变,中以庐山诗为最胜,张文襄赏之,曾加评点。《四魂》,以后日趋恢诡,虽以务为工对,杂用俚言,为世讥诃,而才笔纵横自是健者,方诸舒铁云王仲瞿,殆相伯仲"⑤。各主一家,亦不为一家所限。

樊增祥是李慈铭和张之洞的门人,和王闿运也往来无间,有《读湘绮楼诗奉题一首》:"天马神龙不可羁,沈潜学海独探骊。"⑥王闿运也有《结交诗,贻陕藩樊承宣增祥》《霸上别樊山》等诗,其诗句有:"惺惺自昔长相惜,愿煮青梅论夙心。"⑦颇有志同道合之感。张之洞认为樊增祥和王闿运为洞庭南北两大诗人"张香涛常谓洞庭南北有两诗人:王壬甫五言,樊樊山近体,皆名世之作"⑧。樊增祥诗学李慈铭不主一家,但又有宗唐主宋的倾向。不过和樊增祥有交往的李肖聃认为其:"遗诗凡万余首,尝自述其作,树义常丰,述情必显。盖其清切典练,与晚唐名家相近。"⑨诗歌近晚唐,喜欢绮丽之语。王闿运说绮丽是其志向所求。而樊增祥则说"仆性耽绮语"⑩,又言:"余情绮丽复飞腾"⑪以绮丽之情学飞腾之境。因为对绮丽诗风的喜爱,樊增祥对宫体诗和游仙诗表现出极大的热情。

---

① 《陈衍诗论合集》,第897页。
② 任访秋:《中国近代文学史》,开封:河南大学出版社,1988年版,第273页。
③ 易顺鼎著,王飚校点:《琴志楼诗集》,上海:上海古籍出版社,2012年版,第1524页。
④ 《琴志楼诗集》,第652页。
⑤ 《琴志楼诗集》,第1532页。
⑥ (清)樊增祥著,涂晓马、陈宇俊校点:《樊樊山诗集》,上海:上海古籍出版社,2004年版,第1063页。
⑦ 《湘绮楼诗文集》,第1833页。
⑧ 《新世说》,卷二,第38页。
⑨ 《星庐笔记》,第10页。
⑩ 《樊樊山诗集》,第1465页。
⑪ 《樊樊山诗集》,第2022页。

> 余学诗自香奁入，《染香》一集，流播人间，什九寓言，比于漆吏。良以僻耽佳句，动触闲情，不希庑下之豚，自吐怀中之凤。少工侧艳，老尚童心。往往撰叙丽情，微之、义山勉然可至。……昨和宋人《十忆诗》，以原作思窘而语平，意单而词复，展为四十首，以存宫闱真面。而灵犀触拨，绮语蝉嫣，更取十题，各为六解，并前所作，恰得百篇。曹唐《游仙》，王建《宫词》皆其类也。录示知己，亦以自娱。
>
> 寻常篇咏皆宫体，记否前身王仲初。
>
> 最爱张王新乐府，不嫌诗格如优俳。
>
> 自丁巳讫乙巳，积诗数千百首，大半小仓、瓯北体，余则香奁诗也。……余三十以前，颇嗜温李，下逮西昆，即《疑雨集》、《香草笺》亦所不薄，闲情绮语，传唱旗亭。①

樊增祥所取之诗有曹唐游仙诗，张籍和王建的新乐府，王建宫体诗和温李诗等，其集中有《雪中效曹唐体》《效唐人西宫怨》等直接标明仿唐之作。王闿运对唐宫词、游仙诗也较为推重，其蜀本、湘本中皆特辟一卷选录唐宫词和游仙诗。蜀本选录了王建和王涯宫体诗各79首、14首，曹唐游仙诗66首；湘本所选诗歌数量有所删减，选录了王建宫词73首，王涯宫词14首，曹唐游仙诗49首。其中，王建、曹唐诗歌数量分别位居七言绝句卷中的第一、第二位。

樊增祥比较喜欢清新、平淡的诗风，不喜冷僻奇诡之诗："笔尖删冷字（余诗不喜僻涩），锦地爱明光。"②又："解道多师是我师，老怀平淡谢恢奇。"③又："风襟老去益宽闲，理障诗魔一例删。"④不喜欢以考据入诗、以学问入诗，追求诗歌的自然清新之风。

樊、易二人，虽然受张之洞和李慈铭影响较大，但皆能不为其所囿，诗风多变，总的来说诗近晚唐。他们以诗文为游戏："诗文小道何重轻，况我此举近游戏。"⑤并认为王闿运亦是如此："崎岖仕路闲为福，游戏文章老意奇。"⑥把诗歌创作视为自娱自乐。

作为晚清的传统文人，中国古典诗歌一脉相承的发展特点和固有的诗歌样式

---

① 《樊樊山诗集》，第624，653，656，775，1476页。
② 《樊樊山诗集》，第1387页。
③ 《樊樊山诗集》，第1392页。
④ 《樊樊山诗集》，第1566页。
⑤ 《樊樊山诗集》，第1771页。
⑥ 《樊樊山诗集》，第1562页。

使得他们所浸润到的诗歌背景并无太大差距。而且诗歌发展至清,经过众多文人的论说、研讨、选录和评点,不同时期的诗歌特点和优劣基本上已清晰呈现。对于仍执着于对前代诗歌风格的推崇和学习的晚清诸派文人而言,诗学过程和诗学对象的选择就注定他们的诗作在某一方面是彼此相同或相通的。而之所以能独立区别于其他派别,源于他们有自己鲜明的诗学主张、明确的诗歌立场和突出的诗歌论点,从而可以旗帜鲜明地传达自己的诗歌思想和理念,也易于介入、搅动甚至改变当时沉滞的诗学氛围。王闿运身体力行倡导模拟八代诗歌,追求自然、浑厚、含蓄的艺术美,力图通过复古使诗学风尚回归雅致超妙的汉魏六朝风格,同时,通过学古以涵养性情使得末世不古之人心能趋于淳厚真实;而宗宋诗人由学宋而求变,"对杜、韩、苏、黄诗学风范和质实、厚重、缜密诗美境界的追求,加之清代穷研经史士林风气的影响,它所选定的艺术道路是借经史以自立,以学问求不俗。它要求诗人要有学力根柢(底)与书卷积蓄,读书养气,儒行绝特,破万卷而理万物"①。追求诗歌变风变雅的儒家精神,目的是要通过求真求变于国家危亡、诗道衰落之际重振诗歌的社会教化的功用,具有深切的文化和社会的关怀;而宗中晚唐的诗人则是通过学中晚唐消极苦闷一派来宣泄自己处于同样社会末世的苦闷和矛盾的心理,一方面欲反映现实,一方面又消极逃避;唐宋调和派则欲调和唐宋诗歌使诗风归于温柔敦厚,重塑诗歌的儒家温厚的诗歌典范已实现诗歌教化功用。而李慈铭则于宗宋和复古之外以"不名一家"为旗帜打造自己的诗学理念,其诗歌之目的是开启较为融通的宽泛的诗学门径。如果要探究他们诗学思想不同之根本,则是诗歌功用看法的不同而已,如曾国藩、邓辅纶等高唱诗歌"诗以载道"的功用,欲以唤起文人志士忠贞的爱国之情,而王闿运、易顺鼎等极力推崇诗歌"言情"的艺术特点,意欲使诗歌创作回归艺术本位。虽然这种诗歌特质之争并不新鲜,但在国家摇摇欲坠、古典文学渐趋式微的晚清,这种对诗歌功用的探讨对人心的鼓舞和安慰,对诗歌发展的丰富和充实还是有一定的意义。

---

① 《中国近代文学思潮史》,上卷,第 81 页。

第七章　王闿运影响下的晚清唐诗学

王闿运先后在尊经书局、船山书院教授数十年，虽然生逢末世、乱世，西学冲击之下，能传其学者不多，"门生遍湘蜀，而传其诗者甚寡。迄同光体兴，风斯微矣"①。但王闿运的影响还在，其中受王闿运影响最明显的是他的弟子及后学者夏敬观，如湖南弟子近中晚唐，四川弟子调和盛唐与中唐；非王闿运弟子但对其非常推重的曾广钧、夏敬观等也承袭和学习的一面。

第一节　王闿运影响下的湖南唐诗学

王闿运年轻时在长沙城南书院与邓辅纶、邓绎等诗文唱和时，诗名已经远扬，后又主讲长沙思贤讲舍、掌教衡阳船山书院数十年，对湖南诗风影响至深，被视为近代湖南诗坛的领军人物，"湖湘派近代诗家，或有目为旧派者。其派以湘潭王闿运为领袖，而杨度、杨叔姬、谭延闿、曾广钧、程颂万、饶智元、陈锐、李希圣、敬安羽翼之"。这派文人更多地倾向唐诗，"湘绮而外，若重伯、实甫、陈梅根、饶石顽、李亦元、寄禅诸家，多尚唐音"②。虽然都以学唐为主，但具体的诗学对象又有所不同，如曾广钧、李希圣等近李商隐，释敬安、杨钧则趋于孟郊，杨度重盛唐。

一、扬唐抑宋的释敬安

释敬安（1851—1912 年），字寄禅，俗名黄读山，因烧两指供佛，所以自号"八指头陀"，曾诗学王闿运和邓辅纶。叶德辉对其诗承及诗歌特点所述甚详："寄师盛年，从武冈邓白香、吾邑王湘绮两先生游。其诗宗法六朝，卑者，亦似中、晚唐人之作。中年以后，所交多海内闻人，诗格骈宕，不主故常，骎骎乎有与邓、王犄角之意。湘中固多诗僧，以余所知，未有胜于寄师者也。"③汪辟疆把释敬安喻为"黄面佛黄文烨"，认为其诗在湖湘别具一格，"寄禅诗在湘贤中为别派，清

---

① 《汪辟疆文集》，第 327 页。
② 《汪辟疆文集》，第 294、370 页。
③ 叶德辉：《八指头陀诗集序》，见释敬安著、梅季点校《八指头陀诗文集》，长沙：岳麓书社，1984 年版，第 535 页。

微澹远,颇近右丞。惟(唯)喜运用佛典,微堕理障"①。这一点王闿运在给释敬安诗集写的序中也有说明,"初不识字,忽有慧悟,通晓经论,有逾宿腊。然颇癖于诗,自然高澹,五律绝似贾岛、姚合,比之寒山为工,湖外(外疑为州)朴俭"②。一年之后他又写道:"余初序之,引贾岛以比,意以为不过唐诗僧之诗耳。既隔一年,复有续作,乃骎骎欲过惠休。寄禅得慧而能兼文理以为诗,可谓希(稀)有。"③因身份和经历的特殊性,释敬安诗歌近王维、贾岛,内容多禅理,诗风淡然。

释敬安自己也酷爱唐诗,他的《唐宋诗别说》④一文,主唐宋有别,重唐轻宋。该文首先从音律方面评判唐宋诗歌之优劣高下。

> 唐人诗,一家自有一家声调,高下疾徐,皆合律吕,吟而绎之,如闻箫韶。宋人诗,譬则村鼓岛笛,杂乱无伦。⑤

从"声调"入手,扬唐抑宋。唐诗如箫韶之音,是为雅音,而宋诗则如村中鼓笛,是为俗调。这番论调和明代关于唐宋诗歌雅俗之争一样,李梦阳曾论述:"诗至唐,古调亡矣,然自有唐调可歌咏,高者犹足被管弦。宋人主理不主调,于是唐调亦亡。"⑥宋诗主理不主调,故无唐调,更谈不上古调,唐调至宋而亡。王闿运也认为唐诗如笙箫是为雅音,而筝笛为俗调,如他评价七言绝句是:"然其调哀急,唯宜筝笛,大雅弗尚也。"⑦释敬安和王闿运一样主唐以前的古诗之调,从音律方面判定唐宋诗歌之高下。

另外,他从诗歌风格方面肯定唐诗雅致清劲、自然浑成,而宋诗则如饾饤枯燥无味、散缓鄙俗。

> 或问余唐宋人诗之别。余答之曰:唐人诗纯,宋人诗驳;唐人诗活,宋人诗滞,唐诗自在,宋诗费力,唐诗浑成,宋诗饾饤;唐诗缜密,宋诗疏漏;唐诗温润,宋诗枯燥;唐诗铿锵,宋诗散缓;唐人诗如贵介公

---

① 《汪辟疆文集》,第415页。
② 《八指头陀诗文集》,第534页。
③ 《八指头陀诗文集》,第534—535页。
④ 该文见于《民权素诗话》,诗话内容主要是蒋抱玄编辑的《民权素》月刊中的内容,该文虽署名是寄禅,但《民国诗话丛编》的编辑明确说明其内容主要录自明镏绩《霏雪录》。
⑤ 释敬安:《唐宋诗别说》,张寅彭主编《民国诗话丛编》,上海:上海书店出版社,2002年版,第五册,第252页。该文乃蒋抱玄编辑的《民权素》月刊中的诗话,虽署名是寄禅,但内容主要录自明镏绩《霏雪录》中的内容。
⑥ (明)李梦阳撰,郝闻华校笺:《李梦阳集校笺》,北京:中华书局,2020年版,第1694页。
⑦ 《湘绮楼诗文集》,第2101页。

子，举止风流；宋人诗如三家村乍富人，盛服揖宾，辞容鄙俗。①

关于唐宋诗歌意象兴味之别，前人亦多有论述，如谢榛《四溟诗话》云："诗有辞前意、辞后意，唐人兼之，婉而有味，浑而无迹。宋人必先命意，涉于理路，殊无思致。"②最有名的莫过于严羽的"羚羊挂角、无迹可求"的论调，这也是多数推崇唐诗者所推崇的诗风，如王闿运批点唐诗用和"妙"有关的词语最多，如"高妙""轻妙""清妙""神妙""深妙""超妙"等诸如妙不可言之词。释敬安之诗论显然也受到严羽的影响，在对唐宋诗进行比较时，亦是站在无迹可求的审美感受上来言，所以强调唐诗"别有一种思致，不可言传，必心领神会始得"③，即唐诗的自然天成、含蓄蕴藉之特征。

总之，释敬安从声调、意象风格两个角度入手，认为唐诗高贵雅致又风流清藉，而宋诗俗鄙无味又无情致，其实释敬安的唐宋诗优劣的核心即雅俗之别，这一点和王闿运一样是以审美感悟的体验来评判诗歌。

二、诗学李商隐的曾广钧

曾广钧（1866—1929年），字重伯，号馻庵，官广西知府，有《环天室诗集》，被称为西昆体的代表诗人，"尚有西昆一派。此派极盛于光绪季年，尔时湘乡李亦元希圣、曾重伯广钧、吴县曹君直元忠、汪衮甫荣宝、我乡张璂隐鸿、徐少逵兆玮诸公，同官京曹，皆从事昆体，结社酬唱，相戒不作西江语。稍有出入，辄用诟病，一以隐约褥丽为工"④。曾广钧是曾国藩之孙，曾纪泽之子，曾诗学王闿运，关于"中兴以来，诗家皆以湘绮为宗"之言即出自曾广钧之口。

> 中兴以来，诗家皆以湘绮为宗，余亦不能出其范围者也。非人人学王，以其才大，不许他人自立，而诗有习矣。凡文运将衰之际，必有特立独行之人起而振之。如晋之靖节，唐之元白是也。⑤

晚清诗家多以王闿运为宗，曾广钧自己亦不能出其外，以至于李肖聃云：

> 钱中书常訾其不师文正，而师闿运。然湘绮之文，开卷朗然，其高

---

① 《民国诗话丛编》，第五册，第252页。
② 《历代诗话续编》，第1149页。
③ 《民国诗话丛编》，第五册，第252页。
④ 《民国诗话丛编》，第六册，第217页。
⑤ 《草堂之灵》，第32—33页。

雅非重伯所几也。①

王闿运和曾广钧来往三十多年，交往颇深，王闿运在《日记》中有记："重伯编修当成童时，始自京师归长沙，左季丈、郭筠兄与语，皆惊为天才，茫然不知所酬答，一时声名满湘中。数数过余，每谈辄移晷，或至夜分……而重伯独秀逸有名士之风。"②一老一少竟多次促膝长谈至深夜，足见两人相交之欢，心意之契合，可谓忘年交。王闿运为曾广钧诗集作的序言："重伯圣童多材（才）多艺，交游三十余年，但以为天才绝伦，非关学也。今观诗集，蕴酿六朝三唐兼博采典籍，如蜂酿蜜，非沈浸精专者不能，异哉！其学养之深乎，湖外数千年唯邓弥之得成一家，重伯与骎而博大过之，名世无疑。"③认为曾广钧的诗歌能融六朝三唐之诗风，且博用典实、学养至深，和邓辅纶相比也毫不逊色，甚至有过人之处。

曾广钧最鲜明的特点是诗学李商隐，这一点在一定程度上有家学的影响。"奥缓光莹称此词，涪翁原本玉溪诗。君家自有连城璧，后起应怜圣小儿。环天室诗多沈博绝丽之作。比拟之工，使事之博，虞山而后，此其嗣音。太傅、惠敏，并致力玉溪，至重伯则所造尤邃，可谓克绍家风矣。"④曾国藩的学问自桐城派出，尤以姚鼐为重，姚鼐对李商隐的评价甚高："晚唐之才固愈衰，然五律有望见前人妙境者，转贤于长庆诸公，此不可以时代限也。元微之首推子美长律，然与香山皆以多为贵，精警缺焉。余尽不取。惟玉溪生乃略有杜公遗响耳，今钞晚唐，以玉溪为冠，合七八人共一卷。"又言："玉溪生虽晚出，而才力实为卓绝。七律佳者几欲远追拾遗，其次者犹足近掩刘、白，第以矫敝滑易，用思太过，而僻晦之弊又生。要不可不谓之诗中豪杰士矣。钞玉溪诗一卷，附温诗数首，然于玉溪为陪台，非可与并立也。"⑤承续姚鼐学风的曾国藩对李商隐也非常推崇，他在写给诸弟的信中云："吾于五七古学杜、韩，五七律学杜，此二家无一字不细看。外此则古诗学苏、黄，律诗学义山，此三家亦无一字不看。五家之外，则用功浅矣。"他的《十八家诗选》选唐七言律诗三家，依次是杜甫150首，李商隐117首，杜牧55首，曾国藩对李商隐之推重仅次于杜甫。在曾国藩的影响下，曾广钧之父曾纪泽也曾专心学李并趋于李，这一点可从曾国藩写给曾纪泽的信中看出来："尔读

---

① 《星庐笔记》，第2页。
② 《湘绮楼日记》，第3033页。
③ （清）王闿运：《环天室诗集序》，见曾广钧：《环天室古今体诗类选》，清宣统二年（1910年），刻本，第1页。
④ 《汪辟疆文集》，第370页。
⑤ （清）姚鼐：《序目》，《五七言今体诗钞》，清同治刻本，第2、3页。

李义山诗，于情韵既有所得，则将来于六朝文人诗文，亦必易于契合。"又谕纪泽："尔七律十五首圆适深稳，步趋义山，而劲气倔强处颇似山谷。"①曾国藩重视李商隐的七言律诗，其实如姚鼐一样是因为其诗歌有杜甫之风，是站在后人对杜甫之风的继承上来看。曾国藩的《读李义山诗集》云："渺绵出声响，奥缓生光莹。太息涪翁去，无人会此情。"②因此，钱仲联不无赞叹地称道："老杜而后，得其传者为昌黎、玉溪。昌黎得阳刚之美，玉溪得阴柔之美。山谷外近昌黎而内实玉溪。湘乡颇窥此秘。"③曾国藩之所以推崇黄庭坚应该也是因为其外学韩愈、内近李商隐，故而有"太息涪翁去，无人会此情"之言，以至于和曾广钧一同诗学李商隐的李希圣亦云："一棹湘江去不还，杜陵高峻苦难攀。曾侯老眼分明在，解道涪翁学义山。"④肯定曾国藩的同时也肯定了李商隐对杜甫诗歌的继承及对宋诗的开启作用。

但很有意思的是，曾广钧关注的重点不是李商隐学杜启宋的一面，而是与王闿运的观点比较接近。王闿运并不认同曾国藩的观点，他在评点简文帝《艳歌篇》时云："俨道温李于先路矣。向来选家，不知此体是别立一派，概云齐梁绮丽，而或又私赏李商隐诸君，附会为学杜学李，亦可笑也。"⑤王闿运注重的是李商隐对齐梁诗歌的承继："七律亦出于齐、梁，而变化转动反局促而不能骋。唯李义山颇开町畦，驰骋自如，乘车于鼠穴，亦自可乐，殊不足登大雅之堂也。"⑥对李商隐诗歌褒中有贬，褒其诗歌抒写流畅自如，贬其诗歌雅致之风稍减。不过，王闿运创作的诗歌"七律佳者学李商隐"⑦，学习李商隐继承刘希夷和张若虚的诗歌风格，"李贺、商隐挹其鲜润"⑧。曾广钧对王闿运诗学李商隐等行为积极呼应，以至于"曾重伯从而效之，是以彼时风气皆成艳唱"⑨。曾广钧诗学李商隐和王闿运一致，注重的是诗歌的艺术特征，而非如曾国藩重视李商隐诗歌对杜甫诗歌的承继及对黄庭坚的影响。所以，瞿鸿禨评价曾广钧诗歌："出其手定《环天室诗集》以示余，往复读之，见其包涵沈浸，源八代而委三唐，藻丽温雅，超然有逸气，

---

① 《曾国藩全集·家书》，第 108、1292、1332 页。
② 《曾国藩全集·诗文》，第 92 页。
③ 《梦苕庵诗话》，第 86 页。
④ （清）李希圣著，庞坚才编校：《李希圣集》，上海：华东师范大学出版社，2011 年版，第 6 页。
⑤ 《同声月刊》，第一卷，第七号，第 9 页。
⑥ 《湘绮楼诗文集》，第 2218—2219 页。
⑦ 钱仲联、钱学增选注：《清诗精华录》，济南：齐鲁书社，1987 年版，第 420 页。
⑧ 《湘绮楼诗文集》，第 2108 页。
⑨ 《草堂之灵》，第 293 页。

信乎天才独绝,而学养以相深者也。"①可见,曾广钧的诗风和王闿运一样有八代三唐之风,诗歌绮丽典雅且飘然超逸。

三、湘绮正统弟子杨度、杨庄和杨钧

杨度、杨庄和杨钧为兄妹三人,湘潭县石塘乡姜畲村人。三人皆问学于王闿运,杨钧曾有记载:"奉天东北大学教授刘朴撰《清文学史》,称余兄、姊及余为湘潭三杨,承湘绮之正统。余文未成,只可偏安也。"②又言:"湘绮师初讲学东洲,东洲诸子强半专经,独杨氏兄妹兼通诸学,以能诗闻。"③三杨被视为传承"湘绮正统"之弟子,但三者的诗学倾向不尽相同,杨庄主六朝,杨度重盛唐,杨钧则趋于中唐。

(一)杨庄主六朝

杨庄,字叔姬,是王闿运第四子之妻,著有《杨叔姬诗文集》。在王闿运的弟子中,最得王闿运之家学者为杨庄。杨钧有关于杨庄的文字记载,内容如下。

> 余之女兄名庄,字叔姬,为湘绮楼第四媳。读《后汉书》时,湘绮命作《藏洪论》,批其文曰:"读范史能学范文,可称才女。"于是湘人皆呼曰才女。诗学谢康乐,韵调极佳。宋元人作,绝不吟哦,故能纯洁若是。近年学佛,扫除文字障,不复从事矣。④

被王闿运视为"才女"的杨庄诗学谢灵运,成就较高,其兄杨度亦云:"予妹庄,字叔姬,为王湘绮师第四子妇。少有文才,上师魏晋,文学范蔚宗,诗学谢灵运,兼好老庄,深研玄理。湘绮师传其家学,称为才女。"⑤杨庄多作唐以前之诗,汉魏六朝之风较浓。汪辟疆也说杨庄"为湘绮弟子,服膺师说,始终弗渝。其五言诗泽古甚深,得湘绮嫡传,同门莫能及"⑥。杨庄的《杨叔姬诗文词录》诗共52首,其中五言29首,五言律诗6首,七言歌行3首,七言绝句14首,其中五言古诗成就最高,有六朝风致。例如《悲哉行》:"迢迢千里心,目极江南春。阳林飞鲜采,阴壑泛清邻。灼灼粲天桃,蕤蕤靡绿苹。好鸟怀淑气,嘤鸣咏晴喧。

---

① 瞿鸿机:《环天室诗集序》,见曾广钧:《环天室古今体诗类选》,清宣统二年(1910年),刻本。
② 《草堂之灵》,第61页。
③ 夏寿田:《湘潭杨庄诗文词录序》,杨庄《湘潭杨叔姬诗文词录》,民国,铅印本,第1页。
④ 《草堂之灵》,第60—61页。
⑤ 杨度:《杨度集》,长沙:湖南人民出版社,1986年版,第711页。
⑥ 《汪辟疆文集》,第445页。

王孙游不归，春草日芊绵。折兰情讵展，褰芭意宁宣。非唯远道思，眷眷在华芬。白日有停曜，流波无返沦。裴回叹愆期，侘傺复何言。"王闿运旁注："此篇格意词韵俱美，可嘉也。"眉批是："起有超逸之致。以拙涩取姿。绿苹即绿蒲，故云靡。"诗歌格调绵渺雅致、意境幽秀、韵味悠长、词藻优美。又评杨庄《辛丑九月九日山中作》一诗云："置之晋宋间全然莫辨，故足傲阿兄。"诗歌纯然是晋宋诗风，远胜其兄杨度。杨庄的歌行亦有近唐诗之风者。如王闿运把其七言歌行《拟张静婉采莲歌》中"棠梨落尽知春晚"一句改为"折腰龋齿不自媚"，并评云："此照下句改，非唐调，更非温调，于诗律为失格，但吾家诗不必纯唐。"①由此可知，杨庄原诗趋于唐调，尤近温庭筠，但在王闿运修改以后，诗歌就离唐较远，"霞绮纵横，自然神妙，六朝风范，至可寻味，诚可宝贵之品也"②。可以想象，如果杨庄能在文学的路上一直坚持下去应该会有一定的成就，可惜其婚姻不幸，心灰意冷，便专心侍佛，创作渐少，故其在文学史上影响不大。

（二）杨度重盛唐

杨度（1875—1931年），原名承瓒，字皙子，后改名度，号虎公、虎禅，著有《虎禅诗文集》和《杨度日记》。杨度深受王闿运纵横之心、帝王之术的影响，其为王闿运写的挽联云："旷古圣人才，能以逍遥通世法；平生帝王学，只今颠沛愧师承。"③后入袁世凯政府，因此被追杀、被诟病。晚年皈依佛门，临终之前他为自己写挽联"帝道真如，如今都成过去事；医民救国，继起自有后来人"④，终年57岁。杨度早年诗学师承王闿运，多拟古之作，如《杨度日记》载光绪二十三年（1897年）：

十二月十七日 拟古诗得三首

十八日 拟古诗得三首

十九日 拟古诗得三首

二十日 拟古诗三首

二十八日 检一月之中杂拟汉至隋名家各一首，得四十首，多于江文通矣。⑤

---

① 《湘潭杨叔姬诗文词录》，诗录，第5、6、11页。
② 《湘潭杨叔姬诗文词录》，第1页。
③ 《杨度集》，第616页。
④ 《杨度集》，第788页。
⑤ 杨度：《杨度日记》，北京档案馆编，北京：新华出版社，2001年版，第74—75页。

相对于古诗，杨度对唐诗更为用心，王闿运曾为其批点唐诗，"壬戌十月冬尽，畏寒闭门读书，因借叔父集钞湘绮翁各批本点录，凡半月乃毕事。人事冗杂，且性懒也，故工甚缓。全书硃点，为绮翁批予叔父本，墨笔则杨晳子本（指为杨度而批本）"①。国家图书馆藏六卷本《唐诗选》有沈兆奎题识云："湘绮评唐七言诗谭瓶斋、杨晳子皆有之，彼曾录于别本，异日当访于谭、杨，以观其全。"②杨度不仅传承了王闿运的政治思想，其唐诗学思想亦深受王闿运的影响，如王闿运评张若虚《春江花月夜》为"孤篇横绝"，杨度评价是："与重弟论张若虚《春江花月夜》，流丽超脱，置身空中，不复有烟火气，初唐最佳之作也。"杨度评价杜甫诗歌："作书上王先生，论杜公歌行固多恶派，然咏马与大娘动辄扯入先帝、朝廷，虽岑、李诸君所不肯为，其意未尝不佳。歌行不比五言，不妨稍卑其格。特杜无奇秀之处，恒有格格不吐之意，学者易得其龌龊处。故自来学杜以邓先生为巧。若能专守少陵，学其开拓，置于遣思构句，则参以东川排奡，青莲开敞，嘉州超脱，右丞秀洁，与杜相反，而可救弊者学之，以少陵为骨，以诸家为貌，亦邓先生取巧之法也。"又言："与重弟论诗，谓以少陵为骨，齐梁为面，以清丽为词，叙乱离之事，古人无此面目，惟近时邓眉丈近之。故王先生谓为颜谢风华少陵骨也。易以齐、梁，亦不落其蹊径。"③杨度论诗的语调和王闿运非常相似，如二者都不认同杜甫诗歌中的悲叹之调，但都强调学诗要以杜甫为骨，以其他人为貌。

杨度有《唐诗选评》④，但全稿不存，目前所见《唐诗选评》的残稿见于《杨度集》，其中评选李颀诗歌11首、王维诗歌11首、岑参诗歌13首、高适诗歌12首，皆七言歌行，所选诗歌在王闿运《唐诗选》十三卷本中皆有收录，且两者所选顺序也一致。王闿运《唐诗选》十三卷本所选王维诗歌排列顺序分别是：《夷门歌》《陇头吟》《老将行》《燕支行》《桃源行》《洛阳女儿红》《同崔傅答贤弟》《故人张諲工诗善易卜兼能丹青草隶顷以诗见赠聊获酬之》《宋崔五太守》《不遇咏》《黄雀痴》《新秦郡松树歌》《同比部杨员外十五夜游有怀静者季》《答张五弟》《送李睢南》《双黄鹄歌送别》等23首；杨度所选诗歌顺序则是《夷门歌》《老将行》《燕支行》《桃源行》《洛阳女儿红》《同崔傅答贤弟》《黄雀痴》《新秦郡松树歌》《同比部杨员外十五夜游有怀静者季》《送李睢南》《双黄鹄歌送别》等11首。杨度所选王维诗歌是不是在王闿运《唐诗选》十三卷本的基础上选录而成，不得而

---

① 《王闿运唐诗选评语》，第18页。
② 《唐诗选》，第2页。
③ 《杨度日记》，第136、138、139页。
④ 此书可能选评于1930年左右，参见《杨度集》，第762页。

知,因存稿不全,不能一窥全貌,只能就仅存的诗歌评语来了解一下杨度的诗学观点。试以李颀诗歌的批语为例进行对比、分析。

  以实事平铺直叙,自然成文。(王闿运评李颀《别梁锽》,《王闿运手批唐诗选》)
  "时人见子多落拓"四句,中作波澜,前无此派,始创于东川,而李杜大放之,遂有形迹可寻、步武可蹈矣。使人人皆知诗法,则不成诗也。八家、八股文皆如此。然此只是序事,初不料学之成病也。"莫言"二联,则作俑矣。(杨度评李颀《别梁锽》,《唐诗评点》)
  "世人解听不解赏,长飚风中自来往"横此二句乃有气势。(王闿运评李颀《听安万善吹觱篥歌》,《王闿运手批唐诗选》)
  "世人解听"二句与"为君"二句:同一杯柚,皆以两句排宕,为李、杜所不及。李、杜必趁势接两句,则流矣。(杨度评李颀《听安万善吹觱篥歌》,《唐诗评点》)
  亦于幽细中起大波澜。(王闿运评李颀《双笋歌送李回兼呈刘四》,《王闿运手批唐诗选》)
  "为军当面"二句:有千里之势,此东川所长。(杨度评李颀《双笋歌送李回兼呈刘四》,《唐诗评点》)
  选词至妍,古气仍在。(王闿运评李颀《送山阴姚丞携妓之任兼寄山阴苏少府》,《王闿运手批唐诗选》)①
  此篇明艳绝伦而不纤冶,比王维尤舒卷,自为明清诗人未曾梦见。(杨度评李颀《送山阴姚丞携妓之任兼寄山阴苏少府》,《唐诗评点》)②

  虽然王、杨二人的评语比较接近,但细读可以发现,杨度的评语更为具体大胆,个人情感色彩更为鲜明,所主的诗歌风格也趋于明丽、雅致、自然,如他评王维《桃源行》:"直叙本事,自然幽秀。"又评岑参《白雪歌送武判官归京》:"'北风卷地'四句:苦情丽语。'轮台东门'四句,自然关合。"又评高适《送别》:"'昨夜离心'四句,亦能豪秀,笔势超逸。"有时也有优劣高下之评。如评岑参《凉州馆中与诸判官夜集》"弯弯月出"二句:"起二句是琵琶七字,唱引以起行,终嫌不雅。"又评《偃师东与韩樽同诣景云晖上人即事》"山阴老僧"一首云:"短篇亦

---

① 《王闿运手批唐诗选》,第761—768页。
② 《杨度集》,第764—767页。

用促调，不甚相宜，开宋诗派。"①七言歌行方面，杨度和王闿运一样都比较欣赏盛唐雍容和缓、自然幽秀的诗歌，但杨度对中唐及之后的诗歌不甚措意，如："正旸述王先生论七言歌行曰：古之诗，今之会典、奏议之类，今之诗歌，古之乐也。……余按：此论与余夏间上王先生书所论略同，但余不及盛唐以后，亦不欲以元、白弹词杂其体耳。至谓守东川而参以高、岑、王、李之泽，以余观之，东川、达夫风骨略近二李，格调大殊，运思亦异，李与岑、王体段相类，而文质又殊，若一参错，色泽虽胜，不能泥沙俱下矣。运以杜、元之意，则无不可。然格调不高浑，风骨不遒劲，纵有淋漓哀艳之作，名家可矣，乌睹其为大家乎？"杨度重盛唐，不言中晚唐。故他不满其弟杨钧诗学孟郊："与重子言，孟郊小家，不必学，以其易佳而难变也。不信，而王师一言乃改途矣。"又言："正旸诗犹是孟郊故态。孟郊诗难大难细，故如小家。"他认为孟郊是小家，学诗应该从大家入手，因为"然所自入者小，难进大家，王师所谓欲学大家，当十年不闻丝竹之声者也"。如果学诗不正，则诗歌易俗难古。不过在律诗范畴，杨度则认同中唐诗人李商隐，如"仲赢请学律体，为选玉溪百首与之，今日钞毕"。②

总之，杨度和王闿运一样诗学六朝，齐梁诗歌亦能入其法眼，六朝之外杨度尤重盛唐诗歌，注重从诗歌艺术审美层面去品评诗歌，近体推崇李商隐。

（三）杨钧趋于中唐

杨钧（1881—1940年），字重子，号白心，著有《白心草堂诗集》和笔记《草堂之灵》。他和其兄杨度不同，一生未曾做官，其《自咏》诗云："弹指人间垂四十，平生未践五侯门。有钱便买虫馀帖，卜宅惟（唯）求郭外园。一室孤灯残夜梦，满村寒雨冷诗魂。从来爱静交游少，篱落初成好避喧。"③生活遭际颇苦，"我本东郊一野人，十年避难苦风尘"④。诗学王闿运，"论交逾廿哉，各自以诗狂，我学王湘绮，君宗邓白香，当年称李杜，继后愧梁杨，古法研求苦，师承曲直商。怕翁仍独赏，辟老竟名扬"⑤。他的《草堂之灵》记录王闿运的言论及众多论诗文之作，其中收录的《湘绮书册》（即《湘绮楼诗文集》中编选的《湘绮老人论诗册子》），此文在《湘绮楼说诗》和《王志》都不见有载。《草堂之灵》不仅是研究杨钧思想的重要资料，也是研究王闿运诗学思想的资料之一。

---

① 《杨度集》，第769、773、775页。
② 《杨度日记》，第65、122、123、160—161页。
③ 杨钧：《自咏》，《白心草堂诗集》，1923年版，铅印本，第24页。
④ 《白心草堂诗集》，第68页。
⑤ 《白心草堂诗集》，第25页。

第七章 王闿运影响下的晚清唐诗学

玉川才力之大，令人惊骇。中唐以后，仅此一人，非李杜所能羁绊……刘叉诗太少，不能与玉川比量。以韩愈之待遇审之，盖无轩轾，韩愈诚知人者耳。尚有才小于卢仝亦非李杜所可笼罩者，东野是也。

中唐以后，无人肯作五言，而孟东野独工此体，故亦有起衰之效。湘绮弟子莫不高谈魏晋，不暇旁求。余因卢、孟之诗有开拓心思力量，故愿学子从事焉。[①]

杨钧认为中唐诗人唯有卢仝成就最高，其才力之大非李白、杜甫所能遮蔽，孟郊和卢仝相比也略逊一等，不过孟郊的五言古诗有振起之力，故隆重推出卢仝和孟郊，希望引起学诗者的注意。这在王闿运皆以高谈汉魏为能事的众弟子之中比较特异，以至于后来王闿运也认为卢仝的诗歌无韩愈之粗狂，而有恢诡之气，诗歌动荡淋漓且有儒家之风，远在韩愈之上，可以和李、杜相媲美。杨钧也说："李杜之诗，已极排奡之能，仍不能如《杂兴》之波澜壮阔也。卢仝、刘叉亦能如此，更加恢怪，神鬼皆惊，诗胆大于天矣。"[②]这俨然是王闿运的论调。

对于孟郊，杨钧则认为其虽然略逊于卢仝，但远胜韩愈，所以他一意诗学孟郊。杨钧有《板溪十首仿孟东野寒溪诗》，《秋怀诗拟孟东野体》13 首，其一云："四更远梦归，床下虫声酸。一月照茅屋，一人吟秋山。冷露透骨穷，寒风吹心干。莫笑我独贫，月与我俱寒。月寒无终日，我贫有时阑。"[③]意境瘦劲清冷，遣词用色幽寒枯淡，有孟郊枯瘦之诗风。不过杨钧也认为孟郊是小家，早期不应该以之为学习的对象，这一点他在《草堂之灵》中有清晰的记载："凡诗文字画，皆不可学小家。小家之症结处容易探索，探索到手，即刻能成，一成之后，永无出路。余少时读孟郊诗，偶学为之，即得'一月照茅屋，一人吟秋山'两句。湘绮批曰：'如此逼真孟东野，乃令张先生声价顿减。恐无此容易诗人，可悟此等派不必学，以其偶然有合，非真功力也。若毕生专学此种，又可不必'云云。余闻湘绮言而大惊。余读孟诗，未及一半，且不满三日，竟能逼真，果何说耶？即毕生学孟，亦难得佳于此两句之诗，又何说耶？因忆张先生少作病诗，有'下床支离行，步步惊地弱'两句，迄今四十年，成诗数百首，未有高于此两句者。寄禅和尚专学姚贾，亦是小路，故终身无进步，其白梅诗亦如余之偶然有合，流出灵慧，晚年才尽，无可观者。"[④]虽然如此，但并不影响杨钧对孟郊诗歌的喜爱和模拟，故其

---

① 《草堂之灵》，28—29 页。
② 《草堂之灵》，第 29 页。
③ 《白心草堂诗集》，第 10 页。
④ 《草堂之灵》，第 13—14 页。

诗歌风格近孟郊。

杨钧师从王闿运肯定中唐部分诗人的诗歌成就,给予孟郊、卢仝等诗人以较高的诗学地位。不仅如此,杨钧还对诗文正宗进行思考,他曾云:"数百年来,诗文不唐,经学不宋者,不视为正宗。曾文学韩,邓诗学杜,恰在正宗范围之内。而曾于韩之外,力追班马,邓于杜之外,参以颜谢。故其体格凝重,气力弥满,望溪阮亭,望尘莫及。……余之不举湘绮者,湘绮取法汉魏,隔方王太远,非世之所谓正宗,不如举曾、邓为少是非也。"几百年来学界主流一直以诗文学唐为正宗,故曾国藩学韩,邓辅纶学杜,皆以唐诗为宗,是为近代文坛正宗。但杨钧又说"以实际言之,诗文正宗皆应属之湘绮,若必求偶,则以王而农五言古诗配湘绮文,亦为得体"①。很显然,曾国藩和邓辅纶的诗学符合学界大众的习惯,以之为正宗,世无异议,但实际言之,王闿运则更趋于诗学的正宗,以汉魏为主,但又不乏唐诗意味。

杨钧少时以学六朝、卢仝、孟郊为重,后清心寡欲,却扫门庭。"重子童时有'一月照茅屋,一人吟秋山'之句,相识莫不惊异。湘绮尤奇之,然不常为诗,经史之暇,辄爱诵阮籍、陶潜、谢灵运、鲍照及孟郊、卢仝诸作,既冠,游学日本,致力于外国语言及诸有用之学,又不暇为诗,鼎革之际,屏人事独居东郊,其时兵事扰攘,杜门却扫,或不能举火,于是重子之诗乃喷薄而出矣,予居南关与为邻居,青郊亦然,予以避地屡远出,重子独枯坐不少动,每相见必各出诗,争胜劣,予率平适,不如重子俊逸,非常人所及。盖昔所得于东野玉川者深也。……重子兄弟姊妹皆湘绮高足,弟子所为诗各有专长,惟重子近体骎骎将突过湘绮。"②杨钧七言绝句有不食烟火之味,如其《春日闲居》云:"草堂深处绝尘埃,朱径无人长绿苔。时有东风吹细雨,野花黄蝶过墙来。"③幽静中寓动,绝俗中有万物自娱之乐,诗有王维修禅之风。但如果试想当时家国混乱不堪之背景,枯坐之人杨钧亦不能不闻窗外事,其诗中亦可能寓有:即使深山再深处,亦有风雨扰人乱。

作为王闿运嫡传弟子,"三杨"或专学六朝,或主学盛唐,或趋向中唐,都与王闿运的诗学汉魏六朝三唐的思想不谋而合。所以说"三杨"传"湘绮正统"一点都不为过,只不过三人命运遭际都颇不顺,晚年都一心侍佛,于诗学不甚用心,成就也都远逊其师。

总之,湖湘文人多是以六朝为底蕴,以唐诗为诗学目标,或宗孟郊,取其清幽凄冷的意境,或尚李商隐,学其绮丽伤感的情调。不管是宗盛唐还是宗中晚唐,

---

① 《草堂之灵》,第292—293页。
② 《白心草堂诗集》,第1页。
③ 《白心草堂诗集》,第23页。

都有一个共同特点,即对诗歌艺术风格的关注超过对诗歌精神内涵的关注。当然,这种风气和湖湘地域特色有关,屈原所开创的离骚之风气涵蕴千年;明末清初的王夫之亦从诗歌音乐、意境入手,来探求诗歌的艺术价值;其后曾国藩虽然主张诗学唐宋,但他也非常重视诗歌之艺术特质。王闿运则推而广之,反对八股文,反对用世之心,反对"语不惊人死不休"的写作态度,他主张触物感兴之后的自然吟咏,追求自然、超妙、清丽的诗风,反对韩愈之佶屈聱牙和元白之平易浅俗,追求诗歌内在意境之美和外在词藻之秀,这无疑都影响到湖湘诗歌重丽词、主意蕴的风尚。于宗宋诗风盛行的19世纪之末,王闿运影响下的追求唐代不同艺术风格的湖湘诗风不失为一股清新之风,虽然不足以掀风起浪、改变时局,但一定程度上能扫除部分人心头的郁闷,给晚清诗坛再抹一道云彩。

第二节　王闿运影响下的四川唐诗学

一、王闿运对四川学风的影响

　　王闿运应丁宝桢之邀,于光绪四年(1878年)到尊经书院,一直到光绪十二年(1886年)去职离开,历时八年,对四川学风影响甚大。"光绪初元,学使张公与督部吴公始立尊经书院。今督部丁公尤加意经营,为诸生择师。王壬秋院长实来不数年,蜀才蔚起,骎骎乎与两汉同风矣。"①王闿运在四川尊经书院期间,不管是学问还是人品都深得学生之心,使得书院的学风为之一新,书院的成效和影响都比效突出,以至于其他学院也纷纷仿效。②王闿运到书院以后整顿校纪校规,开设尊经书局,使书院散漫浮躁之习气顿为一改,淳朴雅正之气渐浓,以至于其湖南的高足杨钧曾感叹云:"有自四川来者,云王氏学风,至今不歇,而湖南反有渐衰之势,何耶?"③八年的言传身教深入人心,足以影响一代人。

　　王闿运在尊经书院期间以词章为重,"湘绮讲学,约分两期。在四川尊经书院时,则重词章;在衡州船山书院时,则重经学"④。他还于光绪七年(1881年)在尊经书院刊刻了《八代诗选》,光绪十二年(1886年)刊刻《唐诗选》六卷本,虽然后者是王闿运离开尊经书局之后刊刻,但据《湘绮楼日记》可知,光绪七年(1881年)其《唐诗选》已经选毕且为书院的学生所熟知,并由尊经书院的学生

---

① 《尊经书院初集》,第1页。
② 熊明安、徐仲林、李定开主编《四川教育史稿》,成都:四川教育出版社,1993年版,第181页。
③ 《草堂之灵》,第204页。
④ 《草堂之灵》,第204页。

负责刊刻而成。这两种刻本作为尊经书院的资料一直被保存①。可以说，尊经书院期间王闿运的诗学思想已经非常明确，仍倡导古体，略近体诗。比如他在书院期间曾将书院学生的优秀课卷编纂为《尊经书院初集》，所录诗文皆是由"湘潭王壬父夫子阅定"②，其中诗歌方面所录弟子主要有杨锐、宋育仁、吴之英、岳森、戴光等人，诗歌皆是古体诗，有些诗后面还有王闿运的评语。比如卷十评刘子雄《秋兴诗》："诗有古心"，评岳森《秋兴诗》："学道有得，汲古功深"，评岳森《拟送易司使援台湾诗》："高视阔步，瞻盼非凡，湘绮楼学阮诗得意之作。"可见在王闿运的主导下书院当时诗学汉魏六朝诗歌风气之浓。不过，王闿运亦不排斥有唐诗之法的诗歌，如卷十一批点周宝清《川东校旗诗》云："诗有唐法"，也是一种肯定。《尊经书院课艺二集》，所选也皆为古体诗，"王壬秋院长初刻课艺初集，因命杨生桢、罗生黼详检官师两课梓为二集，仿初集式不刻近体"③，是书中卷七所录有刘子雄《拟阮籍咏怀诗十七首》、邹增祜《拟左太冲咏史》、杨桢《拟陆游登灌口庙东大楼观岷江雪山》等。这种明确的诗学旨趣、鲜明的教学导向使得尊经书院的诗风、学风焕然一新。

王闿运在尊经书院的学生中廖平一意治经，成为一代经学大师，于诗学不甚措意。在诗学方面有所作为的学生有杨锐、刘光第和宋育仁等，他们早期皆以学汉魏六朝为重。《尊经书院初集》卷十一，王闿运评杨锐《捣衣篇》"朗月出边城，流光照汉京。秋风何处至，吹送捣衣声……"一诗云："逼近六朝"。杨锐有《杨叔峤先生诗集》，上卷皆拟古之作。又如《读谢康乐游览诗拟作八首》《拟陆士衡乐府》《拟梁简文纳凉》《拟梁简文蜀国弦》等。其中亦有拟唐古诗之作，如《拟李长吉十二月乐词》《读杜工部入蜀五言古诗拟作十首》。但到后期，随着和张之洞接触时间之久，杨锐的诗风大变，如其《九日陈伯严吏部招同梁编修鼎芬江户部逢辰易兵部顺鼎范优贡钟游武昌公桑园归饮提刑署作》云："十亩桑园半起楼，眼明城角见汀州。寻花野圃村村暝，藉草山亭叶叶秋。汉上题襟几人在，尊前落帽古来羞。画堂未觉霜威减，会散严城月满头。"④颇有唐宋诗歌之味。"其早年之作，多属选体，泰半词腴于理，不免嚼蜡之嫌，佐张文襄幕时，已不为之，其

---

① 佚名辑：《尊经阁藏书目录》，清光绪二十五年（1899年）版，刻本，所藏选本目录有曾国藩《十八家诗钞》，王闿运《八代诗选》、《唐诗选》和《八代文粹》等。
② 王闿运辑：《尊经书院初集》，第1页。
③ （清）伍肇龄：《尊经书院课艺二集序》，《尊经书院课艺二集》，清光绪十七年（1891年）版，刻本，尊经书局藏版。
④ 《杨叔峤先生诗集》，卷下，第22页。

五七古转而学苏，颇有神肖者。"①但就诗歌理论而言，杨锐和其老师王闿运一样从汉魏梳理到盛唐。

> 苏李专夫赠答，应刘盛于饯祖，嗣宗咏怀，士衡拟古，朴茂讫乎建安，遒丽缀乎典午，太冲秀词，康乐吟苦，明远歌行，陶公田圃，佳句揆夫阴何，艳草摘夫徐庾，整严则高岑，恢奇则李杜，纳百氏之涓涔，辟众家之门户，雅正而葩，颂丽以则，引述事而恢张，词言情而悱恻。②

杨锐从诗歌内容论到诗歌风格，最后归结为"雅正而葩，颂丽以则"，从风格和词藻两方面来界定诗歌的艺术成就，这一点无疑是和王闿运思想相吻合。刘光第诗歌则主要在唐，"工为古文，雄厚肖昌黎，诗学少陵，时辈罕与抗手，积稿逾尺，不轻示人。常言诗文必无一赝语而不欺其志，斯无愧著作，故其志有不可，既见之诗文，即以自励，斩然若出于一，其言行相顾如此"③。梁启超评："性端重敦笃，不苟言笑，志节崭然，博学能文诗，善书法，诗在韩杜之间，书学鲁公，气骨森辣，严整肖其为人。"④刘光第诗学杜甫、韩愈，如其诗"自笑狂饮如醉僧，一舟万里寄行滕。忠州酒香赛白傅，夔府日斜悲杜陵。魄力掣鲸碧海水，梦魂饮马黄河水。山川南北有奇气，史迁竦宕吾岂能"⑤。诗有杜韩龙虎之气。

杨锐、刘光第皆为戊戌六君子，年纪轻轻就为政治理想而捐躯，故他们的诗学造诣不如宋育仁。宋育仁虽然政治声名大过诗学之名，但不能不谈他的一部唐诗理论著作《三唐诗品》，此著作虽然影响不大，但属于晚清纯粹的唐诗理论著作，是研究宋育仁对王闿运诗学继承很好的资料。

二、宋育仁和《三唐诗品》

宋育仁（1857—1931年），字芸子，四川富顺人。他曾出使西洋，参加维新变法，辛亥革命后又参与复辟，后隐居讲学、修县志。宋育仁年轻时在王闿运门下问学长达7年，其后两人也保持着良好的师友关系，这一点可从王闿运于光绪三十四年（1908年）给宋育仁的回信中看出，"芸子仁弟文席：前得手书，两心相照，不以远隔而睽也。师友中几人有此，千愁万恨皆可消矣"⑥，师徒二人交

---

① 《杨叔峤先生诗文集》。
② 《杨叔峤先生文集》，第24—25页。
③ 高楷：《刘杨合传》，刘光第《衷圣斋文集》，成都昌福公司刷印，第2页。
④ 《衷圣斋文集》，梁启超《刘正第传》，第1页。
⑤ 《衷圣斋诗集》，卷下，第1页。
⑥ （清）王闿运：《湘绮楼诗文集》，第1119页。

情之深，心意之合可见一斑。陈衍评价宋育仁诗云："富顺宋芸子育仁，余向在武昌，见其旧刻诗数卷，多半学徐、庾、阴、何之作，其师承于湘绮者然也。"①《三唐诗品》是宋育仁仿钟嵘《诗品》而成的一部唐诗批评著作，完成时间应该是 1898 年左右，最初书名为《唐诗品》②，集中体现了宋育仁的诗学思想。后人对该书的评价是："他的《三唐诗品》论述唐代诗家诗作，言约旨远，品评得当，实不失为一部学味浓郁的随笔。"③《三唐诗品》对前人诗学理论并没有重大突破，依然是在传统诗学理论上的阐发，但宋育仁阐释唐诗的立场、目的和意义则自有特点，传达作者的深刻用意。最难能可贵的是在以宗宋为主流的诗学风尚下，在唐诗批评也相对衰落的情况下，他撰写《三唐诗品》，可谓是对传统唐诗学的传承和发展，也是对当时诗学风尚的一种反拨。《三唐诗品》以汉魏六朝诗歌为基准来品评唐诗，注重诗歌的审美艺术，这都和王闿运比较接近。但因为社会经历、政治思想的不同，在品评诗歌的原因、目的及对待中晚唐诗歌的态度上两者相去较远。

（一）以汉魏六朝诗歌标准来评价唐诗

上文已经论述了王闿运在选评唐诗时并非皆以八代为标准，但是他的"以不能出八代之外"的宣言式的论说无疑还是会给学生传递一种信息，即诗要以八代为重，他在选评唐诗时也不时有和六朝相比较之语。除此之外，王闿运还把唐诗探源溯流至汉魏六朝。故对承六朝之风的初盛唐诗歌评价较高，对中晚唐诗歌则贬多于褒。宋育仁的《三唐诗品》也是以汉魏六朝为标准来品评唐诗。

《三唐诗品》把盛唐和中唐合二为一，分为三品："今条其品目，定可称者，初唐凡十五家，盛唐凡二十八家，附十三家，晚唐凡十二家。每品之中，略以高下部居，不由时代相次。"④宋育仁虽然没有直接说明三品之高下，但从宋育仁关于初唐、盛唐、晚唐诗歌的总评中不难看出每个时期诗歌地位的高低。

> 初唐集阴何之遗尘，衍庾江之芳流。虽垂藻易容，而取径同术，皆旨明而音婉，条繁而语泽……铺览初唐诸彦皆承华往制，垂光后尘，祧祢齐梁，蔚成华胄。

---

① 《陈衍诗论合集》，第 96—97 页。
② 《陈衍诗论合集》，卷一，第 6 页："乙酉之春，郑苏戡孝胥归自金陵，常借余钟嵘《诗品》，因谓余曰'盍仿其例，作唐诗品'，后数年旅食上海，闻蜀人宋芸子育仁撰有《唐诗品》，从叶损轩大庄处翻阅之，非吾意中之唐诗品也。又数年戊戌。"由此可知《三唐诗品》创作时间大致是在 1885—1898 年之间，且最初名为《唐诗品》。
③ 文成英：《近代巴蜀的"变法"散文》，渝州大学学报，2000 年第 2 期，第 56 页。
④ 宋育仁：《三唐诗品》，上海广益书局，1915 年版，卷一，第 1 页。

> 盛唐代兴，群言广汇，沿波布叶，各异条流……综观盛唐之制，诸以言芳蓄骨，旨永为宗，洁逊于八代，则词多之累矣。
>
> 晚唐收风雅之尘，沿绮丽之体，词趋绵缛，芳泽粗存，高薄盛唐，卑沦初宋……综其得失，源始盛音，蕴藉所存，琅然尽致，然或刻镂以伤巧，或枯淡而鲜珍，或铺张以害体，或浮露以略格，此其失也。①

这三段评语分别对应初、盛、晚唐，其中初唐成就最高，因为"承华往制，垂光后尘，桃祢齐梁"，承六朝诗歌之风，近乎完美；盛唐虽然成就亦高，但还有欠缺，"洁逊于八代"；而晚唐因为源自初唐、盛唐，其不足则非一言能概之。三唐优劣之分判然有别，而其衡量标准显然是以八代为圭臬。

在宋育仁评价的69位诗人的诗歌中，初唐和盛唐的诗歌皆源自八代，如评价卢照邻和王昌龄。

> 其源出于江记室，间以奇气振其丰采，惟贪排对，致气格不凝，夫其雅情幽怨，凄清自写，虽繁弦损调，固无泛音。《长安古意》宛转芊绵，则七言佳体不让子山，开阖往来，犹以气盛。（评卢照邻）
>
> 其源出于鲍明远，缩作短篇，自成幽峭，七绝擅名，亦由关塞之词，江山所助。（评王昌龄）②

盛唐附录的14位诗人也多源自八代，如被置于附录之首的杜牧是："其出与元白同源，古风愈况，时伤浮露，无复春容；律诗绝句情韵覃渊，足以方驾龙标，囊括温李"，即说明杜牧和元白诗风一样，是源于程晓和应璩。中晚唐诗人中除了李商隐和温庭筠其他诗歌多是源于初盛唐，故在论述的时候多指出对初盛唐诗风的继承，不过最后也都会指出诗歌中的八代之风，如评价赵嘏："其源出于王勃、沈佺期，发声清润，而入格未遒……《昔昔盐》十二篇仿梁陈赋得之体。夫其诗派所宗，亦于兹可见。"又如评耿湋："其源出于孟浩然、刘长卿，淡霭春云、渊澄秋水、'长云迷一雁，渐远向南声'则发端神远，虽犹常语，自足缘情，发南康一首，乃大似小谢"③。正是因为诗歌中或多或少都有八代之风，故"建安始发其（诗）清尘，正始继流其遐响，六代增华而发艳，三唐尽变以铺芳。虽庄妙异容，静躁殊致，而推其高秀，固轨风人"④，宋育仁的这种以八代为上的诗歌理

---

① 《三唐诗品》，卷一，第1页；卷二，第1页；卷三，第1页。
② 《三唐诗品》，卷一，第2页；卷二，第2页。
③ 《三唐诗品》，卷二，第6—7页。
④ 宋育仁：《问琴阁文集》，清光绪刻本，第12页。

念无疑就是诗歌成就高低的评价指标。

宋育仁以八代为衡量标准的理念，使得他对诗歌风格的欣赏和王闿运非常接近。首先是对"绮丽"之风的认同。王闿运因喜欢绮丽之风，故不避讳对齐梁诗歌的喜爱。宋育仁也认同诗歌中的绮丽之风，他曾云："夫诗者发性情之华，梗声音之理，缘情达旨故词致绮丽"①。他评价徐洪诗歌云："错彩镂金，端然可宝，唐书称其典缛，可谓知言"，评岑参："五言源出于吴何，叠藻绵联，揆张典雅，如五丝织锦，裁缝灭迹……律体温和亦兼绵丽。"这种评价显然是基于一种观感，即华美的辞藻所带来的画面感和视觉冲击。其次是对婉而多思风格的认同，王闿运多次强调不喜欢直抒胸臆的相对浅白的诗歌。宋育仁评价唐诗最喜欢用的词是"深致"，如他评价陆龟蒙《自遣三十咏》为"雅怀深致，妙有遗音"，评盛唐诗歌是"综其旨要，源流在斯，疏密之途，各具深致"。他对"驰骋"之作持批判的态度，如评姚合为"其源盖出左太冲，而驰骋害体，已开宋派"，评价柳宗元是"至其驰骋之作，则前无所祖，宋元诗派此滥觞焉"②。

宋育仁以汉魏六朝诗歌为标准来品评诗歌，对诗歌绮丽深致风格的喜爱和王闿运如出一辙。他在《三唐诗品》中试图指出每一位诗人的诗歌所源，这种探源溯流的方法难免不会陷入牵强附会。"惟（唯）其论某人源出某人，若一一亲见其师承者，则不免附会耳。"③纪晓岚评价《诗品》的话也适用于宋育仁的《三唐诗品》。诗人风格是多变的，尤其是唐诗并非承一人而来，一言以蔽之曰源自某人显然是难以自圆其说。王闿运虽然也注重推源，但他主要关注于五言古诗。一般来说五言古诗八代成就最高，其后唐代亦难出其外，所以推源唐代五言古诗至八代就是很自然的事。很显然，在推源这一点上，宋育仁不如其师眼界开阔、思想成熟。

（二）品评唐诗的原因目的不同

虽然宋育仁和王闿运在诗歌品评和诗歌审美上较为一致，但毕竟生活经历不同，政治思想相异，他们各自品评唐诗的原因、目的有很大的不同。

王闿运以逍遥之法置身于政治纷争之外。他结交肃顺，因恐遭祸谢荐官而走；在曾国藩幕府停留，因曾国藩不纳其帝王之谋而去。他一生多半时间是教书和治经，诗歌在王闿运是非政治的艺术行为，他极力推崇汉以后诗歌就是因为自汉以

---

① 《问琴阁文集》，第12页。
② 《三唐诗品》，卷一，第3页；卷二，第1页；卷三，第1、4页。
③ 《影印文渊阁四库全书》，第1478册，第189页。

后，诗歌才真正成为"为己"之诗。"为己"是王闿运诗学思想的核心，他不止一次提出今之诗歌非源于亦不同于《诗经》。他从艺术的角度来审视诗歌，主张"依经以立本，托艺以适情"①，其选唐诗的目的如他自己所云是聊以自娱自乐，修身养性，同时也为其复古思想服务，教授学生作诗之法。

宋育仁比王闿运经历更为丰富，宋育仁18岁中秀才，25岁中举人，29岁中进士，1894年他以驻英、法、意、比四国使馆二等参赞的身份出使西洋，驻伦敦。维新运动爆发后，他开始大力宣扬维新变法；辛亥革命后，又积极鼓吹复辟。他一生的大半时间和其以"强国富民"为宗旨的政治改革运动分不开，他以"维中夏之教，保中国之民"为己任②。汪辟疆曾评价："富顺宋芸子，识时之彦，明于中西治术，忧国之言，朝野传诵。其诗多感时抚事之作，蕴藉绵远，不失雅音。"③在这样的思想背景下，宋育仁撰写《三唐诗品》是有其鲜明的目的，即宣扬诗教和改变当时的诗学风气。他曾提及关于诗话的写法。

> 今仿其例（《韩诗外传》）为诗话，取汉魏以来至于近人之作，或引一篇或引数句，或证以人事，或释以伦理，均以有关教化为主，一洗唐诗纪事宋元诗话之陋，为诗教兴起之一助焉。④

诗教即诗歌的社会教育功用，宋育仁撰写《三唐诗品》也承担同样的教化意义，《三唐诗品》中对这一点最好的体现是对有小雅之风诗歌的赞赏。如他对置于初唐、盛唐之首的陈子昂、杜甫的评语分别如下。

> 骨格清凝，苍苍入汉，源于小雅，故有怨诽之音。《感遇》诸篇，璆然冠代。称物既芳，寄托遥远，固当仰驾阮公，俯陵左相，幽州豪唱，述为名言。如《河梁赠答》语似常谈而脱口天成，适如人意，海内文宗，非虚誉也。
>
> 情芳意古，蕴藉宏深，本小雅怨诽之音，撰建安疏宕之骨，简蓄不逮古人，沈厉过之。七言骨重气苍，意研律细，诸家评论以此贱焉。⑤

宋育仁所选诗人是按照"每品之中，略以高下部居"，其中分别被置于初唐之首和盛唐之首的陈子昂和杜甫的诗歌皆有小雅之风，从中不难看出两人在宋育

---

① 《湘绮楼诗文集》，第513页。
② 参见徐溥：《宋育仁与"庚子秋词"》，《文史杂志》，1985年第1期，第41页。
③ 《汪辟疆文集》，第323页。
④ 宋育仁：《正本学社讲学类钞》，同文社校印，清光绪三十一年（1905年）版，第2页。
⑤ 《三唐诗品》，第1、5页。

仁眼中的重要地位。"小雅"乃为政治国家而发,"荀子论《小雅》曰'疾今之政以思往者,其言有文焉,其声有哀焉'此诗之情也"①,即为国忧、为政忧而歌的诗乃是有小雅之风,即诗歌中对现实的关怀。比如被置于盛唐之列的晚唐诗人李群玉有"颉心香草"②,李商隐之诗是"拾其香草,仍有内心"。"香草"即诗人诗歌中浓浓的忧国忧民、关注时事的爱国忠心,这一点和他一生致力于国家政治的目的是分不开的。

宋育仁除了是一位政治家,他还是一名文人,写诗、治经、修志,他对当时诗学现状并未视而不见,他品评唐诗的另一个原因是:"慨学唐诗者眯于气运作《三唐诗品》。"③除了通过品评诗歌以达到教化的目的,同时也为了改变当时的诗学风气。当时诗坛或宗宋,或主汉魏,或尚中晚唐,唐诗的阅读和接受虽然也还在持续,但唐诗学相对冷寂。宋育仁有感于此,撰写了《三唐诗品》这样一部纯粹的唐诗理论著作,试图挽回唐诗以往的主流局面。

总之,宋育仁和王闿运都重视诗歌的艺术审美,但是两者的根本出发点不同。宋育仁对唐诗的评价是站在政治和现实层面上,其主要目的是补时弊,倡教化,一方面通过对唐诗的品评传达自己对政治的忧患意识,另一方面试图重新建构唐诗的主流地位以改变当前的诗学局面;而王闿运则是站在汉魏六朝诗歌立场上,以"为己"为出发点来审视唐诗,一方面是为回归雅正的诗学风尚的目标服务,一方面是闲写自己的性情,陶冶情操教授后学者。不难看出,人生观的不同决定了诗歌的功用和价值的不同,诗歌的魅力恐怕也就在此。

(三)对待中晚唐诗歌的态度

宋育仁的《三唐诗品》虽然对初盛唐诗歌评价很高,但对于中晚唐诗歌也并不吝赞誉之词,这一点从《三唐诗品》"三唐"分法可以看出来。宋育仁没有沿袭自严羽之后传统的初唐、盛唐、中唐、晚唐的四分方法,而是根据诗歌成就的高下分为三品,初唐、盛唐、晚唐,他把中唐和盛唐合二为一,且把晚唐一部分诗人也置于盛唐,"旧以时代少后,分属中唐,今部居三品,除此一科,高者起列盛唐,其次统归晚代"④。置于盛唐之列的中唐诗人有韩愈、白居易、元稹等,晚唐诗人有李群玉、张佑等,中唐其他诗人及晚唐赵牧、赵嘏等列于盛唐附录里。

---

① (清)顾炎武著,(清)黄汝成集释:《日知录集释(外七种)》,上海:上海古籍出版社,1985年版,卷二十一,第1553页。

② 《三唐诗品》,卷二,第5页。

③ 吴洪武、吴洪泽、彭静中校注:《吴之英诗文集》,成都:四川大学出版社,2008年版,第131页。

④ 《三唐诗品》,卷二,第1页。

试看宋育仁《三唐诗品》初、盛、晚唐所选评诗人列表（表7-1）。

表7-1 《三唐诗品》中初、盛、晚唐所选评诗人

	所选诗人	所附诗人
初唐	1陈子昂 2张九龄 3王绩 4卢照邻 5杨炯 6王勃 7骆宾王 8宋之问 9沈佺期 10杜审言 11张说 12李峤 13苏颋 14苏味道 15徐洪	
盛唐	1杜甫 2王维 3李白 4韩愈 5李贺 6李颀 7孟浩然 8王昌龄 9储光羲 10韦应物 11岑参 12高适 13刘禹锡 14常建 15刘长卿 16柳宗元 17孟郊 18王建 19白居易 20张籍 21元稹 22李益 23钱起 24卢纶 25李群玉 26顾况 27元结 28张祜	1杜牧 2司空曙 3戴叔伦 4权德舆 5贾岛 6贾至 7韩翃 8戎昱 9李绅 10姚合 11耿湋 12赵嘏 13刘商 14许浑
晚唐	1李商隐 2温庭筠 3司空图 4韩偓 5韦庄 6方干 7罗隐 8聂夷中 9陆龟蒙 10皮日休 11于濆 12唐彦谦	

宋育仁对盛唐诗人的整体评价如下。

> 盛唐代兴，群言广汇，沿波布叶，各异条流，絜而论之，其归二体，或沈苍以结响，或清润以永致，乃如李、杜、韩、岑叩坚同骨，王、孟、储、韦取神共味，虽疏古绵密，视貌不同，而沈苍禀质，务振采以浏亮，清润名家，必酌雅而深稳。综其旨要，源流在斯，疏密之途，各具深致，昌谷极研而深造，香山词达而易明。律以二家分流，斯固范之无外。①

他把韩愈置于杜甫、王维、李白之下，高适、岑参等人之上，把白居易极达之诗作为律诗的一种典范，还给予韩愈和白居易很高的评价。

> 其源出自陆士衡而骧其体貌，盘空硬语，抉奥险词，雅音璆然，独造雄古，郊岛卢同相缘并作，五言长篇，嫌见排比之迹耳。（评韩愈）

> 其源出于程晓应璩，亦参法陶公，研淡为华，琢虚成隽。虽与微之同訾轻俗，要自神清，续古十篇，天条明丽，虽劲惭彭泽，高谢枚生而挺秀缘情，正如子山拟阮，寓意微词，清思绝径，惟（唯）与微之赠答少损其韵，亦缘精神相属动与形模也。《秦中吟》讽喻诗则染采王建，青蓝异色，各尽其妍矣。（评白居易）②

虽然他也指出了韩白诗歌之不足，但整体而言是持肯定的态度。宋育仁之所以把中晚唐一些诗人置于盛唐之列，一个原因是这些诗人在宋育仁看来依然承袭

---

① 《三唐诗品》，卷二，第1页。
② 《三唐诗品》，卷二，第4页。

八代诗歌之风或能与古诗境界之外自有发明，如他评价韩愈"独造雄古"，评价李群玉"与古为新"，杜牧"古风愈况"等；另一方面这些晚唐诗歌和他推重的"教化"诗学精神也是一致的，故特别强调诗人的"香草之心"或诗歌中的讽谏之意，如《三唐诗品》中用"香草"来评价的诗人有陈子昂、李群玉、李商隐、顾况。在评价白居易、元稹诗歌时，特别指出他们的讽喻诗，加评白居易："《秦中吟》讽喻诗则染采王建，青蓝异色各尽其妍矣"，评元稹为"曲江百韵与乐天讽喻同规，连昌一篇足媲华清长恨"，评元结为"讬讽深微"，评聂夷中为"田野诸诗，讬情讽喻，亦有古谣谚之风"①，注重的都是他们诗歌的内在境界和现实主义精神。在这一点上，宋育仁和王闿运已经有了距离。

宋育仁以汉魏六朝为标准品评唐诗，但他的关注点在诗学现状和诗歌的政治教化作用，他的《三唐诗品》一方面是希望力振当时相对淡薄的学唐之风，另一方面也希望通过以诗话方式对唐诗的品评激起更多的政治热情和爱国之心，故对有小雅之风和香草之心的诗人推崇备至，这一点和王闿运执守汉魏六朝诗风来审视唐诗、侧重唐诗艺术风格方面有很大不同，这也是他们在对待中晚唐诗歌的态度上有所差异的主要原因。可以说通过《三唐诗品》宋育仁建立了自己完整的诗学体系，这个诗学体系既有对王闿运诗学的继承，即以八代为标准来品评唐诗；也有对王闿运诗学的疏离，打破初唐、盛唐、中唐、晚唐这样既有时代分期又有优劣高下之品评的方法，把盛唐和中唐融为一体，完成了整个有唐一代诗歌是为一体的理论体系的建构。

其实，四川文人除了受王闿运的影响，还受到张之洞的影响，"张广雅督学川中，以雅正道其先路，王湘绮讲学尊经，以绮靡振其宗风，风声所树，沾溉靡涯"②。学张，使得四川文人多热衷参与于政治，重视诗歌的政治功用。学王，则使他们不忽视诗歌的艺术特征，推重诗歌中绮丽蕴藉之风。当然也有调和张、王的一面，宋育仁的《三唐诗品》就是明证。

第三节 王闿运影响下的夏敬观及其诗论

夏敬观（1875—1953 年），字剑丞，号映庵，江西新建人。他对经史、诗词书画都颇有建树，论著甚丰。光绪二十年（1894 年）举人，为皮锡瑞的入室弟子，后又从文廷式学词。入张之洞幕府，曾任江苏省参议，有《忍古楼诗》《忍古楼诗话》等，又曾署名玄修、冬士等在《同声月刊》上发表诸多关于唐诗评论的文章。

---

① 《三唐诗品》，卷二，第 4、5 页；卷三，第 2 页。
② 《汪辟疆文集》，第 321 页。

一、夏敬观和王闿运的渊源

夏敬观多被视为"同光体的后劲"[①]，但有意思的是在对待王闿运的态度上，夏敬观和同光体诗人截然不同，他对王闿运的诗学思想颇为推崇，这应该和他的父亲夏献云有很大关系。夏献云"官湘中十七载"[②]，在湖南为官的十几年和邓辅纶、王闿运等诗人多诗文唱和，对王闿运的文学成就也推崇有加。夏献云《送王壬秋孝廉入蜀》诗云："鸿文伟论渺无俦，忽听骊歌送远游。工部才高依仆射，青莲名重识荆州。江声滟滪帆边落，山色岷峨笔底收。此后酒筵倍酬唱，蚕丛见说便生愁。"[③]王闿运在《日记》中亦多次记载他和夏献云的交往酬唱，如《日记》光绪六年（1880年）元月七日："夏储量约游定王台，期以日昃……芝岑任储量二处，均数千金之工，城中遂有游赏宴集之地。"元月廿九日云："为夏芝岑书定王台记"，等等。王闿运对夏献云诗歌的评价是："不事雕镂，只抒胸抱，比之谢康乐，无其错镂；方于湛甘泉，为有准绳。奚囊得诗，此为发轫；少文卧游，徒老懒耳。当俟海岳游遍，勒为青霞之集。"[④]或许是因为夏献云对王闿运知交深厚，使得其子夏敬观对王闿运也多了几重敬重。他在《忍古楼词话》里记录了两次会晤王闿运的情况："光绪间，先君子官湖南粮储道，重修定王台。每岁人日，踵姜白石探梅故事，必有赋咏。先君子不作词，其和白石一萼红词者，湘潭王壬秋丈闿运、长沙杨蓬海丈恩寿、会稽陶子缜丈方琦。……杨丈、陶丈，仅童时曾见之。予后与杨丈子绍六太守逢辰同年乡举，同官江苏，杨丈已前殁。王丈则先后遇于江宁、北京，获以文字见赏。"[⑤]作为长辈的王闿运对年轻后生夏敬观颇为赏识，而夏敬观对王闿运诗学理论的传承和传播则远胜于任何王氏弟子。

二、夏敬观对王闿运诗歌理论的接受

夏敬观对王闿运的接受主要表现在以下三个方面。

首先，夏敬观对王闿运诗学的认同。王闿运显赫的诗歌成就和地位，是其众多弟子引以自豪并给予高度肯定的。但能真正领悟并给予公开评价的则是夏敬观，

[①] 《中国近代诗歌史》，第575页。
[②] 俞锡爵：《岳游草题词》，夏献云《岳游草》，清光绪十二年（1886年）版，刻本，第1页。
[③] 夏献云：《清啸阁诗草》，长沙遵德堂，清光绪十八年（1892年）版，刻本，卷十一。此集中还有两首诗写及王闿运，《和王壬秋孝廉壬午贾祠荐屈元韵》写与四川归来的王闿运的相见；《壬午人日定王台与傅青、余寿彤、王壬秋、杨鹏海、吴云穀、定夫诸君作》中提到王闿运和杨鹏海是"远归二客作豪吟"。
[④] 王闿运：《岳游草跋》，夏献云《岳游草》，第1页。
[⑤] 夏敬观：《夏敬观著作集》，上海：复旦大学出版社，2019年版，卷七，第378—380页。

如他对张之洞和王闿运的论述。

> 文襄不喜人言汉魏，王先生不许人有宋，皆甚隘也。君诺诺题吾言。夫诗道广矣。学者探源发微，将铺观列代以监其情变，唐宋茂制，孰非诗法汉魏乎。若明七子标举汉魏，其能洞见汉魏神髓乎？乾嘉人盛倡唐宋，其能果喻唐宋真谛乎？居显达能文章如文襄者，物望所归，宜不偏于憎爱。然其操世藻鉴固犹是承乾嘉诸老余习，既不足以知王先生，其不知君抑复何憾。王先生之教足以救乾嘉之弊矣。①

夏敬观这段话源于陈锐在张之洞幕府不受欢迎一事所阐发的言论。陈锐是王闿运弟子，诗学汉魏六朝。②张之洞不喜人言汉魏，自然对陈锐有轻视之意。但夏敬观对张之洞这种态度从三个方面进行了批评，第一是诗歌贵在探源溯流，他认为"唐宋茂制，孰非诗法汉魏乎？"张之洞诗学唐宋，竟然不知道探根溯流，不知唐宋诗歌乃皆诗法汉魏；第二是对以往两种诗学风尚进行批评，一是主复古的明七子虽主汉魏，但并不能洞见汉魏神韵，主宋诗之乾嘉诗派亦不能洞见诗歌真谛，而张之洞虽然惩明七子之弊却又承乾嘉之弊，可谓矫枉过正；第三是张之洞竟然不知道王闿运主汉魏六朝诗歌的意义是惩明七子复古之弊，亦能救乾嘉诗学之不知唐宋真谛之弊。这段话表面是告诉陈锐不为张之洞所赏不值得遗憾，另一方面也间接对王闿运诗学给予高度的肯定。不仅如此，夏敬观还在《同声月刊》上连载了王闿运的《八代诗评》，并给予较高的评价。

> 分别汉魏六朝诸家作法之异同极不易，较分析唐人宋人之诗家派别为难，非走过来复线不能明了。所谓来复线者，即从汉魏起至南北宋，顺下用功复溯而上之以至汉魏。予为钝根，即走过来复线，尚不敢谓十分明了。惟王壬秋丈能一一分别，予家所藏有王丈手批《八代诗选》，此为未刊之本。③

夏敬观认为要界定汉魏六朝诗人的诗法较之分析唐宋之诗法尤为不易，因为汉魏六朝诗歌还处于刚进入自觉时期的浑厚状态，没有鲜明的创作技巧，要对他们进行界定，没有一定的诗学功底殊难做到，而王闿运可以一一进行分析界定。

---

① 《忞碧斋集》，第2页。
② 《杨度日记》，第65页云："陈伯弢诗专学湘绮，其言曰：陶诗之清者也，杜诗之任者也，王维诗之和者也，王湘绮诗之圣者也。"王闿运《日记》光绪二十一年（1895年）十一月廿四日云："看陈伯弢诗，学我已似矣，但词未妍丽耳。"第2058页。
③ 夏敬观：《夏敬观艺文杂志论著》，哄庵臆说续，第3页。

读汉魏人诗,不易分别其家数。王闿运选八代诗,曾有眉批,为未刊本,大旨以宽和清劲,分为二派。枚乘诗兼有宽和清劲二派,苏武宽和,李陵清劲。其评枚乘苏李以后诗,即以此二派分析之。亦间以朴厚、质直、高华、明丽等字别之。其批拟李陵诗八首曰:"宽和清劲,苏李之所由分也。拟之音促,能宽和,宽和有迹可寻。若摹清劲,一反急矣。自魏以降,乃有反急一种,汉人固无之。"王氏于汉魏诗,研求功深,其言盖深有得于心者,非泛泛之评也。①

把王闿运八代诗评刊刻出来并给予较高评价的,夏敬观是第一人。王闿运的四川弟子也曾想刊刻这些诗歌评语,但因王闿运不同意而作罢,此后则不见有人提及。其次,和王闿运一样,夏敬观认为学诗应该先从汉魏六朝五言古诗开始。

五言诗为汉世创体,诗家所祖,学诗者所必读。不读汉五言,则胎息不能深厚,读之而不知其所以然,徒袭形貌,犹之未读也。予尝以学书喻之:三百篇、楚辞,书中之篆法也;汉五言,书中之隶法也。章草、钟繇楷书、王羲之行草,皆从篆隶出。后世学书者,不能从章草王之外,别树骨骼,后世学诗者,亦不能从诗骚汉五言之外,别树骨骼也。自近人专从唐宋人诗入手,乃有薄汉魏六朝诗为选体者,是欲矫明七子模仿之弊,而数典忘祖也。不知明七子诗,正坐徒袭形貌,即其学李杜者亦然,是不善学也。今人不知学,其弊与明七子等。②

夏敬观认为宗宋诗派由宋入唐却不言汉魏六朝诗歌是一种数典忘祖的行为,批判不可谓不尖刻。虽然夏敬观被视为"同光体后劲",但他并非以宋诗为宗,而是倡导诗学汉魏六朝五言古诗,并认为只有先学五言才能涵养内蕴,其对诗学五言的论述较之王闿运更详。他认为:"初学作诗,不可从绝句入手,绝句乃最难作之诗,当先学作五言古诗,或五言律诗。古与律,音调不同,熟读古人诗,自然了解。读汉魏六朝诗,或读唐宋诗,可听学者之便。惟不可令其读明清两朝之诗。"③又言:"五古为三百篇后诗之所祖,譬若众流之渊源,建筑之基础,先自他体起,是无源之水,无基之垣,他体必不能工。……晚唐人多工为律诗,而不能五古,是唐时以诗赋取士专用律体之故。晚唐律诗,犹之清代八股文。清初八股,有所谓五大家者,尚是从古文脱胎,此诸人皆会从古文用功。犹之晚唐以前之诗人,皆

---

① 《同声月刊》,第一卷,第二号,第13—14页。
② 《同声月刊》,第一卷,第二号,第13页。
③ 《同声月刊》,第一卷,第十一号,第2页。

能从五古入手也。至清末八股,则谓之墨卷矣。晚唐律诗,唐之墨卷也。"①"今人作诗,多喜从律体入手,不知用功处,须在五言古体,否则律体亦难工。"②总之,其多次的论述主要意思就是五言古诗是学诗的基础,五言古诗不学则其他诗体也难以学好。夏敬观把此说推源刘熙载,其《刘融斋诗概诠说》一文引用刘熙载之论:"凡诗不可以助长,五古尤甚。故诗不善于五古,他体虽工,弗尚也。书谱云:'思虑通审,志气和平,不激不厉,而风规自远,为五古者,宜亦有取于斯言'。后云:予谓学诗应先学为五古,即此意也。"③夏敬观这样的论述和王闿运的"然不先工五言,则章法不密,开合不灵,以体近于俗,先难入古,不知五言用笔法,则歌行全无步武也。既能作五言,乃放而为七言易矣"不谋而合。

再次,夏敬观也主张诗歌先从模拟入手:"近有薄作诗作文为说鬼语者,曰:'学古人诗文,即学到与古贤无异,亦徒以今人作古语耳'此语诚然。顾学者初步功夫,正不妨学作鬼语,此类功夫犹之学书画者,临模(摹)碑帖及古画名迹亦不可少。至勤习既熟,便可脱离平日模范,别出蹊径。古贤卓然自成一家者,莫不各有蹊径,亦一时代人说一时代之话耳。"④学诗先从模拟古人开始,"凡作诗文词曲,必赖有泽古之功,然后能吐辞雅驯"⑤。不过有一点值得一提,即夏敬观对王闿运模拟又有微词,并与之划清界限,"予之主张在得汉魏气味,不事摹拟,与王丈不同,予诗虽不佳,却不得以湘绮派目之"⑥。临摹之法是学诗不可少的步骤,但夏敬观不认同一意摹古,许是囿于成见,抑或是真实感受,寥寥数语和王闿运保持了距离。其实王闿运也主张"自运",要求"自成家数",前期诗歌的确模拟味道甚浓,但到中后期诗歌亦能自成情韵,暂且不论其著名的《独行谣》《圆明园词》诗歌,仅就其律诗而言已自成家数。

最后,夏敬观和王闿运一样充分肯定六朝诗歌的地位。六朝诗歌多因绮靡之风被后世文人所批判,王闿运旗帜鲜明地认为六朝诗歌有古诗之风,"虽似极靡,而实兴体,是古之式也",尤其是齐梁诗歌有"画家超逸之意"。夏敬观对六朝诗歌也给予同样高的评价:"六朝人艳体诗含一种质朴之气,余学此类诗,须熟读六朝人诗,力争上乘。"他用"质朴"一词来评价六朝诗歌的特点,其实也就把六朝诗歌和汉魏置于同等重要的地位。两人对六朝诗歌之不足的认识也较为一致,如

---

① 《同声月刊》,第一卷,第十二号,第1页。
② 《夏敬观艺文杂志论著》,映庵臆说续,第2页。
③ 《同声月刊》,第一卷,第十二号,第1页。
④ 《夏敬观艺文杂志论著》,映庵臆说续,第1页。
⑤ 《夏敬观艺文杂志论著》,映庵臆说续,第1页。
⑥ 《夏敬观艺文杂志论著》,映庵臆说续,第3页。

王闿运不喜欢齐梁诗歌写闺阁之语却还用典故，夏敬观也说："作艳体诗，多用典故衬贴，可厌若为律体，只八句地位，再用典故拼凑，尤为可厌；用艳体一类词藻过多，亦可厌。"①虽然夏敬观明确说明自己并非湖湘诗派，但是他对汉魏六朝五言古诗的接受和评价较之王闿运的众多弟子更接近王闿运。

三、唐宋诗批评的调和

夏敬观曾在《同声月刊》上以玄修、冬士等名字发表了《唐诗概说》《唐诗说》《说李》《说杜》《说韩》《说王孟韦柳》《说元白》《说孟》《说李商隐》《说韩偓》等论唐之文，其中《唐诗概说》论说了自初唐到晚唐的108位诗人，这些诗人不包括上述单篇文章中所论及的诗人。虽然，夏敬观认同王闿运的汉魏六朝思想，但在对待唐诗的态度上则有同有异。

（一）关于诗歌功用的看法

夏敬观和王闿运一样都主张从诗歌艺术本质上来评价诗歌，故夏敬观对六朝诗歌的评价也抛弃了齐梁诗歌有失风化的儒家批判思想，而是从艺术入手，肯定其诗学地位，这也和他"评论文章，必须就文字立论，而后可示学者以艺术津梁"的观点一致。所以，他对以诗教为标准来衡量诗歌颇有微词，"宋人立论，好偏重忠爱，以取悦于时君，其为李杜优劣之论，辄从忠爱二字下判断"，不认同宋人动辄以"忠爱"来评判诗歌的做法，对白居易以诗教论诗的方法也表示不满，"论诗必责以篇篇忧国忧民，窃恐古今诗人，皆被淘汰"②。夏敬观之前的宗宋诗人论诗主诗歌教化，他们由宋上溯至唐的过程中，诗教是维系他们溯源的一条重要的理论线索，而夏敬观不满论诗动辄诗教的论调，如他引用苏轼、苏辙的论词并评价。

> 二苏言论如此，盖皆就诗教立言，固是堂堂正正议论，予何敢以为非。然至今日，言杜诗者，惟（唯）知此论，遂成为口头门面语。于杜之文章关键，前人非不阐明，而为此蒙头盖面之论掩之，实论诗者之流弊也。③

一味以是否有关教化为评价的标准，势必淡化对诗歌艺术形式的重视和论述，同时也会忽略诗歌所传递出来的其他重要信息。不过夏敬观认同诗歌变风变

---

① 《夏敬观艺文杂志论著》，眲庵臆说续，第1页。
② 《同声月刊》，第一卷，第七号，第19页；第九号，第2、10页。
③ 《同声月刊》，第一卷，第七号，第20页。

雅,"评诗者或以为元白乐府讽刺,嫌其太露,远不逮李杜,然诗道固随时代变迁转移。当李杜时,唐亡之机,虽已萌渐,而尚为盛世;德宗时,衰象已显。开元至贞元,正如清代乾嘉,奢侈之余,府库虚匮;德宗时,正如道光朝,上下讳言变乱,盛衰治乱,既有不同,风雅岂能无正变之判"①,从文学是社会现实的反映来说明元白乐府讽刺诗产生的合理性,也对晚清同光体诗人论诗主变风变雅进行了辩护。时代盛衰治乱不同,风雅亦有正变之别,故而诗歌亦有正变之判,诗中所表现出来的"歌生民""补时弊"的思想也合情合理。夏敬观看似矛盾的理论其实是和宗宋诗人的理论相一致,在一定程度上也有调和复古诗派与宗宋诗派的意味。

(二)关于李颀和孟郊的评价

王闿运唐诗推崇李颀,夏敬观亦云:"颀诗七古,最能夭矫,使人读之震荡心神,高仲武称其发调既清,修辞亦绣,杂歌咸善,玄理最长,论其家数,往往高于众作。"②王闿运除了对李颀诗歌给予很高的评价之外,对孟郊诗歌的推崇也远胜于韩愈、白居易等人,因为孟郊乃是唐古诗衰落之际专意学古之人,而夏敬观对孟郊诗歌的关注也主要是其摹古,"自六朝诗人以来,古淡之风衰,流为绮靡,至唐为尤甚。退之一世豪杰,而亦不能自脱于习俗。东野独一洗众陋,其诗高妙简古,力追汉魏作者,正如倡优杂沓前陈,众所趋奔,而有大人君子,垂绅正笏,屹然中立。退之所以深嘉屡叹,而谓其不可及也"③。在皆以韩愈为宗的宗宋诗人中,夏敬观推重孟郊,这一点和王闿运"郊诗于唐人自成家,尚是从陶谢化出,非李、杜所能笼罩,韩更不及也"④的论调更为接近。

不过在对待韩愈诗歌的态度上,夏敬观很明显是和宗宋诗派为近。比如王闿运认为韩愈诗歌下笔有讨好人之意,夏敬观则认为:"刘熙载又云:'昌黎诗往往以丑为美,然此但宜施之古体,若用之近体则不受矣。是以言各有当也。'按以丑为美,即是不要人道好。诗至于此,乃至高之境,近体兴于唐之以诗赋取士。将以博利禄者,不徇人意不可也。"韩愈之诗以丑为美正好可以说明韩愈有不要人称好之意,即不是"为人"创作而是"为己"创作。但近体诗源于科举考试,故有讨好人的意味。可以说王闿运从用韵的角度和徇人的创作目的来批判韩愈诗歌,而夏敬观则是持肯定的态度:"予以为退之诗,不止于豪,自亦有杜之雄在。且雄

---

① 《同声月刊》,第二卷,第四号,第4页。
② 《同声月刊》,第二卷,第八号,第6页。
③ 《同声月刊》,第二卷,第三号,第8—9页。
④ 《王闿运手批唐诗选》,第233页。

豪二字，皆不足以尽子美、退之之诗也。"①则又完全是宗宋诗人的论调。

（三）关于诗歌史的建构

同光体诗人沈曾植曾提出"三关说"，主张学诗要从六朝至中唐然后到宋，但是他对六朝诗歌的关注主要在玄言诗，从六朝到中唐，对盛唐略而不论。陈衍之"三元说"只有唐宋而不及汉魏六朝。夏敬观则非常重视汉魏六朝五言古诗的地位，他接受王闿运主汉魏六朝三唐，又继承了同光体之唐宋诗一体论。正如学者所评价："观其用心，有打破初盛中晚的传统分期方法，连贯地显示唐诗变化之迹及指导后学的论述意图，总而言之亦显示了他的诗史观。"②夏敬观力图构建唐诗发展脉络，优劣高低的评价不是其主要目的。他对唐诗的梳理重在一代而非某一时期。比如他最先发表的几篇论唐诗之文，论述了李白、杜甫、王维、孟浩然、韦应物、柳宗元、韩愈、孟郊、元稹、白居易、李商隐、韩偓，其中王维、孟浩然、韦应物、柳宗元放在一篇文章论述，元稹和白居易为一篇。读这些单篇的论述之文，可以看出夏敬观试图通过历代对这些大家的评价梳理出有唐一代诗歌的发展流变及重要的诗歌风格，同时对历代文人对唐代这些重要诗人的论述进行重新整理，偏激者指出不足，理顺者给予肯定。之后夏敬观又评说了从初唐到晚唐的108位诗人，并交代如此做的原因。

> 余说唐诗，既择李白、杜甫、王维、孟浩然、韦应物、柳宗元、韩愈、孟郊、元稹、白居易、李商隐诸家，分别言其大概。然求诗于唐，如求材于山泽，随取皆给，今仅就李、杜诸人论之，恐不足以见有唐一代作者之风，及其沿革变迁之迹。……一代之诗，形形色色，绝非括而论之，足以表现者，可知也已。余因复择其尤者，加以评说，略依时代或诗派为次，庶览者得以寻绎诸家诗篇而覆按之。③

评说唐诗之目的乃是站在史的立场上展现"有唐一代作者之风及其沿革变迁之迹"，这一观念也影响了他对历代选本的态度。

> 世言唐诗，多持初盛中晚之说，阎若璩已极诋其非。是则分作四期，无由立说。况自来选诗者，各就所好为之，如元结好古淡，则《箧中集》所录皆古淡；令狐楚好富赡，则《御览诗》所录皆富赡；方回好生拗，

---

① 《同声月刊》，第二卷，第二号，第3、5页。
② 吴淑钿：《从夏敬观〈唐诗说〉看同光体后期诗人的诗史观》，《文学遗产》，2004年第3期，第122页。
③ 《同声月刊》，第二卷，第七号，第15—16页。

则《瀛奎律髓》所录皆生拗；元好问好高华，则《唐诗鼓吹》所录皆高华。其所谓古淡、富赡、生拗、高华，岂限于一时之作者耶。①

这些选本多打上选家自己的偏好而不能兼顾全面和整体，夏敬观以发展的眼光来审视选本，他指出任何一种风格的诗歌其实都有一段历史延续，不能仅限于某一段时期。总之，夏敬观以相对客观和理性的态度来品评诗歌，不仅如王闿运一样把汉魏六朝诗歌置于首要的核心地位，同时作为同光体的后继者也肯定中晚唐至宋的诗歌成就。

作为晚清民初的诗坛盟主，王闿运的诗学影响绝非上述一些学生和后生，如李慈铭、章太炎二人均被认为属于王闿运一宗。谭嗣同亦受到其影响，对王闿运评价甚高，"湘绮诗劖风缉雅，哀感顽艳，更复执玩，不忍释手。湘中灵怪之气，笃钟一枝（支）笔。小注尤冷隽有奇致，下一字辄具史体，乃是奇耳。幕中传观殆遍，尚有欲假钞者"。并把他和魏源、龚自珍相提并论，又言："愚以为海内诗派，眉山、江西而后，渐即横流，梅村、新城出，救以清新，后乃流为浮滑。迩者瓣姜先生嗣阮、左之响，白香、湘绮时振王、杨之唱，湖山辉耀，文苑有属。若夫高华凝重，赋丽以则，擎孤掌以障奔流，上飞云而遏细响，四杰不作，舍湘绮其谁与归？佳什深厚，雅近景明《明月》，抱此绝艺，庶几湘绮替人，足以雪前者一县之陋，无任钦服。"②谭嗣同对王闿运诗歌的华贵典丽、厚重雅致给予相当高的评价，视王闿运为晚清少数有作为的诗人之一。当然，对王闿运诗歌评价的高低和个人的偏好有关，不过有一点可以肯定，即王闿运诗歌理念影响非常大，后世学者视其为诗坛的盟主一点也不为过。

---

① 《同声月刊》，第二卷，第七号，第15—16页。
② 蔡尚思、方行编：《谭嗣同全集》（增订本），北京：中华书局，1981年版，第483、479页。

结语　王闿运选批唐诗的意义和价值

在以宗宋为主流的晚清诗学背景中，王闿运用五十多年选录唐诗，两次自费刊刻，他这种坚持不懈地选录、批点唐诗的实践行为和学术精神令人敬佩。足见唐诗在王闿运学术生涯中的地位，也可以一窥王闿运唐诗接受的变化及其诗歌倾向。

王闿运的三种唐诗选本，较为清晰地显示了王闿运唐诗观的形成轨迹。早期的王闿运年轻气盛，跟随邓辅纶一意摹古，不作唐宋近体诗，尽管如此，他仍选录了《唐十家诗选》，其中所选十位诗人主要是盛唐大家，尤以田园诗人为重。在经历了十数年的游幕生活之后，他开始了隐居生活，后又入主尊经书院，诗学观念有所转变，开始关注诗歌史的发展，《唐诗选》六卷本重盛唐亦不薄中唐。晚年王闿运诗学倾向更为宽泛，对中晚唐诗歌有了更多的思考，其晚年的选本选诗不拘一格，不囿一体；清劲幽秀、宽和绮丽、自然超妙之诗歌为王闿运所选，恢怪奇诡、生涩劲炼、小巧油滑之作亦在所选之列；诗风接近六朝者为王闿运所偏爱，诗风迥异于六朝者亦不为其所弃；初盛唐诗为王闿运所重，中晚唐诗歌亦选录不少，但凡诗歌中有可取之处，或有可资借鉴之处都会被选录。选本如王闿运所言要尽诗歌之美，亦尽唐诗之法。王闿运在刊刻此书时感叹曰："自今以后，有求选本如余者乎？但恐学业废，时地异，不得闲写其性情，则汉、唐作者又笑余多事也。"① 王闿运选编唐诗虽有要为他人提供好的学习范本的意愿，但他更多的是想通过选诗来涵养性情，积累学识，故其选编诗歌是为人更是为己。

王闿运是以美为标准选、批唐诗，在主变风变雅的晚清诗坛别具特色。"历代以来，人人有作。余之二选（即《八代诗选》和《唐诗选》十三卷本），已备其美矣。"② 王闿运注重诗歌之艺术特质，其诗学理论充分吸收了前代诗学中关于诗歌艺术发展的许多精华，注重诗学内在的和外在的审美特点，从而建构了以诗歌艺术发展为中心的诗学体系。也是因为这样的诗学理念，"为己"的诗学目的成为王闿运的诗学核心，他强调诗歌是诗人触物感兴之后的自然抒发，不关乎政治，不关乎他人注重诗歌内在的一己之"情"，所以他认为六朝山水诗、宫体诗皆属于言情之作，属于诗歌正统的范畴，故其不仅仅关注诗歌内在的美学，同时也注重

---

① 《湘绮楼诗文集》，第2126页。
② 《王闿运未刊手书册页》，第33页。

诗歌承载感情的外在形式之美。他对绮丽诗风尤为喜爱，所以他认为："诗涉情韵议论，空妙超远，究有神而无色，必得藻采发之，乃有鲜新之光。故专学陶、阮诗，必至枯澹。"①王闿运把诗歌内在真性情抒发之美和外在语言形式之美有机地融合在一起，反对杜甫诗歌对时事过多地抒写，亦反对韩愈诗歌中满溢的为儒家立言的精神，对白居易语浅如话的诗歌也略有不满。他注重从美学角度来审视唐诗，他给予刘希夷、张若虚等诗作以"明艳绝伦""孤篇横绝"等前所未有的评价，对王维、刘长卿之诗的清丽悠远之诗歌意境也给予高度的肯定。他喜欢富贵华丽雍容大气之作，不喜怨天尤人自怨自怜语；喜欢清幽淡远、悠然不尽之意境，不喜理多于辞、语浅如话之诗。所以王闿运对中晚唐诗歌之瘦涩、落寞、感伤之风略有不满，对由韩愈开创的以学问入诗、以议论入诗的变风变雅的诗歌亦有微词。王闿运所取的诗歌意象多明丽、清新、雅淡。在宗宋诗风趋于乖戾瘦涩风格的晚清，王闿运从艺术审美角度来品评诗歌，重唱诗歌之美学特质，多少能扫去文人心头的一些阴霾，让他们在感叹社会黑暗，悲叹自己生不逢时的同时从诗歌的艺术魅力中得到些许的慰藉。王闿运之论犹如夏日里一股清风，给人神清气爽的美的感受。

　　王闿运选本选诗范围广，批点风格多样化，这为晚清相对狭窄的唐诗学打开了较大的空间。当时的晚清唐诗学主要有两种倾向，一种是诗学杜韩，如宗宋诗人、汉魏六朝诗派的邓辅纶、唐宋调和派的张之洞和"不名一家"的李慈铭等皆以杜韩为诗学的对象，只不过宗宋诗人重在韩愈，而其他几位诗人则主杜甫。宗宋诗派看重的是韩愈诗歌中儒家之精神及其对宋诗的开启作用，通过韩愈为他们的宗宋体系奠定理论基础和有力证据，使他们的唐宋一体合理化和正统化。而后几位诗人则趋重杜甫，他们所看重的主要是诗歌中感天地泣鬼神的现实关怀、忧国忧民的儒家精神气概，邓绎还把杜甫诗歌等同于《诗经》《春秋》等儒家经典著作。总之，宗杜韩者除了学杜韩诗歌的尚奇求变、熔铸经史之外，多半是取其诗歌中正统的儒家思想。另外一种唐诗学倾向是趋向中晚唐诗歌，如易顺鼎、樊增祥被视为"中晚唐诗派"，诗风尤近李商隐、温庭筠；释敬安、杨钧诗学孟郊、贾岛、卢仝；曾广钧则一意于李商隐，四川宋育仁则通过把盛唐诗人和中唐诗人归为一品，从而给予中唐诗歌和盛唐诗歌同样的地位，这也是在为中唐诗歌正名。这一派诗人并不以诗歌教化功用取诗，诗歌风格趋于瘦劲、清幽、感伤或绮靡的诗歌意境，有放任或消极避世之感。整体而言，晚清唐诗学趋向中晚唐诗歌，杜甫、韩愈、孟郊、李商隐是主要的诗学对象。

---

① 《湘绮楼诗文集》，第 2165 页。

结语 王闿运选批唐诗的意义和价值

　　王闿运不盲目随从，也不随声附和，对于唐大家如李白、杜甫和韩愈的诗歌批评是抑多于扬，贬大于褒。杨钧言："湘绮之志愿太高，几不许有一古人立己之上，而古人之所长，又有绝不能相通者。譬之李、杜之诗，杜擅横推，李长直下，横直兼备，岂曰易能？湘绮报輘杜轹李之心，而各家所能，又复兼收并采，故多非直非横之制，而有非人非己之篇，不得不谓为大家，又不得谓为纯洁之大家也。"[①] 王闿运对这几位诗人的贬抑不是就诗歌艺术成就而言，主要就内容和用韵来谈。从内容入手，反对杜甫过多抒写时事以至于有"叹老嗟卑"之语，反对李白天马行空地"直书己意"。从用韵和内容的角度入手对韩愈诗歌进行批驳，《王闿运手批唐诗选》中批点韩愈诗歌 11 首，其中 5 首是从用韵进行批评，有 4 首是从内容来批点。王闿运对这些诗人的批评一方面是要消除唐大家的影响，从而重建自己独特的诗学体系，一方面则是通过对这些大家的批评来祛除当时宗宋诗风影响的焦虑，改变当时瘦硬艰涩的诗风。王闿运还就不同的诗歌体式指出所应该取法的对象，总结来说是：五言古诗取刘希夷、王维、杜甫、孟郊；歌行重张若虚、李颀，亦学杜甫、卢仝等；律诗学王维、杜甫、李商隐等；七言绝句以王昌龄、李益、李商隐等为高。王闿运不专一家，不主一格，兼收并蓄，以汉魏六朝五言古诗为底蕴，泽以唐诗诸家。相比较晚清其他文人，王闿运的诗学范围较广，并在不同的诗歌体式中打开不同的诗学门径，给后学者指出一条清晰且广阔的诗学之路。

　　王闿运通过选诗、批诗，客观上打通了汉魏至唐宋的诗歌发展环节，这是一条以审美为特质的诗歌艺术发展之路。首先，他把《诗经》排除在诗歌体系之外，因为在他看来《诗经》中的"风""雅""颂"犹如国家之章疏告示颂赞之文，和王闿运所谓的触物感兴、抒发己怀、无意于他人的诗歌之"兴"体不同，高雅文学应属于美学范畴的成就，而非国家宣传品[②]。他从诗歌审美层面肯定齐梁诗歌的绮靡之风，从而为我们打理出一条从汉魏至齐梁再到唐宋的诗歌艺术发展之路。王闿运的探源溯流感悟风格是对诗歌艺术之路的探索，他视齐梁诗歌为"新体诗"，肯定齐梁诗歌之承前启后的价值，从而打通六朝和唐诗。他的《唐诗选》选录一些开宋诗之风的诗歌，并通过批判韩愈对宋诗风的开启从而肯定韩愈的承前启后的重要地位。王闿运对诗歌艺术发展史的建构，一方面使诗歌彻底从教化的功用解脱出来，真正走向艺术的自觉，另一方面也为后世的唐诗学开辟了新的研究视角。

---

① 《草堂之灵》，第 92 页。
② [美]哈罗德·布鲁姆著，徐文博译：《再版前言》，《影响的焦虑》，南京：江苏教育出版社，2006 年版，第 8 页。

王闿运唐诗学方面的一些理论批评也促使我们重新审视王闿运的"复古"。王闿运的复古并非只是学古那么简单,他是要对之前的复古理论进行补充和完善。"复古并非纯粹模仿,它包含了整理和修正,甚至补充以往理论或观念之不足。"①王闿运总结以往复古之弊病,从诗学方法和诗学对象两方面来建构其复古体系。他除了把诗学方法技术化,给学诗者指出一条诗学途径,更重要的是为了回归汉魏六朝诗歌传统的雅正诗风,把诗歌从趋于乖张、瘦涩的宗宋风尚中挽救过来,把诗歌从变风变雅的儒家精神附庸中拉上艺术的道路。王闿运倡导诗学汉魏六朝五言古诗的另外一个原因是,改变自桐城派之后近体诗创作成为诗坛主流的局面。在宗宋诗人看来,宋诗的成就主要在近体,尤以七言为重。姚鼐选录《五七言近体诗钞》,曾国藩所选的《十八家诗选》有六朝诗人的五言古诗,而宋诗只选七言,五言古诗、五言律诗和绝句皆未选。到了同光体,则完全倾向于宋诗,陈衍的《宋诗精华录》中所选诗歌也以七言为多,不满宗宋诗风的李慈铭选评的则是王士禛的《唐人万首绝句选》。由此可知,当时宗宋风尚下诗歌创作的倾向主要是近体,尤其是七言。王闿运认为学诗要先学五言以涵养性情,然后再学七言则易自成一家,不落凡近。汉代五言古诗不能句摘,诗以浑厚自然清丽取胜,其经典诗学地位毋庸置疑。但是因为汉魏诗歌较少,自然就要延伸至六朝,然后广读唐诗以充其气。歌行和近体则以唐诗为重,由五言至七言,由六朝至唐。王闿运的诗学方法既符合诗歌的发展规律,也吻合一般文人诗学的习惯。同时也是对当时诗学风尚的一种挽救。王闿运强调学诗先字琢句拟,同时他也认为仅仅有字句的模拟是不够的,强调作诗要会"自运",他认为明七子"专摹格调,全无警策,由不能自运故也"②。何谓"自运"?王闿运云:"譬之临书,当须池水尽墨,至其浑化,在自运耳。"经久模拟,自然可以浑然天成。"自运"就是在模拟中自然变化,"不失古格,而出新意"。王闿运之所以如此重视"自运",是因为他认为,"诗则有家数,易模拟,其难亦在于变化。于全篇模拟中,能自运一两句,久之可一两联,又久之可一两行,则自成家数矣"。只有通过"自运",才能"自成家数",只有"自成家数"才不会陷入元遗山诗歌"不唐不宋,非雅非俳"的境地。王闿运评价他所推崇的两位诗人阮籍和李颀说,"阮嗣宗之五言,李东川之歌行,所以能开众派者,先自成家而各得其一体也"③,已尽概"成家"之重要,由此也可以看出"自运"的重要性。王闿运通过一系列的阐释,从学诗方法和对象两方面入手,为读

---

① 《近代宋诗派诗论研究》,序,第5页。
② 《王闿运未刊手书册页》,第34页。
③ 《湘绮楼诗文集》,第539、540、2327、2379页。

者构建了一套完整的易于操作的诗学体系：先字琢句摹然后自运最后是成家；先学五言古诗再学五言律诗（五言绝句、排律），然后学七言歌行以至七言律诗（七言绝句）。王闿运总结前人复古之优劣，结合自己创作和阅读过程，重新建构了一套所谓复古的诗学方法，这是一套符合中国古典诗歌发展规律、契合大多数人诗歌接收与学习创作过程的行之有效方法。

王闿运通过选批唐诗，在晚清以杜韩为宗、追求诗歌社会功用儒家精神内涵的诗学风尚之外，另辟一重自然清新的艺术境界。他主汉魏六朝三唐不仅仅是要张扬一种典范的诗学路径，主要的目的还是为了挽救以创作近体为主、诗歌趋于宗宋诗风的现状，并通过对诗歌艺术审美特征的强化来抗衡晚清宗宋诗风下的以文为诗、以议论为诗、以道德精神为标准的诗歌创作潮流。王闿运的选批唐诗不仅有力地与宗宋诗风形成相对峙的局面，同时也为后人开启对诗歌美学特质的探索之路。王闿运的学古是以期在创作上获致新的自觉的反省[①]，同时也把诗歌从政治和教育的附庸地位挽救出来，给予其独立自由的抒写个人内心的艺术和美的身份。

[①] 参见吴淑钿：《〈湘绮楼说诗〉的理论体系》，《汕头大学学报》，1996年第5期，第284页。

参 考 文 献

一 总集

陈衍：《宋诗精华录》，上海：商务印书馆，1937年版。
陈诗辑：《近人诗录》，清光绪二十九年（1903年）版，铅印本，上海图书馆藏。
冯惟讷：《古诗纪》，影印文渊阁四库全书本，台北：台湾商务印书馆，1983年版，第1379—1380册。
顾有孝：《唐诗英华》，清朝年间，刻本，上海图书馆藏。
管世铭：《读雪山房唐诗钞》，湖北官书处，清光绪十二年（1886年）版，刻本，上海师范大学图书馆藏。
何绍基：《何选唐诗》，手抄本，上海师范大学图书馆藏。
李攀龙：《唐诗广选》，《四库全书存目丛书补编》，第34册，济南：齐鲁书社，2001年版。
李攀龙：《唐诗选》，《四库全书存目丛书》，集部，第309册，济南：齐鲁书社，1997年版。
钱仲联：《近代诗三百首》，杭州：浙江古籍出版社，1990年版。
伍肇龄：《尊经书院二集》，尊经书局，清光绪十七年（1891年）版，刻本，上海图书馆藏。
杨士弘：《唐音》，影印文渊阁四库全书本，第1368册。
元好问：《唐诗鼓吹》，影印文渊阁四库全书本，第1365册。
钟惺、谭元春：《唐诗归》，《续修四库全书》，第1589册。
曾国藩：《十八家诗选》，上海：商务印书馆，1920年版。
曾国藩：《求阙斋读书录》，傅忠书局，清光绪二年（1876年）版，刻本，上海师范大学图书馆藏。

二 别集

高心夔：《高陶堂遗集》，平湖朱氏经济斋，清光绪八年（1882年）版，刻本，国家图书馆藏。
金天羽：《天放楼续文言》，苏州：国学社，1933年版，刻本，上海师范大学图书馆藏。
刘光第、杨锐：《衷圣斋诗文集》，成都昌福公司刷印，1914年版，刻本，上海图书馆藏。
莫子偲：《贞定先生遗集》，清咸丰同治年间，刻本，上海图书馆藏。
沈曾植：《沈曾植校注》，钱仲联注，北京：中华书局，2001年版。
宋育仁：《哀怨集》，清宣统二年（1910年）版，铅印本，上海图书馆藏。
谭献：《复堂日记》，范旭仑、牟小朋整理，石家庄：河北教育出版社，2001年版。
熊少牧：《读书延年堂文钞》，洞泉草堂，清同治五年（1866年）版，刻本，上海图书馆藏。
杨锐：《杨叔峤先生文集诗集》，成都昌福公司，1914年版，铅印本，上海图书馆藏。
杨庄：《湘潭杨叔姬诗文词录》，1940年版，铅印本，上海图书馆藏。

姚鼐：《惜抱轩诗文集》，刘季高标校，上海：上海古籍出版社，1992年版。
易顺鼎：《楚颂楼诗集》，清光绪五年（1879年）版，贵阳刻本，上海图书馆藏。
易顺鼎：《琴志楼游仙诗集》，清光绪三十四年（1908年）版，刻本，上海图书馆藏。
易顺鼎：《湘社集》，清光绪十七年（1891年）版，长沙刻本，上海图书馆藏。
郑孝胥：《郑孝胥日记》，劳祖德整理，北京：中华书局，1993年版。
郑珍：《巢经巢诗钞》，清咸丰二年（1852年）版，刻本，上海图书馆藏。
郑珍：《巢经巢文集诗集》，1925年版，刻本，上海图书馆藏。

三 著作

蔡瑜：《唐诗学探索》，台北：里仁书局，1998年版。
陈伯海：《中国诗学之现代观》，上海：上海古籍出版社，2006年版。
陈伯海、黄刚、张寅彭：《唐诗论评类编》，济南：山东教育出版社，1993年版。
陈谷嘉、邓洪波：《中国书院史资料》，杭州：浙江教育出版社，1998年版。
陈国球：《镜花水月——文学理论批评论文集》，台北：东大图书股份有限公司，1987年版。
陈国球：《唐诗的传承——明代复古诗论研究》，台北：台湾学生书局，1990年版。
陈诗：《尊瓠室诗话》，民国时期，铅印本，上海师范大学图书馆藏。
程亚林：《近代诗学》，长沙：湖南人民出版社，2000年版。
董庆炳：《中国古代文论的现代意义》，北京：北京师范大学出版社，2001年版。
[美]厄尔·迈纳：《比较诗学》，北京：中央编译出版社，2004年版。
范玉吉：《审美趣味的变迁》，北京：北京大学出版社，2006年版。
方东树：《昭昧詹言》，北京：人民文学出版社，2006年版。
方孝岳：《中国文学批评》，北京：三联出版社，1986年版。
郭延礼：《中国近代文学发展史》，济南：山东教育出版社，1991年版。
海纳川：《冷禅室诗话》，《民国诗话丛编》，张寅彭主编，上海：上海书店出版社，2002年版。
胡晓明：《中国诗学之精神》，南昌：江西人民出版社，2001年版。
黄濬：《花随人圣庵摭忆》，北京：中华书局，2008年版，
蒋寅：《古典诗学的现代诠释》，北京：中华书局，2003年版。
[美]勒内·韦勒克、奥斯汀·沃伦：《文学理论》，刘象愚等译，南京：江苏教育出版社，2005年版。
[美]雷内·韦勒克：《现代文学批评史 1750—1950》，章安琪等译，北京：中国人民大学出版社，1991年版。
李慈铭：《越缦堂读书简端记》，王利器编，天津：天津人民出版社，1980年版。
李健：《比兴思维研究》，合肥：安徽教育出版，2003年版。
李泽厚：《中国近代思想史论》，北京：人民出版社，1979年版。
梁启超：《清代学术概论》，上海：上海古籍出版社，2005年版。
梁启超：《中国近三百年学术史》，上海：三联书店，2006年版。
刘诚：《中国诗学史》（清代卷），厦门：鹭江出版社，2002年版。

刘绍瑾：《复古与复元古》，北京：中国社会科学，2001年版。
龙榆生：《中国韵文史》，上海：上海古籍出版社，2002年版。
马位：《秋窗随笔》，《清诗话》，丁福保编校，北京：中华书局，1963年版。
敏泽：《中国文学理论批评史》（近代卷），北京：人民文学出版社，1981年版。
钱基博、李肖聃：《近代湖南学风·湘学略》，长沙：岳麓书社，1985年版。
钱竞、王飚：《中国20世纪文艺学学术史》，上海：上海文艺出版社，2001年版。
钱谦益：《绛云楼题跋》，潘景郑辑校，上海：中华书局，1958年版。
钱钟书：《石语》，北京：中国社会科学出版社，1996年版。
瞿铢庵：《杶庐所闻录》，《近代中国史料丛刊》，第12辑，台北：文海出版社，1967年版。
时萌：《中国近代文学论稿》，上海：上海古籍出版社，1986年版。
舒芜：《中国近代文论选》，北京：人民文学出版社，1959年版。
[美]苏姗·朗格：《情感与形式》，刘大基等译，北京：中国社会科学出版社，1986年版。
孙春青：《明代唐诗学》，上海：上海古籍出版社，2006年版。
陶水平：《船山诗学研究》，北京：中国社会科学出版社，2001年版。
滕守尧：《审美心理描述》，北京：中国社会科学出版社，1985年版。
[民主德国]W·沃林格：《抽象与移情》，王才勇译，沈阳：辽宁人民出版社，1987年版。
王夫之：《薑斋诗话笺注》，戴鸿森笺注，北京：人民文学出版社，1981年版。
翁方纲：《石洲诗话》，《清诗话》，丁福保辑，上海：上海古籍出版社，1963年版。
邬国平、王镇远：《中国文学批评通史·清代卷》，上海：上海古籍出版社，1996年版。
萧晓阳：《湖湘诗派研究》，北京：人民文学出版社，2008年版。
徐一士：《一士类稿》，北京：书目文献出版社，1984年版。
杨种羲：《雪桥诗话》，求恕斋1914年刻本，上海师范大学图书馆藏。
叶燮等：《原诗·一瓢诗话·说诗晬语》，北京：人民文学出版社，1979年版。
叶易：《中国近代文艺思想史》，北京：高等教育出版社，1990年版。
查屏球：《唐学与唐诗——中晚唐诗风的一种文化考察》，上海：商务印书馆，2000年版。
张伯伟：《禅与诗学》，杭州：浙江人民出版社，1992年版。
张红：《元代唐诗学》，长沙：岳麓书社，2006年版。
张舜徽：《清人文集别录》，台北：明文书局股份有限公司，1982年版。
张之洞：《四川省城尊经书院记》，四川省城，清光绪十年（1884年）版，刻本。
钟嵘：《诗品集注》，曹旭集注，上海：上海古籍出版社，1994年版。
周薇：《传统诗学的转型——陈衍人文主义诗学研究》，上海：三联书店，2006年版。
朱孝藏：《疆村丛书》，上海：上海古籍出版社，1989年版。
朱彝尊：《竹垞诗话》，王心湛校勘，上海：广益书局，1936年版，上海师范大学图书馆藏。
朱易安：《中国诗学史》（明代卷），厦门：鹭江出版社，2002年版。
朱易安：《唐诗学史论稿》，桂林：广西师范大学出版社，2000年版。

四 传记年谱

蔡冠洛：《清代七百名人传》，《近代中国史料丛刊》，第 63 辑，沈云龙主编，台北：文海出版社，1971 年版。

陈谊：《夏敬观年谱》，合肥：黄山书社，2007 年版。

吕慧鹃、刘波、卢达：《中国历代著名文学家评传》，续编三，济南：山东教育出版社，1997 年版。

钱谦益：《列朝诗集小传》，上海：上海古籍出版社，1983 年版。

王昶：《湖海诗传》，上海：商务印书馆，1958 年版。

王兆镛：《碑传集三编》，《近代中国史料丛刊续编》，第 73 辑，沈云龙主编，台北：文海出版社，1980 年版。

喻谦：《湘潭王湘绮先生行述》，民国时期，石印本，湖南图书馆藏。

支伟成：《清代朴学大师列传》，长沙：岳麓书社，1986 年版。

五 论文

期刊杂志论文

陈伯海：《20 世纪唐诗研究述略》，《古典文学知识》，2003 年第 1 期。

关爱和：《同光体诗人的诗学观与创作实践》，《文艺研究》，2008 年第 1 期。

何荣誉：《王闿运与晚清中晚唐诗派的诗学交流——以王闿运与易顺鼎、樊增祥的诗学交流为中心》，《文艺评论》，2013 年第 2 期。

贺国强：《"学问"与"性情"的诗学同构》，《苏州大学学报（哲学社会科学版）》，2006 年第 5 期。

胡晓明、赵厚均：《王闿运与同光体的诗学取向》，《浙江大学学报（人文社会科学版）》，2008 年第 3 期。

黄去非：《湖湘诗派理论试探》，《云梦学刊》，2007 年第 2 期。

黄淑芳：《王闿运唐诗选本研究的系统省察》，《上饶师范学院学报》，2015 第 1 期。

景献力：《王闿运的复古思想与文学自觉》，《安徽师范大学学报（人文社会科学版）》，2008 年第 1 期。

李赫亚：《王闿运研究述略》，《北京理工大学学报（社会科学版）》社科版，2007 年第 2 期。

李瑞明：《"变风变雅"：陈衍诗学的认同取向》，《安徽教育学院学报》，2003 年第 1 期。

刘诚：《"消尽锋芒百炼中"——邓辅纶诗歌略论》，《求索》，1986 年第 2 期。

陆草：《试论王闿运的"治情说"及其审美倾向》，《中州学刊》，1985 年第 3 期。

马积高：《略论王闿运其人与其诗》，《中国文学研究》，1985 年第 1 期。

马卫中、张修龄：《曾广钧与〈环天室诗集〉》，《求索》，1989 年第 5 期。

孙银霞：《光宣诗坛复古潮流及学古理论的差异》，《北方论丛》，2017 第 4 期。

王宏林：《沈德潜唐诗选本考辨》，《文献》，2007 年第 3 期。

王石：《二十世纪以来中晚唐诗派研究综述》，《黑龙江史志》，2014 第 19 期。

王顺贵:《"宋诗派"的唐诗学理论——兼论晚清诗坛诗风取向的嬗变》,《广西社会科学》,2007 年第 5 期。

王顺贵:《晚清时期几种重要诗话中的唐诗学理论》,《苏州科技学院学报(社会科学版)》,2007 年第 4 期。

王顺贵:《王闿运唐诗研究系统考察》,《南京师范大学文学院学报》,2011 年第 3 期。

王向清:《承旧与开新——王闿运在近代湖湘学派中的地位》,《湖湘论坛》,2001 年第 2 期。

翁仲康:《〈韩诗〉郑子尹批语并跋(二)》,《贵州文史丛刊》,1986 年第 4 期。

翁仲康:《〈韩诗〉郑子尹批语并跋》,《贵州文史丛刊》,1986 年第 2 期。

吴淑钿:《近代宋诗派的实体论》,《华东师范大学学报》,1996 年第 2 期。

萧晓阳:《湖湘诗派与近代宋诗派之关系》,《船山学刊》,2007 年第 3 期。

硕士论文

曹爱群:《王闿运文学复古思想研究》,苏州大学,2003 年。

谌兵:《现代进程中的"真古董"——在传统与现代之间的王闿运诗学理论》,北京师范大学,2005 年。

贺国强:《道咸宋诗派研究》,暨南大学,2003 年。

黄世民:《论王闿运〈八代诗选〉及其批注》,湖南大学,2007 年。

赖志凯:《诗学复古与王闿运及汉魏六朝诗派》,暨南大学,2000 年。

吕晨:《王闿运的诗歌创作及其诗学思想》,上海大学,2004 年。

欧立军:《王湘绮诗歌本体思想研究》,华南师范大学,2002 年。

单苹:《失落与升华——从生命美学角度解读王闿运》,湘潭大学,2006 年。

王石:《汉魏六朝诗派与晚清中晚唐诗派复古倾向比较》,苏州大学,2015 年。

博士论文

韩胜:《清代唐诗选本研究》,南开大学,2005 年。

侯长生:《同光体派的宋诗学》,复旦大学,2007 年。

米彦青:《清代李商隐诗歌接受史稿》,苏州大学,2006 年。

孙银霞:《光宣诗论研究》,哈尔滨师范大学,2017 年。

王顺贵:《清代格调论诗学研究》,上海师范大学,2004 年。

杨萌芽:《清末民初宋诗派文人群体研究——以 1895—1921 年为中心》,复旦大学,2007 年。

朱洪举:《王湘绮诗学思想研究》,华东师范大学,2007 年。

后　　记

两个孩子终于入睡，房间里一下子安静下来。

重回书桌，看着电脑里这本断断续续已经修改了两年有余终于要面世的书稿，没有如释重负的豁然，而是思绪万端。

此刻只能静坐……

窗外雷声隐隐，雨声时有时无，不知过了多久，一道闪电突然划过，随后一声惊雷，哗哗的雨声紧随而至，楼下电动车、汽车的警报声此起彼伏。

突然意识到，这是2021年第一个雷雨交加的夜晚。

夜已过半，思绪仍在纷飞。

安居杭城多年，虽居室不宽，但家庭和睦，尤其是坐拥杭城无边美景，偶尔会心生不安，何德何能？唯有感恩！

母亲已八十高龄，身体健康，辛苦一辈子依然勤劳不歇。

三个姐姐都家庭和美，她们自始至终一直不遗余力地支持我，帮我排忧解难。

爱人张浩亮，忠厚善良，一直以来对我是无尽的宽容和支持，他在家就在。

公公婆婆性情温和，多年来一直帮忙照顾孩子，包容我不时地挑剔和任性。

孩子健康、开朗、善良，他们让我直面自己的一言一行，让我的生活五颜六色。

朋友宋丽娟和姬庆红，虽各在一方，依然一路相伴，聊人生、聊工作、聊学问。

感谢他们，我的家人和朋友！

但我要特别感谢我的导师朱易安老师，自读博士以来，她一直鼓励、督促我，没有让我在向学的路上止步不前。每次见面，她总能给予我积极的能量，启发我的研究。还有朱老师的先生曹老师，总是笑容可掬，每次朱老师和我们聊论文的时候，他会默默地给我们泡茶，做精致的美食，至今我还清晰记得他做的酸甜可口的泡菜和柚子茶；有时候也会和我们聊一下美食做法、社会趣事和杭城旧事，缓解我们和朱老师讨论学问时的紧张情绪。

最后还要感谢科学出版社的编辑任诗尧老师，虽未曾谋面，电话中她的声音温柔恬静，邮件的行文也总是那么认真谦逊，她处事严谨，对书稿提出很多宝贵意见。

  感谢！感恩！生命所遇之人、目光所遇之景！
  世界太平、山河无恙！

二月初稿于杭城
五月修改于杭城